Annie Proulx

断背山

[美] 安妮·普鲁 著
宋瑛堂 译

人民文学出版社

著作权合同登记号　图字　01-2018-5420

Annie Proulx
CLOSE RANGE: WYOMING STORIES

Copyright © 1999 by Dead Line, Ltd.
Published by arrangement with Dead Line, Ltd. c/o
Darhansoff & Verrill Literary Agents
through Bardon-Chinese Media Agency
Simplified Chinese translation copyright © 2019
by People's Literature Publishing House Co., Ltd.
ALL RIGHTS RESERVED

图书在版编目（CIP）数据

断背山／（美）安妮·普鲁著；宋瑛堂译．—北京：人民文学出版社，2019（2025.8重印）

ISBN 978-7-02-014402-0

Ⅰ.①断… Ⅱ.①安…②宋… Ⅲ.①短篇小说—小说集—美国—现代 Ⅳ.①I712.45

中国版本图书馆CIP数据核字（2018）第145999号

责任编辑　翟　灿
美术编辑　李思安
责任印制　王重艺

出版发行　人民文学出版社
社　　址　北京市朝内大街166号
邮政编码　100705

印　　刷　三河市中晟雅豪印务有限公司
经　　销　全国新华书店等
字　　数　186千字
开　　本　850毫米×1168毫米　1/32
印　　张　10.5　插页1
印　　数　18001—20000
版　　次　2006年11月北京第1版
印　　次　2025年8月第5次印刷

书　　号　978-7-02-014402-0
定　　价　49.00元

如有印装质量问题，请与本社图书销售中心调换。电话：010-59905336

这些故事献给

我女儿玛菲与儿子乔恩、吉利思、摩根

现实在这里绝对派不上太多用场。

——怀俄明州退休农场工人

目录
Close Range: Wyoming Stories

1 · 感谢

1 · 半剥皮的阉牛

27 · 脚下泥巴

77 · 工作史

87 · 血红棕马

95 · 身居地狱但求杯水

121 · 荒草天涯尽头

159 · 一对马刺

207 · 孤寂海岸

233 · 怀俄明历届州长

283 · 加油站距此五十五英里

287 · 断背山

感　谢

感谢许多人给予我的鼓励与支持，帮助我完成这些故事的创作，我很感激他们。特别谢谢我的编辑南·格雷厄姆提供建议与忠告，也谢谢她有兴趣以短篇小说选集复兴斯克里布纳出版社插画小说的光辉传统。谢谢我的经纪人利兹·达汉索夫，以及达汉索夫与维里尔的所有员工提供各种协助。我也感激老友汤姆·沃特金不介意与我反复讨论角色生活中细之又细的层面。我要谢谢优克罗斯基金会的伊丽莎白·顾馨、莎朗·戴内克与基斯·特罗尔给我的百番善意，也要谢谢基金会大红农场的约翰和芭芭拉·坎贝尔夫妇慷慨好客，提供诸多讯息，也有幸与约翰搭飞机鸟瞰地貌。我也很荣幸与《纽约客》小说部编辑比尔·布福德合作，改写本书数篇故事以利刊登，我收获甚多。感谢保罗·埃切帕尔向我解释一九六〇年代绵羊营地，感谢词曲作者兼乐手斯基普·戈尔曼，是他说服我参加内华达州艾尔科举行的牛仔诗会，让我有机会认识得克萨斯词曲作者兼歌手汤姆·罗素。我要感谢汤姆·罗素好心应允我采用他震慑人心的歌《头上天空，脚下泥巴》的部分歌名，当作本书一则故事的标题。我在艾尔科也认识了画家威廉·马修斯。本书第一版的封面采用的就是他杰出的画作，我对他深深感激。我要谢谢布齐·马利，阿凡达酒吧的负责人。他要求我以该镇为背景写一篇故事,所以我改编《吃掉旅人的小牛》,加入怀俄明风味,写成《血红棕马》让他如愿以偿。《吃掉旅人的小牛》在很多饲养牲口的文化中为人津津乐道。另一篇故事《半剥皮的阉牛》首见于《大西洋月刊》,是根据冰岛民间故事《波杰尔的雄兽》(Porgeir's Bull)改写而成。我热爱地方历史,多年来收集了北美多地的当地生活、事件的回忆录与叙述。拜读过海莲娜·汤玛斯·鲁波顿于一九八七年发表的怀俄明地区史佳作《红墙与家园》(由玛格丽特·布洛克·汉森编辑出版),其中几段叙述令人心神不宁,久久无法忘怀,因此将其中真人真事取来当作《身居地狱但求杯水》的起点。

《怀俄明历届州长》节录的诗句,作者是十七世纪诗人爱德华·泰勒,出自唐纳德·E. 史丹福编辑、一九六〇年由耶鲁大学出版社发行的《爱德华·泰勒诗集》。

《半剥皮的阉牛》是本书的源头,最初是自然保育联盟请我为筹划中的短篇小说选集《离开踏踩小径》(*Off the Beaten Path*, Farrar, Straus & Giroux 出版,一九九八)贡献一篇。其中的故事必须从自然保育联盟保护区获得灵感。我答应了,条件是我想参观的保护区必须在怀俄明境内。我参观的是位于大角山脉南坡、占地一万英亩的十眠保护区,我一待就是数日。我也要对菲尔·谢泼德与安妮·汉弗莱表达由衷谢意，多谢他们拨冗协助。再度以短篇小说的形式创作，让我感到有趣又具挑战性（短篇小说对我来说非常难写），而以怀俄明为主题的短篇小说选集更令我全心投入。出版社允许我绕小路一游，让我感到很幸运。

题词"现实在这里绝对派不上太多用场"引用自杰克·希特斯的《鹿和亿万富翁何处玩耍》，一九九七年十月号《户外》杂志。出自一名农场人，姓名已不可考。非现实、奇思异想与未必成真的元素，为这些故事添上色彩，正如真实人生因这些元素而多彩多姿的道理一样。在怀俄明，最不奇思异想的状况，是在这片艰苦的大地靠农场维生的决心。

最深切的感谢要献给我的子女，感谢他们容忍我紧凑的步调、以工作为重的做法。

安妮·普鲁

半剥皮的阉牛

半導体の歴史

梅罗漫漫的这一生,从他搭火车离开夏延[夏延(Cheyenne),怀俄明州首府。]时,当年那个身穿羊毛西装、竭力推销商品的男童,转变为如今垂垂老矣、举步维艰的资深公民,若以线轴为喻,原本紧致缠绕的线轴,这一年已余丝寥落。梅罗尽量避免回想出生之地,一个所谓的农场,位于大角山脉南边枢纽地带的一片诡异之地上。一九三六年他只身离乡,从军上战场后重返该地,结了婚,再婚(然后再结婚),从事清理锅炉与通风管的工作,再靠几笔睿智的投资发了财,退休,投身地方政治,然后引退,从未惹出丑闻,从未重回故里亲眼看老头与弟弟罗洛破产,因为他知道他们早晚有此下场。

他们管那地方叫做农场,它也确曾是个农场,但有天老头说,在如此险恶的乡野养牛是不可能的事,因为母牛往往跌落悬崖,没入污水塘,大批幼牛遭狮子猎食而去,青草不长,绿叶繁生的大戟与加拿大蓟却争相上蹿,强风挟带的沙砾将挡风玻璃刮得视线模糊。老头使出诡计弄到邮差的工作，笨手笨脚往邻居邮箱里投递广告时却好像在干坏事。

梅罗与罗洛都认为，送信的差事背离了农场的工作，而这些工作都落在他们身上。繁殖用牛仅剩八十二头，而一头母牛的价值也不超过十五美元，但他们仍继续修补围墙，剪牛耳，盖烙印，不时地为陷入泥坑的牛脱身，猎捕狮子，只希望老头迟早会带着他的女人与酒瓶搬到十眠，他们就能效法祖母将农场整顿一番。多年前祖母奥利芙在雅各布·科恩伤了她的心后曾奋力整顿此地。可惜农场并未如愿大放异彩，六十年后的梅罗成了年高八十的素食鳏夫，定居麻省巫复，住在殖民地风格的独栋房子里，在客厅踩健身单车做运动。

某个寻常的阴雨早晨，话筒彼端一个女人刺耳的声音说她叫路易丝，是蒂克〔蒂克（tick），另有"扁虱"之意。〕的妻子，叫他速回怀俄明州。梅罗既不认识她，也不知道蒂克是何许人，后来对方解释蒂克姓科恩，是你弟弟罗洛的儿子，前几天食火鸟撒野，抓死了罗洛，就算没死，前列腺癌迟早也会要他的命。没错，她说，罗洛生前当然仍是农场主人。一半而已啦。她说，过去十年来，多半是我和蒂克在管事。

食火鸟？他没听错吧？

没错，她说。噢，你当然不晓得了。听说过澳洲怀俄明吗？

梅罗没听说过，他心想，怎么取蒂克这种名字？他想到的是从狗身上捻下的那种圆滚滚的灰色昆虫。这只扁虱大概以为自己即将接管整座农场,把自己养得圆滚滚的。他说,食火鸟究竟是怎么一回事?你们那边的食火鸟难道全都疯了不成?

她说,农场的现状就是这样,澳洲怀俄明。早先罗洛将农场卖给女童子军团,不过后来一个女童子军被狮子叼走,因此将土地卖给隔壁班纳农场。班纳在上面牧牛几年,然后再转卖给澳洲富商。富商创办了澳洲怀俄明,可惜两地奔波太辛苦,而他与农场经理也不合,因此萌生退意。农场经理是爱达荷州来的伐木工人,喜欢佩戴一只当铺买弄来的牛仔扣环。富商找上罗洛,请他来管理农场,利润一半归他。那是一九七八年的往事了。农场经营得有声有色。她说,我们现在当然没开放,因为是冬天,没有观光客上门。可怜的罗洛帮蒂克将食火鸟赶进另一栋农舍,其中一只冷不防转身,朝他亮出大尖爪。食火鸟的爪子真伤脑筋。

我知道,梅罗说。他看着电视里播放的大自然节目。

她对着电话大吼,仿佛全国电话线路中断,蒂克用电脑查到你的电话号码。罗洛老是说想跟你联络联络。他希望你来看看现在的情况。他拼命用拐杖想击退食火鸟,最后还是被扒得肚破肠流。

梅罗心想,也许好戏还在后头。绕圈子说话令他不耐烦,所以他马上说他会参加丧礼。他向路易丝说,没必要讲班机号码,也不必接机,因为他不搭飞机。几年前搭机碰上冰雹，降落后飞机外壳活像威化饼烘盘。他打算开车去。路途多远，他当然知道。他有辆好得不得了的车，卡迪拉克，向来都开卡迪拉克，装的是马牌轮胎，走的是州际公路，开车技术一流，一辈子从未出过车祸，敲敲木头以免一语成谶，四大，星期六下午前会赶到。他听出对方语气带有诧异的意味，知道对方正在估计他的年龄，猜想他必定有八十三岁，比罗洛大一两岁，猜想他必定也是拄着拐杖走路，口水汪汪流，来日不多，过一天算一天，而她大概也正在抚摸着自己斑白的头发。梅罗伸展着肌肉发达的双臂，弯曲了一下膝部，以为自己有办法躲过食火鸟的攻击。他将目睹弟弟坠入一个红色的怀俄明地洞。那情景会将他猛地拉回来；乌云间那耀眼的闪电之绳并非向下劈闪，而是强有力地向上击穿灼热的苍天。

骤然间他的思绪中冒出老头的女友，如今他已记不起她的名字。只记得罗洛老睁大眼睛看着她啃得血迹可见的手指，指甲咬得几乎见肉，她颈部的血管盘错如丝，上手臂披覆着长毛，嘴里叼着的烟草，亮着火光，白烟袅袅而上，刺得她眯起野马般的凸眼，她是那些残忍故事和故意伤害事件的讲述者。老头的头发日渐稀薄，梅罗当年二十三，罗洛二十岁，她却将三个男性玩弄于股掌之间。如果你欣赏马匹，就会喜欢她的拱形脖子与马臀，高耸多肉，让人不禁想拍一下。

风在房屋四周呜咽作响,吹得雪花结晶窜进扭曲的圆木门缝。厨房里的人似乎都各怀心思。她将阔臀摆平在狗食箱边缘,看着老头与罗洛,贼亮的眼珠不时瞟向梅罗,方形牙齿啃着指甲缘,吸吮不时涌出的鲜血,一面吞云吐雾。

老头喝着尚清酒,以去皮的柳枝搅动,去除苦味。梅罗站在廊厅衣柜前考虑他那些帽子,他是否应该戴一顶去参加葬礼呢?这时老头的影像清楚地映入脑海。老头帽缘的蜷曲形状之绝无人能比,右边卷得厉害,是因为脱戴帽的关系,左边则向下倾斜,幅度不一,有如单坡屋顶。两英里之外就能认出他。他当年就戴着这顶帽子坐在餐桌前,倾听那女人讲述锡头人的故事,一面一口口喝干杯中物,喝到已有九分醉,流氓似的脸孔线条松弛下来,塌陷的牛仔鼻梁,疤痕交错而过的眉毛,一边残耳,皆在他杯杯下肚时一一融化消失。他过世至今必然超过五十载了,入土时身穿邮差毛衣。

女友开始讲故事,对,我爸小时候,在杜布瓦附近有个男的名叫锡头人,开了个小农场,有几头牛马,几个小孩,一个老婆。他有个很好笑的特点,就是他曾经踩空水泥阶梯掉下来,锡板因此插进头壳里。

这种人多的是,罗洛以挑衅的口吻说。

她摇摇头。他可不一样。他的锡板质料是镀锌钢,会侵蚀他的大脑。

老头举起尚清酒瓶,对她扬扬眉毛:要不要,亲爱的?

她点头,接下酒杯,一仰而尽。噢,小意思,醉不了我的,她说。梅罗以为她随时会学马嘶鸣起来。

罗洛说,后来呢?他一面挖着黏在靴跟下的马粪一面问。锡头人和他脑壳里的镀锌钢金属板呢?

她说,我听说是这样的。她举起酒杯,示意再来一杯尚清,老头斟满后她继续讲述。

梅罗反复思考多年前那夜的往事,他梦见马匹繁殖,抑或是沉重的呼吸,究竟是性爱还是该死的拼命急喘,他并不清楚。翌日他清醒时,全身汗水湿臭,盯着天花板大声说,这种情况,恐怕得延续一段时间了。他指的是牛群与天气,也可以说任何事物,以及往东南西北各方向两三州所能碰上的机缘。在巫复的家中踩着健身单车时,他想事实稍有出入:他那时想要一个专属自己的女人,而非盗用老头的二手货。

路面的裂痕与坑洞皆由沥青填满,车胎开在上面哗啪作响,葬礼时戴的卷边毡帽在后座滑动,这时他想知道的是,罗洛是否抢走了老头的女人,在她身上丢了个马鞍,然后骑着她进入晚年?

州际公路沿途摆放的橙色塑料警示圆堆减缓了车辆的行进速度，把车流挤入单一车道，原本可望准时抵达的想法也就此破灭。他的卡迪拉克被拖挂货车包围，这些卡车的空气制动器嘶嘶作响，巨大的后轮不断发出呼哧呼哧抽鼻子的声音，他从后车窗可见一辆逐渐逼近的皮特比尔特〔为美国佩卡集团皮特比尔特公司的产品，是重型卡车，号称公路卡车之王。〕。他的思路因此窒碍难行，宛似梳着心思的梳子碰上纠结处动弹不得。路况稍好时，他一心想赶路，却被公路巡警请到路肩。警察脸上长着青春痘，唇上蓄有髭须，双眼一大一小，问他的姓名，问他要往哪里去。一时之间，他竟想不起自己在做什么。警察以舌头舔舔参差不齐的胡子，一面在罚单上写着字。

　　葬礼，他突然说，去参加我弟弟的葬礼。

　　放轻松点啊，老公公，不然你自己家人也要准备帮你办丧事了。

　　他盯着罚单，盯着可笑的笔迹骂，你这个臭小子，但小胡子早已扬长而去，在车流中快速前进，恰似梅罗当年猛踩油门离开农场的动作，眯着眼睛看着磨损的挡风玻璃外的路况。他原本可以用较有风度的方式告辞，但迫切感如同铁棒般重击在肱骨上，激起一阵热流通往手臂。他相信当时是马臀女靠在柜子上，罗洛黏在她身上，老头狂饮着尚清酒，没有注意到，或者注意到了也不在乎，这一幕的作用有如钥匙插进发动装置里。她扎了两条搀有灰发丝的辫子，可供罗洛作缰绳用。

是啊,她以低沉、骗得过人的嗓音说。跟你说呀,锡头的农场怪事一桩接一桩。鸡毛一夜之间变色,小牛出生只有三条腿,小孩不是纯种白人,妻子老是嚷着要买蓝色餐盘。锡头做事总没耐心做完,每次都是半途而废,连裤子也只扣到一半,所以老二常走光。镀锌钢板在他脑袋里作怪,连带害惨了农场和家人。不过,她说,他们还是得跟其他人一样吃饭对不对?

罗洛说,我希望他们吃的派比你做的可口。苦樱桃派一咬下去满口种子,有谁喜欢?

梅罗对女人的兴趣开始于这件事情发生几天之后。有一天来了一位人类学家,老头摆头示意,对梅罗说,带他上山去看看"印丹人"的"胡画"。梅罗当时不过十一二岁。他们沿着小溪骑马上山,追着一对绿头鸭。鸭子朝下游飞走,随后又突然现身,背后的追兵是苍鹰,以击掌般啪的一声攻击公鸭。公鸭急忙穿越树木,蹿进枯木堆,而苍鹰也倏然飞走,来去火速。

他们向上穿越多石的景观,有风蚀而成奇形怪状家具的石灰岩床,有被啃过的发霉面包,零散的骨头,折好成叠的肮脏床单,曝晒褪色的螃蟹螯与狗牙。他将两人的坐马绑在狐尾松群丛的树荫下，带着人类学家往上走过枝干僵直的山桃花心树来到悬壁。两人头上耸立着备受侵蚀的悬崖，被橙色地衣点缀得亮眼，坑洞与岩架因累积数千年猛禽粪便而阴暗。

人类学家来回走动，仔细观察着红黑色的壁画：野牛头骨，一列加拿大盘羊，持矛勇士，误入陷阱的火鸡，手持木棍的死人倒栽葱往下掉，赭红色的手，凶恶的人头上顶着耙子，人类学家说是羽毛头饰，红色大熊以后腿站立朝前舞动，也有同心圆、十字、格子。他在笔记簿里依样画葫芦，数度念念有词。

那是太阳，人类学家边说边指着壁画中的标靶，将铅笔刺入空中，仿佛想打蚊虫。他本身就像一幅未完成的图画。那是梭镖投射器，那是蜻蜓。再往前走。这是什么，你知道吧；他摸着一个分叉的椭圆形，以沾满尘土的手指揉着岔开处。他四肢着地跪下，再指出几个圆形，共有数十个。

马蹄铁吗？

马蹄铁！人类学家笑了起来。不对，小朋友，是阴门。这些全是。你不知道阴门是什么吧？礼拜一上学时，去翻翻字典就知道。

是象征，他说。你知道什么是象征吗？

知道，梅罗说，高中鼓号乐队里有人拿着敲的那种东西。[英文的"象征"

与"钹"同音。] 人类学家大笑，对他说他前途无量，赏他一块钱谢谢他带路。告诉你好了，小弟弟，印第安人和所有人一样都做那档子事，人类学家说。

他果真到学校查字典，感到尴尬，赶紧重重合上，但字典里的影像已深植脑海（背景有鼓号乐队铿锵伴奏着），粗糙的赭红色壁画，他坚信女性生殖器构造必如地洞里的画作，却苦无肉体示范，只好想象老头的女友摆出狗爬式让人从后进入，如母马般呻吟，不是地质学，而是血肉之躯。

周四夜，梅罗屡次受到施工、绕道的阻碍，刚来到得梅因郊区就无法继续赶路。住进煤渣砖砌成的汽车旅馆后，他设定好闹钟，却在铃响前被自己的鼾声吵醒。他于五点十五分起床，双眼火红，望向塑胶窗帘外，只见自己的车子铺上一层雪，在汽车旅馆的"**住宿、住宿**"灯光下闪着蓝光。他走进浴室，冲泡旅馆的即溶咖啡，没加代糖或人工奶精直接喝下。他想要咖啡因的刺激。他心思的根源感觉枯萎、闷烧。

这天早晨寒冷，小雪斜斜飘落：他打开卡迪拉克，发动，拐进车流动线，全是大拖挂货车，每辆拖曳两三只大货柜。由于来向车流的头灯红光刺眼，他因此错过西向交流道，开进坑坑洞洞、泥泞满地的市街，向右转，再向右转，以汽车旅馆的"**住宿**"招牌当作路标，惨的是，他身处州际公路的反向车道，那个招牌属于另一家旅馆。

他再度开进一条满地泥坑的小巷，开到一处圆环，赶着上班的驾驶人吸吮着隔热杯里的咖啡，仪表板上有面包在滑动。圆环转到一半，他注意到了州际公路交流道入口，连忙转弯，却撞上一辆大剌剌写着"催眠戒烟！保证有效！"的厢型运货小卡车，后头也被加长型轿车追撞，而轿车后面则被开着公司小卡车、正在打哈欠的水力清理员撞个正着。

以上的情景，他目击的部分很少，因为安全气囊将他挤在驾驶座上，嘴里尽是橡胶、粉尘的味道，眼镜的镜片嵌入鼻子。他直觉就想怪罪衣阿华州以及该州居民。他的衬衫袖口上有几滴圆形血迹。

在鼻子上贴好星条花样的邦迪后，他视察被撞烂的车子，乌黑的液体倾泻在公路上，由拖车公司拖走。他带着行李箱与葬礼毡帽，上了计程车，朝相反方向来到兄弟汽车行。汽车行附近有几位精神涣散的业务员，如同脱轨卫星般漫步着，他在这里买了辆二手卡迪拉克，与撞坏的那辆同为黑色，车龄却多三年，车内不是以奶油色的真皮装潢，而是日晒褪色的天鹅绒。他请人从被撞坏的卡迪拉克里取下安好的轮胎装上。只要他喜欢的话，买车大可像买香烟一样轻松消费。上了公路后，这辆卡迪拉克的表现不尽理想，在他猛转方向盘时突然往一旁狂冲，他猜想可能是车架歪斜。可恶，回程时他还想再买一辆。

想干什么就干什么。

路过内布拉斯加州的克尼有半小时,这时满月升起,一个荒唐可笑的形象映在后照镜上。月亮上方的乌云有如鬈曲的假发,丝状边缘有如银发。他摸摸肿胀的鼻子,轻抚着下巴。下巴遭气囊直击后一触即痛。当晚就寝前,他吞下一杯添加威士忌的热水,然后躺上潮湿的床铺。他整日没吃东西,但一想到沿途的简餐,胃肠不禁翻搅起来。

他梦见自己置身那栋农场房屋,但室内所有家具均搬运一空,院子里有身穿肮脏白制服的军人在激战。大炮声震天动地,震破了窗户玻璃,震得地板四分五裂,因此只得踩着托梁走。分崩离析的地板下,他看见几个镀锌钢澡盆,装满凝结成块的黑色液体。

星期六早晨,想到还有长达四百英里的路要赶,他囫囵吞下几口烧焦的炒蛋,几口涂上罐装沙沙酱的马铃薯,一杯黄色咖啡,没有留下小费就直接上路。这些食物并非他想吃的。他早餐习惯喝两杯矿泉水,剥六瓣蒜头,一颗西洋梨。西向的天空浩瀚阴沉,身后则有亮晃晃的橙色光晕破云而出,夺目艳丽。太阳粗浊的边框紧压地平线。

他驶过州界,六十年来第二度抵达夏延。这里有霓虹灯,有车流,有钢筋水泥,但他熟知此地,知道夏延是时运有起有落的铁路城市。上一次他饥饿难熬,进入联合大西洋车站餐厅,尽管他不习惯上馆子还是点了一客牛排。女服务生上菜后,他切着牛排,鲜血流散在白盘子上,让他无法忍受,他看见了那头家畜,张开大口无声狂啸,同时也看清自己急剧反感的滑稽之处——一个误入歧途的养牛户。

这时他在一个电话亭前停车,尽管离车只有七英尺远他仍然把车锁上,然后拨了蒂克妻子给他的号码。被撞毁的车子里本来有电话。听筒冒出吼叫的女声。

我们没接到你来电,以为你改变心意了。

没有,他说,我今天下午晚一点会赶到。我现在到夏延了。

风势相当猛。听说可能会下雪。在山区。她语带怀疑。

我自己会注意的,他说。

不消几分钟,他已经驶离夏延市区,往北直奔而去。

道路两旁的乡野豁然开朗,卡迪拉克瞬时缩小为弹指可去之物。一切一如既往,丝毫未变,空豁灰白的大地与怒吼的狂风,远方羚羊娇小如鼠,地形地貌恰如往昔。他感觉自己又顺着时间隧道滑了回来,八十三年的镇定如水般流出身体,取而代之的是年轻人火热的怒气,他对这一个傻瓜世界以及置身其中的傻瓜感到愤怒。离乡背井前日子过得多么辛苦。你不知道那是什么样的日子,他对几位前妻说,一直到她们表示她们确实了解为止,他用力将往事锤进她们耳朵两百次,他描述沦落街头的穷苦少年举牌想找工作,也描述了锅炉工的工作,喋喋不休。驶出夏延三十英里后,他首度看见**澳洲怀俄明,以西部人**

的方式享受西部的乐趣广告看板，下面是放大的袋鼠相片。袋鼠正跳过山艾树丛，有个金发儿童龇牙咧嘴地笑，活像躁症病人在模仿欢乐表情。画有对角线的旗子提醒着：五月三十一日开幕。

结果呢？当时罗洛对老头的女友说，后来锡头怎么了？罗洛盯着她看，并非只看脸部，而是上下瞄个不停，双眼在她身上移动，如同熨斗压在衬衫上一样。老头身穿邮差毛衣，帽子歪戴，品尝着尚清酒，没有注意到或是不在乎，偶尔起身蹒跚走上门廊，对杂草浇水。他离开厨房后，紧张情势舒缓下来，两人只是若无其事的平常人。罗洛的视线从女人身上移开，弯下腰去搔搔小狗的耳朵，说着"乱叫乱咬狗"，女人则端着盘子到洗碗台，放水冲洗，打着哈欠。老头回到椅子上后，杯子里又添满如橄榄油般的尚清，目光再度尖锐起来，语调中也再次出现复杂的讯息。

喔，嗯，她边说边将辫子往后甩，每年锡头宰杀一头阉牛，就足够他们吃整个冬天，可煮，可炸，可熏，可油焖，可焦烤可生吃。有一次他走到畜棚旁边，以斧头狠狠劈了阉牛一下，大牛昏了过去。他绑起它的后腿，吊起来，戳进刀子，把浴缸往下塞，以接住流出的血。等血流得差不多了，他放下公牛，开始剥皮，从牛头开始，在牛头后面划一刀，割到眼睛和鼻子，然后将牛皮往后剥。他没有砍下牛头，只是继续往下剥，由悬蹄至趺关节，向上剥至大腿内侧，然后剥到阴囊，再向下剥往腹部中央，向前剥到胸口，向后剥到牛尾。现在他准备侧剥，剥下强韧的牛皮。侧剥是件很累人的工作——（老头点点头）——他才剥到一半就开始想吃晚餐。所以就把剥到一半的公牛留在地上，走进厨房，不过离开前先割下牛舌，因为牛舌是他最喜欢的一道菜，煮熟冷却后，可以配着锡头太太装在勿忘我茶杯里的芥末来吃。于是他把牛放在地上，自己去吃晚餐。晚餐是鸡肉加汤团。本来是白色的鸡，养到后来却变成蓝色。没错，先生，就跟你老爸的眼珠一样蓝。

她说谎不眨眼。老头的眼珠是暗棕色。

细雪筛落在高原上，轻巧微妙，使空气朦胧起来，这种尘雪罕见，好美，他心想，如丝质薄纱，然而强风好似一只肌肉发达的手臂摇晃着沉重的车子，高速气流如波动的动脉，从天直扑而下抚触大地。云状烟尘冉冉而上，高升至数百英尺的高空，优雅的山泉与回旋而上的雪尘柱，形成蒙面阿拉伯妇女与幽灵骑士之姿，在白色废气中淡出。柏油路面上的雪水如蛇左右蜿蜒，最后呈直线流去。他行驶在寒白不见五指、如江河般湍急而来的风暴中，什么也看不见，踩着刹车，疾风连续猛击车身，凄苦强劲的游尘在金属与玻璃上发出刷刷声响。车身震动着。风起得突然，退得也突然，路面变得清晰，前方漫长空旷的一英里尽收眼里。

如何得知自己受够了？是什么触动了"停止"的标记？远离某地的决定，是由脑中何种吱喳作响的电流形成？听了她的故事后，一切成了定局。多年来，他一直认为没有肯定的原因让他离乡背井，因此痛苦不已。然而他从介绍大自然的电视节目中学到，他早该出外寻找自己的领域，寻找属于自己的女人。外面的世界有多少女人啊！他娶过的女人就有三四个，也品尝过无数。

记忆的潮水轻轻袭来，前仆后继，农场的形状逐渐在他脑海中浮现：他忆起亲手搭建的私人围篱，拉紧铁线，转弯处绷得完美无缺，也记起了洼地与奇岩，水道切深的山谷，一山高过一山的悬崖宛若残肉犹存的骨头；溪涧陡然遁入地下，消失在盲鱼生存的无光地底世界，然后在高山以西十英里处邻居家激射而出，却让他们的农场红土瘠燥如脆饼；陡峭的峡谷处处可见居高临下的洞穴，适合狮子藏身。那年初冬他与罗洛射死了两头，地点靠近阴门壁画的悬壁。以狮子的观点而言，那些洞穴的地点很好。

他在凝乳状的天空下行驶。还剩下最后的六十英里时，雪又开始下。他爬过一段上坡出了野牛镇。苍白的雪片飞落时，彼此距离如银河星系，接着越下越大，十分钟后车子减缓至时速二十英里，雨刷发出拖着木棍下楼般的声响。

来到垭口时日光逐渐减弱，粗钝的山形消失在大雪中，前有湿滑的连续 U 字形弯道。他以低档前进，缓慢而平稳；他尚未遗忘冬天在山区开车的要领。然而风势再起，对车身又拍又摇，遮住鞭笞而下的大雪之外的万物。他极力不让车子闯出路面，因此急出一身冷汗。海拔一高，他也晕眩起来。继续开了十二英里，不断地打滑与颠簸之中，车子抵达了十眠，当地街灯如凡·高画笔下的太阳旋转灼烁。离乡时，当地并无电气。从十眠到农场有十七英里路，往年一路上漆黑无灯，如今那段似拱形长廊一样的岁月都被压缩进了这段路。车头灯照亮了路标：**澳洲怀俄明，二十英里**。食火鸟与野牛于大字上方斜睨而下。

他拐上积雪的马路，路面只有两道车胎痕迹，依稀可见，车上暖气呼呼吹，收音机静音，车灯以外的视野一片模糊。然而一切景象均如往日，马路的形状熟悉得令他心痛，哨兵岩也如他年轻时耸立站岗。他看见荒废的法里尔家仍如六十年前朝东倾，班纳农场大门如幽灵般直立雪地，铸铁旗却仍飘扬，五道铁丝紧束的围篱，牛群移动的模糊身影时，有种置身梦境的异样感受。一路跟来的轮迹转入大门，受尽风吹雨打的铁器图案已无法辨识。接下来是通往他们农场的路，一过凸起的路面顶端左转就到。现在车子在伸手不见五指、没有标志的路面上奔驰着。

老头的女友对罗洛眨眨眼说，对，她说，是的，先生，锡头晚餐只吃到一半就不得不小睡一下。才睡一会儿他就醒过来，到外面伸展手臂，打哈欠说，还是先剥完牛皮再说吧。不过那头阉牛已经不见了。消失了。只剩下舌头，躺在地上，黏满了泥巴和干草，只剩下那盆血水，有狗在一旁舔着。

引人入胜的是她的嗓音，低沉而具有鼻音的软语，就算她只是念着字母，你照样能听见干草的窸窣声。还没点火，她就有办法让人闻到烟味。

进入农场的转弯处，他怎么竟然会认不出来呢？转弯处在他脑海中清晰活现：那尘土覆盖的波形转角，雪花堆集的凹穴，柳树拍打着卡车车身的那段坡行车道。他开了一英里，专心寻找，就是不见转弯处。之后他又开了两英里寻找鲍勃·基钦家，却也不见踪影。他以三段式回转倒车过来，循原路往回走。罗洛一定是废掉了以前入口的通道，因为那条路已经找不到了。基钦家不是失火就是被风吹垮了。就算找不着转弯处，也没有多大损失，顶多是绕回十眠镇投宿汽车旅馆而已。然而他很不情愿就此罢休，因为目的地近在眼前。他也很不情愿在这样一个天气恶劣的夜晚摸索着开车数英里折回,因为距离农场也许只有二十分钟车程。

他将速度放得很慢,循着来时的轨迹行驶,农场入口终于出现在右方,只不过大门已不见,招牌也没挂上。难怪他会错过,原来一丛山艾树挡住了进出口。

他右转进去,有点洋洋自得。然而积雪下的路面崎岖不平,而且越往前开越难走,最后竟开在巨岩与倾斜的石头上,这才知道一定是找错地方了。

他无法在窄道上原地回转,因此小心翼翼地倒车,放下车窗,拼命伸出僵硬的脖子,盯着尾灯的红光照亮的部分。车子右后轮滚上一颗大圆石后打滑,陷入泥坑中。车轮在雪地里打转,却找不到施力支点。

我干脆坐在这里,他说出声来。我就坐在这里,等天亮再走路去班纳家讨杯咖啡喝。冷归冷,却不至于冻死。他想象着鲍勃·班纳开门说,嗨,是梅罗呀,进来进来喝杯爪哇咖啡,吃点热乎乎的软圆饼,但随后他才想到,这个角色若要鲍勃·班纳担纲,出场的他起码已有一百二十岁,觉得这简直是笑话一桩。他距离班纳家大门约莫三英里,进了大门再走七英里才能抵达班纳的农庄。亦即他需要在高海拔区顶着大雪徒步行走十英里。另一方面而言,油箱仍半满,可以空转一阵子然后熄火,接着再发动,整晚重复。只是运气背嘛。重点是要有耐心。

半剥皮的阉牛　　21

他在被风吹动的车子里假寐半小时，醒过来时全身发抖又痉挛。他想躺下来。他心想，也许可以在该死的轮胎下摆块扁平的石头。永不言死，他说，摸索着右面的车地板寻找救生包里的手电筒，这时才想起被撞毁拖走的卡迪拉克，警示烟火、汽车电话、美国汽车协会会员卡、手电筒、火柴、蜡烛、止饥巧克力棒、矿泉水全在车上，现在大概全到了可恶的拖车驾驶员那可恶的妻子的车上。雪地反射出的光线，也许就够看了。他戴上手套，穿上厚重大衣，下了车，锁上车，扶着车身走到后面，弯腰下去。尾灯照亮车子后下方的雪，浑似一摊鲜血。轮胎空转时，削出了摇篮大小的凹地。两三块扁平石就可能助他脱困，小圆石也行，他不打算非找完全满意的石头不可。冷风撕扯着他，雪片也往上吹积。他开始在马路上拖着脚步走，以双脚试探可以移动的石块，车子有节奏地均匀震动，预示脱身在即。风势强劲，他的耳朵隐隐作痛。他的羊毛帽放在该死的救生包里。

我的天啊，她继续说，锡头发现公牛不见了，简直吓得屁滚尿流。他认为一定有人在搞鬼，一定是某个不喜欢他的邻居过来把牛偷走，不喜欢他的人多得是。他四下找寻轮胎痕迹或脚印，却只见到母牛先前留下的足迹。他一手搭在眼睛上方，向远方眺望。北边没有，南边、东边也没有，不过西方远远的山边，有个东西缓缓移动，姿态生硬，脚步不稳。看似皮开肉绽，臀部挂着一坨湿湿的东西。对，就是那头阉牛，从来不吭声的那头。就在这时公牛停下来往回看。尽管距离遥远，锡头仍看得见它头上的生肉与肩部肌肉，张开的血盆大口，空空的没有舌头，红眼睛瞪着他，深仇大恨似箭一般朝他直射过来，这时他知道他完蛋了，所有儿女与孙子也完蛋了，妻子也完蛋了，妻子的每一个蓝色餐盘也非摔碎不行，舔血的那条狗也完蛋了，他们住的房子一定不是被风吹垮就是被火烧掉，里面的每只苍蝇和老鼠也难逃一劫。

众人不出声，她接着说，就这样。果然一切都与他作对。

就这样？罗洛说。故事就这样结束了？

他知道这里就是农场，他感觉得到，也认识这条路。这里不是通往农场的主道，而是某条地势较低的入口道，他记不太清楚，这条路在河的下方。现在他想起来了，有条小路可以通往主要入口大门，而小路是在抵达班纳家之前很远的地方岔开而去。他找到一块不错的石头，又找到另一块，心里纳闷这里究竟是什么路；记忆中农场的地图如今已不如刚才明朗，而是仿佛遭践踏蹂躏，显得磨损处处，擦痕累累。记忆中的大门崩塌，围墙摇摇欲坠，而崎岖地的景象却膨胀得巨大而显赫。悬崖朝天空胀大，狮子龇牙怒吼，河水以螺旋状流入石洞，速度惊人，巨岩也纷纷从高地淘泻而下。铁刺网的另一端出现了动静。

半剥皮的阉牛

他抓紧车门把。锁住了。借着仪表板的微光，他可以看见钥匙插在钥匙孔，反射出光线，原来他为了维持引擎运转而把钥匙留在车上。说来也算好笑。他拾起一块两手才能举起的大石头，砸向驾驶座车窗，伸手穿过破洞，感受到车内温煦可人的气氛，使出软骨功，绕过方向盘后面再往下够，若非他平日运动，而且弃牛羊猪肉而食用坚果薄片与绿叶蔬菜，维持柔软的身段，否则绝对够不着钥匙。他的手指掠过钥匙，然后抓住，握在手里。男人和男孩的差别就在这里啊，他说出声音来。正当他的手指握向钥匙之际，他瞥了一眼乘客前座。车门锁按钮昂然耸立。就算连右车门也锁上了，大可伸手进去拉起驾驶座的车门锁，何必大费周折伸手够钥匙？他边咒骂边拉出橡胶底垫，铺在石头上，再绕着车身蹒跚走过来。他感到晕眩，极度饥渴，张口接着雪花。两天来，除了那天早晨咽下的焦蛋外他片食未进。现在的他，一打炒焦了的鸡蛋照吃不误。

　　呼号的大雪卷入破碎的车窗。他换成倒车挡，轻踩油门。车子往后冲了一下稳定下来，他则再次扭转脖子向后探，借着红色车灯后退，二十英尺，三十英尺，不断打滑、空转；积雪实在太深了。他倒车爬上陡坡。来时路上显得平坦，这时路面却发威起来，漫长而不留情，点缀着石块，积雪也深。前进时的轨迹扭曲如绳。他再逼迫车子倒退二十英尺，空转到轮胎冒烟为止，而后轮这时也偏滑出路面，掉进两英尺深的水沟，引擎就此停摆。能走到这里，走到上天的手作势要捻断他生命线的这个地步，几乎让他如释重负。他抛弃了到班纳家距离长达十英里的想法：不见得那么远，或者也许他们将农场迁到比较靠近主要道路的地方。可能会有卡车经过。踩着打滑的鞋子，披着纽扣歪斜的大衣，他也许能在山艾树间找到传说中的富丽大饭店。

高升的月亮洒下珍珠般的黄杏光辉，照亮车胎在主要道路上留下的淡淡轮痕。月亮在翻搅的雪云后眨眼。风势一稍减，他模糊的身影立刻挺直。随后犷悍的乡野风景显露出来，对月耸立的悬崖，大草原上的雪花如蒸气般上升，围篱切割着农场白色的侧翼，山艾树丛金光晶莹，小溪旁柳树枝叶交缠成团，有如死人头发。路边原野上有牛群，它们的云状吐气在潋滟月色照耀下，形同漫画里的对话圈。

他逆风向前走，鞋子塞满了雪，感觉如剪纸般稍撕即裂。他一面走，一面注意到围篱内有一头牛，陪着他亦步亦趋。他放慢脚步，那头牛也跟着减缓速度。他停下来，转身。牛也跟着停下脚步，呼出蒸气，打量着他，脊背上积了一片如长条桌布般的白雪。牛甩甩头，他凭着寒冬狂啸的光线发现他再度料错，那头剥皮剥到一半的阉牛，其实一直以红色独眼守候着他。

脚下泥巴

炎热的俄克拉荷马州小镇举行牛仔之夜，戴蒙德·费尔茨人在金属窄道中，他所谓的老家是怀俄明泥土上那一丁点小屋，距离此地遥远。他坐在82N公牛背上。这头牛毛皮松散，带有斑纹，是布拉玛杂交种，节目单上命名为小吻。天气有种湿热的感觉。他维持屁股歪向一边的坐姿，双脚搭在窄道栏杆上，如此一来公牛便无法磨压他的脚，无法钉牢他，而且在公牛剧烈扭动时，他也能急忙跳过栏杆。出场时间分秒逼近，他使劲拍打自己的脸，让肾上腺素导致的玫瑰红晕浮现双颊。他低头瞥了一眼牵牛人说，"差不多了。"里托脖子上汗珠闪烁，以金属钩扣住牛绳尾端，很有技巧地从牛肚下拉过来，然后登上栏杆拉紧。

"啊，这条牛野得很哪。"他说，"给你签儿。"

戴蒙德接过牛绳尾端，开始包裹手掌，以绳子在自己手背手心绕两圈，交织在中指与无名指之间，用力套上涂有松香的手套。他将绳子末端放在牛背上,缠起多余的部分,却不对劲——到处都变得稍显松脱。他重新包裹,从头做起,让绳圈缠得更小,等待牵牛人再度拉动,这时竞技场里的小丑发射粉红大炮,吱吱火花声被南方传来的隆隆低吼掩盖,得克萨斯州雷雨风暴即将来临。

夜间竞技有其独特的快感,有强光照射,有穿着亮片镶边皮套裤的牛仔娃娃,双腿僵硬,阔步走进竞技场,也有聚光灯猛然照在眯着眼的选手身上,观众半醉半醒。当晚节目接近尾声,进行到骑牛项目时,下一位出场的是戴蒙德。胯下的公牛吐着气,逞蛮地践动。这时他以打开手指的一手捂住右肩,紧靠胸口,稳定心情。为何一手抱胸的动作能减轻习惯性的焦虑,他也不清楚。然而,以目前情况而言,此时他需要的是施展技巧,期望能助他平安过关。

先前进行第一回合时,他抽中一头他已摸清脾气的公牛,骑来畅顺。数周来,他的表现一直不见起色,筋骨施展不开来,但如今他的状况逐渐恢复。跳下公牛时,他做出飞舞的美姿,引发些许掌声,很快就静下来;观众与他同样清楚的是,哨声一响,他就算全身蹿出火苗、高唱歌剧一曲,对成绩仍不会有分毫影响。

接下来几回合,他抽中的公牛尚可,骑完后得分在七十五至八十之间,死盯着想甩落他的那头蛮牛外肩,随后在晋级赛抽中小吻。小吻倔强剽悍,庞大如运煤篷车。骑上这种牛,只能尽力而为,并希望命运之神稍稍眷顾；运气够好，这牛就是财神爷。

封闭式竞技场上方扩音器传来广播员中气十足的嗓门，震动了喇叭："各位，我国之所以伟大，并不是靠宪法或人权法案，而是靠上帝，因为上帝创造高山、平原、傍晚夕阳，让你我降生其中欣赏美景。阿门。愿上帝保佑星条旗。接下来出场的牛仔是来自怀俄明州红雪橇，今年二十三岁的戴蒙德·费尔茨。我刚才说的美景，他现在可能想知道是否有缘再看到一次。各位观众，戴蒙德·费尔茨体重一百三十磅。小吻体重两千零十磅，是条大之又大的公牛，三十八胜一败，荣获去年道奇城骑牛士首奖。这么凶的大牛，只有一个人能在它的背上待八秒钟，那就是雷诺市的马蒂·凯斯波特，想必你也知道，所有奖金都归他了。小吻今晚乖不乖？各位观众，待会儿就能见分晓，只等牛仔准备就绪。听听外面雨声，各位，谢天谢地这里是密闭式竞技场，否则场地一定到处是泥巴。"

戴蒙德回头看了负责松紧侧带的人一眼，拉住绳子往前坐，点点头，快速上下摆头："走吧，走吧。"

窄道门打开，小吻半蹲下去，跳进屏息以待的寂静中，接着以抽搐般的扭动、腹滚、旋转、跳跃、猛冲绕圈，用力下甩，给戴蒙德全套待遇。

戴蒙德·费尔茨左颊黑痣多如星座,深色头发理成小平头,盥洗整洁、换上干净上衣、围上印有蓝星的领巾后,外表胜过"好看"两字所能形容。但他一生中多半时间都不知道这一点。五英尺三,习惯跺脚、敲手指、咬指甲,散发出紧张不安之感。十八岁仍是处男,而高三同学不论男女却多半已尝过云雨之欢。他努力改变现状,却屡屡出错。只要受到饥渴欲绝的心思导引,一进入长腿美眉之林,他必定无功而返。身材娇小的女人不是没有,不过他私底下想象自己上的全是六英尺美女。

一辈子到处有人叫他半品脱、小男孩、矮冬瓜、小子、小不点、矮子、短半截。母亲是从来不放过机会,老是准备拿语针刺他,甚至有一次他裸身走出浴室,母亲正好上楼撞见,对他说:"至少你的那方面没有被亏待吧。"

高中毕业那年春天,他坐在华莱士·温特的小卡车上,听着脖子像天鹅的车主编故事,自己的手指当鼓槌敲着,努力想装笑,这时来了一个他俩都认识的蠢蛋,只知道他叫利西——谁敢叫他露西,愿上帝保佑——利西走过来说:"你们有谁这周末想打工?我老头想烙印,缺人手帮忙。可惜没人想帮他。"他眨眨一角硬币大小的眼睛。他的脸孔圆钝,布满李子色的粉刺,坑洼不平,在狰狞的痘痘之间冒出几根金色短须。他刮胡子时如何避免失血过度而死,这一点戴蒙德怎么想也想不透。身上传出浓浓的牲口味。

"他可是选错了周末哟。"华莱士说,"篮球赛、舞会、打炮、喝酒、嗑药、车祸、警察、食物中毒、打架、歇斯底里的家长。你没跟他说明过吗?"

"他又没问我。只叫我帮他找几个人。反正现在天气好。一个月来,每逢周末都刮风下雨。"利西吐了口痰。

华莱士佯装认真考虑着。"周末别想玩了,赚钱重要。"他对戴蒙德眨眼,戴蒙德则以苦瓜脸向他暗示,利西这人可要不得。

"好吧,你们两个,时薪六元。我和我弟弟在农场干白活儿。收工差不多在晚餐时间,之后你们还是能做自己的事,怎么玩随你便。"他不准备参加镇上任何大吃大喝的聚会。

"我从没干过农场的活儿。"戴蒙德说,"我妈从小在农场上长大,她恨农场。只带我们去过一次,大概没待上一个钟头。"说着回忆起被马蹄踏烂的广阔泥地,外公掉头就走,约翰舅舅穿着皮套裤,戴着脏臭的帽子,肌肉发达,全身是汗,一巴掌打在他屁股上,一面对母亲说了让她生气的话。

"没关系啦。就是干活儿嘛。把小牛赶进窄道,烙印,割一割,打预防针,然后再把它们赶出来。"

"割一割。"戴蒙德说。

利西以夸张的手势指向他的胯部。

"可以搞得怪有意思的嘛。"华莱士说,"我有办法搞得怪有意思的哟。"

"衣服可别熨得太整齐,要躺在泥巴地里的。"利西严厉地说。

"不会,"华莱士说,"我才不干那种事咧。好吧,我去就是了。管他的。"

戴蒙德点点头。

利西咧开一口整齐的白牙。"知道我们农场在哪里吗?弯岔的小路有一大堆。教你们怎么去。"他拿来一张考卷,上面以红笔注明不及格,翻过来在背面画了复杂的路线图。谜题解开了一个;利西的姓是玻德。华莱士看着戴蒙德。玻德家族散居各地,从帕哈斯卡到松崖均有,在当地恶人榜上赫赫有名。

"早上七点。"利西说。

戴蒙德翻到路线图背面,看看考卷内容。以细铅笔描画的牛身烙印填在答案格中,赋予这张纸一种心胸狭窄的权威。

好天气未到。整个周末刮着强风,乌云蔽天,混杂着嗥叫、身上黏着变硬粪肥的牲畜、泥巴、尘土、抬东西、打针、毛发烧焦的臭味。他以为这种臭味永远也无法自鼻孔中消除。两个同校的割睾人也到场;

戴蒙德以前见过他们，但并不认识，无来由地认为他们很没出息，只是觉得他们讲话词不达意，住在偏僻的农场，门前的马路没铺柏油。是利西的朋友。寇莫·玻德围着护腰带，头发灰白，指挥着他们，利西则与几个弟弟将小牛从牧草地赶进围栏，赶进牛屋，赶进烙印窄道，烙上黄热的电烫印，再赶上切割桌。农场帮手洛维斯在切割桌前持刀倾身向前，另一手拉紧一边睾丸的皮肤，割出一道长长的切口，深入皮质与薄膜，挖出热腾腾的睾丸，扔进桶里，等下一头小牛上桌。几条狗四处嗅着，无所不在的苍蝇嗡嗡响、到处骚动，树下有三匹带鞍马，不停移动四腿重心，偶尔发出嘶声。

戴蒙德一次又一次瞥向寇莫·玻德。他的额头有道围墙状蛇行疤痕，如同白色铁刺网。寇莫察觉到戴蒙德的目光，对他眨眨眼。

"在看我的勋章是不是？我在你这个年纪时，被我哥开卡车轧了，把我的皮肤从耳朵剥到这边，全身被刮得很惨，像是扇贝一样。"

周日下午他们很晚才收工，寇莫·玻德慢慢仔细计算出工资，在每人的薪水里再加五元，说大家表现不错，然后对利西说："怎么样？"

"想不想找乐子啊？"利西·玻德对戴蒙德与华莱士说。其他人已走到远处一小围栏。

"什么乐子？"华莱士问。

戴蒙德突然以为围栏里有女人。

"骑牛比赛。我爸有几条不错的蛮牛。我们牛仔课的人上个月来骑,结果几乎连一头也骑不住。"

"我喜欢看。"华莱士以他一贯的反讽口吻说,字句从嘴角冒出。

戴蒙德认为,只有脑袋不灵光的人学不成打篮球,迫不得已才改上牛仔课。武术课与摔跤课,他全修过了,后来听别人说那两堂课虚有其表。"骑牛嘛,"他说,"我大概没兴趣。"

利西·玻德朝小围栏跑去,旁边有个侧棚,关着三头公牛,其中两头正在刨土。侧棚前端有个侧门窄道,通往小围栏。割睾人之一把围栏当作竞技场,东跳西跳,准备表演斗牛,将公牛从被甩落地的人身前引开。

在戴蒙德眼里,他觉得这些公牛既凶残又狂野,连农场帮手都骑不住,只见洛维斯以围篱刮掉鞋底泥巴;利西的父亲三秒钟就被摆平,臀部先着地,护腰带溜上胸口。

"试试看。"利西边说边吐出血水。他被击中脸部,嘴巴流血。

"呃,我可不行。"华莱士说,"小命重要。"

"好啊,"戴蒙德说,"好,我来试试看好了。"

"有种,有种。"寇莫·玻德说着递给他涂上松香的左手手套,"骑过牛吗?"

"没有,先生。"戴蒙德说。没有马靴,没有马刺,没有皮套裤,没有帽子,只穿 T 恤。利西的老爸告诉他,没抓住牛身的一手向上举,不能碰到牛也不能碰到自己身上,肩膀朝前,下巴后收,以双脚、双腿与左手抓紧,最重要的是别动脑筋。被牛甩下来后,不管摔断了什么,赶紧爬起来没命狂奔,冲向围篱。他帮戴蒙德包裹手掌,轻轻坐上公牛,浅笑着对戴蒙德说,甩甩脸,该你上场了,这时血迹斑斑的洛维斯打开窄道门,等着看市区长大的少年被甩落地,等着看他倒栽葱俯冲直下。

然而,他却坐住了,直到有人数到八,以长管子敲打栏杆表示时间到。他飞下来,以双脚着地,往前跌撞而去,却没有跌倒,冲向栏杆。他挺直身子,因兴奋过度、血脉贲张而喘气不已。他刚从炮口被射出。剧烈动作的震动,电光石火般的重心移转,力量万钧之感宛如他成了公牛而非骑牛者,甚至是恐惧感,满足了他内心某种贪得无厌的肉体饥渴,而骑牛之前他并不知道内心有这种饥饿感。这份体验令他精神为之一振,感动得难以承受。

"你知道吗,"寇莫·玻德说,"你是个骑牛的料子。"

红雪橇位于分水岭西坡,地壳裂缝处冒出温泉,吸引了观光客以及雪车、滑雪爱好者,也引来灰头土脸的农场帮手,也有出手就是五十元小费的银行家机车骑士。红雪橇硫磺充沛,其恶臭弥漫,湿热空气熏得他难以忍受，令他冲向河流，直扑深色流水，心脏怦怦跳。

"我们去泡泡温泉。"两人在回家路上戴蒙德说。戴蒙德仍受肾上腺素影响，需要再寻刺激。

"不要，"华莱士说，是他一小时内首度开口，"我有事要办。"

"那就载我过去，你自己回家吧。"他说。

在激烈滚动的温泉中，戴蒙德斜倚湿滑的岩石上，重温骑牛情景，感觉生命膨胀了一倍。他苍白的双腿在水中摇晃，针头般的气泡附着在每根腿毛上。一阵欣快感如鲜血般窜至全身，他大笑起来，回想到从前也曾骑过牛。当时他五岁，一家三口旅行至某地，他与母亲以及当时仍叫爸爸的父亲，下午带他到农产品园游会，会场有旋转木马。他对旋转木马感到神往，不是因为绕大圈时害他呕吐，也不是因为可看见玻璃纤维马匹的大臀部。有捣蛋鬼扯断了尼龙马尾，露出原本固定马尾的小洞，丑陋无比。让他兴奋异常的是表面光滑的黑色阉牛，是被捣毁的马匹中唯一一头牛，牛尾安然无恙，有红色马鞍与微笑的双眼，眼神由一抹楔状白漆勾勒出光芒。戴蒙德的父亲将他抱上公牛，站在他身旁，伸出一手扶住他肩膀，以免公牛上下起伏、音乐奔腾澎湃时他失去重心。

周一早晨在校车上，利西与一个割睾人同坐后端座位，戴蒙德过去找他。利西的拇指连接食指，形成圆圈，对他眨眼。

"我想跟你商量一下。我想知道怎么进入这一行。骑牛。牛仔竞技。"

"想得美。"割睾人说,"等到尝到被牛踩在地上的滋味,你就会嚷着找妈咪。"

"他才不会。"利西说。接着他对戴蒙德说,"没错,骑牛保证不是轻松的工作。别把骑牛当作好玩——要有被摔得稀烂的心理准备。"

事后证明的确轻松好玩,而他也被摔得稀烂。

戴蒙德的母亲凯莉·费尔茨经营一家连锁纪念品店,总公司位于丹佛:高西——历久弥新的牛仔配件、西部古董、马刺、收藏品。戴蒙德十二岁大就帮母亲开箱子,掸展示窗,以钢刷清理污物凝结的马刺。母亲告诉他,大学毕业后说不定可以在这行找到工作,如果他想见见外面的世界,可以到外地的连锁店上班。他以为工作可任他自由选择,因此对母亲说他想到加州学骑牛术,母亲却勃然大怒。

"不行。不准你去。你要上大学。搞什么鬼嘛,是你从小的秘密志愿吗?老娘拼死拼活地在市区养大你们几个儿子,让你们不必碰泥巴,给你们发挥潜力的机会,你却准备全部丢掉,跑去当没出息的牛仔?我的天哪,无论我怎样为你吃尽辛苦,你都不领情。"

"我就是想参加牛仔竞技。"他回应,"我想骑牛。"

"你这个没良心的小鬼。"她说,"你分明是存心气我,我知道。

你心里充满了恨。别梦想老娘会去帮你加油。"

"没关系,"他说,"我又不需要。"

"噢,怎么会不需要,"她说,"你当然需要。你难道没搞清楚吗?牛仔竞技这行,是给没你这么好运的乡下小孩干的。最笨的只好去骑牛。我们店里每个礼拜都有牛仔上门,想卖铅铜合金的扣环或是肮脏的皮套裤给我们。"

"我下定决心了。"他说。无从解释。

"真的想当牛仔,我也挡不了你。"她说,"你真的很让人痛心。矮冬瓜啊,你从小就这样。从第一天起就是磨娘精。准备走这一行,后果自负。我是说真的。你这小孩就是牛脾气,"她说,"就像他一样顽固。你就跟他一样,这可不是称赞你哟。"

闭上你的鸟嘴,他内心想着,却没有出声。他本想告诉母亲,别老是搬出那套谎言来骗人。他一点也不像父亲,永远也不像。

"别叫我矮冬瓜。"他说。

在加州的骑牛训练班,戴蒙德一星期骑四十头牛,投资买了一箱运动录影带,观摩录影带,一直看到坐着睡着。教练以浓厚鼻音不厌其烦地大声说,向下按住,绝对不能认为自己快败下来,别看地下,找出自己的平衡点,被甩下来后,马上跑到庇护区,千万别等死。

回到怀俄明后，他在夏延租房间，打打零工，花钱买下许可书，开始四处参加高山巡回赛。一个月内取得职业竞技牛仔协会的资格证明，喜不自胜。有人告诉他，刚起步的人运气有时会很好。每次牛仔竞技会上，他几乎都会撞见利西·玻德，与他喝醉两次。独自一人熬夜开车赶场，口袋总是空空如也，时间太多，钱却赚得太少，这种日子过得厌烦了，因此两人开始合作，一起上路参加骑牛赛，走遍大小牛仔竞技赛，吃尽马路尘土。他期望先努力出人头地再回头道歉，基于这分矛盾的哲学，他选择走上这条人生道路，走得艰难困苦又遍体瘀青。然而他一坐上牛背，内心立刻闪起幽暗的雷电，感受到光荣实在的自我。

利西开的是车龄三十年的雪佛兰小卡车，车架弯曲，外表凹凸不平，黏胶处处，重新接过线，重新装了引擎，重新装了消音器，是部难以驾驭的车，车头总是拼命向右偏，喜欢在情况恶劣、关键时刻抛锚。有一回两人赶往科罗拉多泉途中，车子在四十英里外抛锚，两人俯身在引擎盖下。

"啐，车子里面油兮兮的东西，我最讨厌碰了，全不知道叫做什么鬼。你对车子怎么也全不懂？"

"命好嘛。"

这时有辆卡车靠过来，停在后面，是套牛人斯威茨·马斯格娄夫，带着猎枪，车子由扎了辫子的妻子尼夫驾驶。斯威茨下车，抱着身穿粉红连裤装的婴儿。

"遇上麻烦了吗？"

"是不是麻烦还不知道。我俩笨头笨脑的，就算是好消息，我们也不会知道。"

"我靠修车赚钱。"斯威茨说着抱着婴儿钻进引擎盖下，拉拉小卡车内部线路，"光靠牛仔竞技赛不够温饱，是不是啊，小宝贝？"尼夫闲晃过来，拿根火柴划过鞋底点燃香烟，靠在丈夫身上。

"要刀子吗？"利西说，"用不用割啊？"

"婴儿会被你弄脏啦。"戴蒙德说。他希望尼夫能抱走婴儿。

"我宁愿要个被油弄得脏兮兮的小女儿，也不要个孤孤单单的小孩，是不是啊？"他凑着婴儿胖嘟嘟的脖子说，"试试看能不能发动。"没有动静，也没时间继续浪费在修车上。

"你们俩没办法一起挤上车，而且我老婆也不喜欢跟别人一起坐。其实没什么鸟关系，反正待会儿有一群人会过来。总会有人让你们搭便车。放心。"他嘴里塞了护齿套，粉红、橙色、紫色相间，对着心肝宝贝浅笑。

四个骑牛士带着两个牛仔追星女，开着敞篷车过来，让两人同行，其中一个追星女一路上紧贴着戴蒙德坐，从肩膀贴到脚踝。来到竞技场时，他精神奕奕，想骑的却不是牛。

一年来两人合作愉快，之后利西退出。那天午后在科罗拉多州一处游乐场上，烈日当空，尘土飞扬，毫无降雨迹象。利西以加油站水管浇湿自己头颈，放下车窗开车，干风立即吸收水渍。恶毒的蓝天抛下热气。

"被甩高两次，掉下来正好被踩中。天啊，他可是把我整惨了。钱又用光了。今天骑那头垃圾牛时的确没有用尽鸟力。说什么用力挤出那几滴真不够看。当时在土堆里打滚时就下定决心了。我以前以为自己只想参加牛仔赛，其余免谈。"利西说，"可是啊，啐，又是赶场，又是开车，又是睡臭死人的汽车旅馆，这堆东西，让我不得不说我讨厌参加牛仔竞技赛。老是这里痛那里痛的，我厌倦了。我天生没你那种风格，那种'管他妈的、老子就是爱'的调调。好想念农场生活。一直担心我老头。他身体有毛病，小便几乎尿不出来，跟我弟弟说他养牛时穿的东西里面有血。去做身体检查。而且还有芮娜塔。我想讲的是，不陪你走下去了。反正迟早都要结婚。"喇叭形的卡车阴影在堤岸上飞奔。

"什么意思？你把芮娜塔的肚子搞大啦？"太快了。

"呃，是啊。没问题。"

"去你的，利西。这下子不好玩了。"他很惊讶自己说出了真理。他知道自己对友谊或亲情并不太拿手，对爱情更是顽强抵抗，只不过后来爱情如斧头砍在他身上时，他被杀得片甲不留。"从来没有女孩跟我在一起超过两个钟头。你是怎么撑过两小时的，我不知道。"他说。

利西只是看着他。

他寄了一张明信片给弟弟珀尔，背面是一头大黄牛狂奔而来，绳状唾液从嘴里甩出。却没有打电话回家。利西退出后，他移居得克萨斯州，只要肯熬夜开快车赶场，每晚不愁没有牛仔竞技赛可参加。眼睛因盯着针头状的车灯、忽明忽暗的远方开车而布满血丝，路面也随之胀大、退缩。

第二年，他开始获得一些注意，开始进账，然而好景不长，七月四日国庆连续假期前一两天，他原本骑得不错，下牛时却脚步过重，右膝收缩过猛，因此拉伤韧带，伤及软骨。受了伤，他一向复元很快，但也整个夏天无法出场。丁字杖用不上了，他改挂着一支手杖走动，好不寂寞，这时他想念着老家红雪橇。医生说泡泡温泉或许有助疗伤。他搭上悌朵夫的便车。悌朵夫也是骑牛士，得克萨斯人，晚上开着大车飞奔在阴暗的山脉高地间，亮丽晨光再过一小时将从山后露脸，两人交谈的字数不到十来个。

"这一行拼的是骨头。"悌朵夫说。戴蒙德认为他指的是受伤的情况,点头。

两年来他首度就座母亲的餐桌前。她说:"感谢主恩赐食物,阿门,哎呀,我就知道你迟早会回家。看看你。你看自己一眼嘛。像是刚从阴沟里爬出来似的。看看你的手,"她说,"搞成这个样子。我猜你是没钱用了。"她打扮得漂漂亮亮,长发挑染成金色,鬈曲如泡面,眼皮是珍珠蓝。

戴蒙德伸直十指,将仔细刷洗干净的双手翻上翻下,肌肉发达,指关节有割伤,也有小疤痕,两片指甲呈紫黑色,有即将脱落的迹象。

"很干净呀。而且我又不是没钱用。我可没向你要过钱吧?"

"算了,吃点沙拉嘛。"她说。母子静静用餐,叉子在片片小黄瓜与番茄间敲出声响。他不爱吃小黄瓜。母亲起身,卡啷卡啷端来镶金边的小盘子,取出超市买来的柠檬蛋白酥皮派,开始以银色馅饼铲切开。

"太好了。"戴蒙德说,"小牛口水派。"

今年十岁的弟弟珀尔发出吠叫声。

她停下切派的动作,狠狠瞪着他:"跟你那些没出息的牛仔弟兄在一起时,爱怎么乱讲话随便你,不过一回到家,嘴巴不给我放干净点不行。"

他盯着母亲,看出冰冷的怪罪意味。"那种派我不想吃。"

"被你创造出那么难忘的意象,我想没人吃得下了。给你泡杯咖啡算了。"他还住在家时,母亲禁止他喝咖啡,认为咖啡有碍发育。现在却冲泡这种玻璃罐装的咖啡粉。

"好吧。"回家第一晚,没有必要闹别扭,然而他想喝杯真正的黑杰克,想把那块他妈的派扔向天花板。

随后母亲出门,参加红雪橇旅馆举行的某种西部劳什子聚会,硬把脏盘子留给他收拾。感觉好像他从来没离过家似的。

第二天早晨他很晚才下楼。珀尔坐在厨房餐桌前看漫画。他穿的是戴蒙德寄给他的T恤,上面写着,"捐热血,骑蛮牛。"尺寸太小了。

"妈妈去店里了。她说你应该吃早餐谷片,别吃鸡蛋。鸡蛋有胆固醇。我有一次在电视上看到你。我看到你被牛甩掉。"

戴蒙德以牛油炒了两颗蛋,直接从平底锅里挖出来吃,然后再炒两颗。他找着咖啡,却只找到那罐即溶咖啡粉。

"等我十八岁大,我也要弄一个像你那样的扣环。"珀尔说,"我可不会被牛甩掉,因为我打算拼命抓住,死也不放。像这样。"他握紧拳头,指关节发白。

"这扣环不算太屌。我希望你弄个更屌一点的。"

"你说'屌',我要跟妈妈讲。"

"拜托你行不行,大家都这样说啊。除了一个套牛的老怪物之外。我可以帮你把头发烫得屌一点。不盖你。要不要蛋?"

"我讨厌鸡蛋。对身体不好。对身体不屌。那个老怪物怎么讲话?他会不会说'小牛口水派'?"

"如果大家都不应该吃蛋,她买鸡蛋干吗?那个老怪物信教。经常祷告。老是在看谈耶稣的小册子。其实他年纪不大。没有我大。他比我年轻。他从来不用'屌'字。他也从来不说'狗屎'或'干'或'屄'或'老二'或'该死'。他生气或头被打中一边时都说'老天爷'。"

珀尔狂放地大笑,在母亲的厨房听到禁忌字眼与低级文法,让他亢奋不已。他准备看到地板瓷砖冒烟卷起来。

"牛仔竞技这一行,信耶稣的怪物多得是。有兄弟两人帮,有兄弟三人帮。有各式各样的得克萨斯表亲。有些人实在怪到不行。有时候就像魔术表演一样,祷告、魔咒、十字架、驱邪符、迷信满天飞。如果有人表现不错,骑得很精彩,原因不在他们自己身上,是神秘力量帮了他们。有全世界各地来的人,巴西、加拿大、澳洲,弯腰致意,点头敬礼,比出手势。"他打了个哈欠,开始揉着受伤的膝盖,想着浸入硫磺水深及下巴与头上的蓝天,"你是说,你打算紧紧抓住,死

脚 下 泥 巴 47

也不放？"

"对。很紧很紧。"

"这一点我可要记住，下次试试看。"戴蒙德说。

他打电话到玻德农场向利西打声招呼，电话号码却已停止使用。查号台给他一个名叫吉勒特的人的号码。他觉得奇怪，不过还是整天照号拨，没人接听。他当晚深夜再拨，听到的是利西嘶哑的哈欠声。

"嘿，你怎么不住在农场？农场电话怎么断了？"在利西开始讲话前，他听到的是脏话。

"呃，是这样的，发展得不太顺。老爸死掉后，他们来农场估价，说要付两百万的遗产税。两百万？胡扯个什么劲。我们连小便壶都没，哪里有那么多闲钱付税金？老爸买下农场的时候，它根本不值什么钱啊。你知道牛肉的市价多少？一磅值五毛五。我们到处想办法。最后不得不卖掉了。反正也厌倦了，去他的，屁股都坐红了。我现在住在这边当矿工。告诉你，这个国家有病。"

"你被搞惨了。"

"对，没错。我回来后就坏事不断。操他的政府。"

"卖掉那地方后，你一定拿到不少钱吧。"

"把我的分给了弟弟。他们去卑诗省买农场。光是买农场买牲口，就会用掉所有钱。自己大概也考虑跟他们一块去。怀俄明真的住不下去了。嘿,你牛骑得不错吧。我偶尔考虑回老本行,不过很快又打消主意。"

"摔坏膝盖之前是骑得不错。你小孩呢?是女孩还是男孩?从没听你提过。没见你到处送雪茄讨喜气。"

"你专挑痛处来问。那件事后来也不太妙,我现在不想讲。我做了一些很后悔的事。所以说,我这阵子做过的事,就是参加葬礼、去医院、上离婚法庭、房地产成交。这个周末要不要来一趟,哥儿俩大喝一场吧?我过生日。今年二十四,感觉像是跑了五十年。"

"哎,我来不了。膝盖摔得不能开车。再联络好了,我会再打电话给你。"

这时靠近利西,恐怕会缠上最可怕的厄运。

星期四晚间,她将鸡胸肉送入微波炉,催促珀尔去摆餐具,以热水滚着干瘪的马铃薯,端菜上桌,坐下,看着戴蒙德。

"我闻到硫磺味。"她说,"泡温泉后没洗澡啊?"

"这次没有。"他说。

"好臭。"她甩开折好的餐巾。

"所有竞技牛仔多少都有点味道。"

"牛仔？你算什么牛仔？好歹不过是只长了皮翅膀的小蝙蝠。我祖父开过农场，雇用牛仔或是算得上牛仔的人来做事。我父亲卖掉农场，改做牛只买卖，雇用农场帮手。我哥哥一直成不了气候。他们都不是牛仔，不过全部都比骑牛竞技的人还有牛仔气概。晚餐吃完后，"她对戴蒙德说，一面将一盘无血色的鸡胸递向他面前，"晚餐吃完，我有东西要给你看，要开一小段路。"

"我可以跟着吗？"珀尔说。

"不行。我有东西要给你哥看。你自己看电视。我们一个钟头就回来。"

"什么东西？"戴蒙德说。他回想起多年前母亲带他去街上看一团深色的污迹。她当时指着说，过马路前不左观右看的结果。他知道一定是这类东西。躺在餐盘上的鸡胸肉形似膨胀的泳池助浮翼。早知道就不该回家。

她开车经过郊区街道，路过废铁堆、吸收剂工厂，开至市区边缘时，越过铁路平交道，马路变成凌乱无章的土路，深入大草原。右边在黄色的夕阳下，矗立几栋低矮的金属建筑物。窗户反射出亮蜜色的西方。

"这儿没人，"戴蒙德说，"我们这是在什么鬼地方？"他再度成为坐在前座的小孩，让母亲开车带着跑。

"巴尔杰的马厩。别担心,里面有人的。"他母亲说。金色光线倾泻在她方向盘上的双手、双臂,轻洒在鬈发的边缘。她的脸孔在阴影中显得隐蔽、严肃。他看见母亲喉咙肌肤逐渐失去光彩。她说:"翁多·冈斯克,这姓名听过吧?"

"没有。"但他的确在某处听过。

"在这里。"她将车子停靠在最大的房子前。成千上万的昆虫,个个几乎不比尘埃大,飘浮在黄中带绿的空气里。母亲走得很快,他脚步一轻一重跟在后面。

"哈啰。"她对着黝黯的廊厅呼唤。灯光啪的一声亮起。开门的是身穿白色上衣的男子,口袋以塑胶片撑起以插置圆珠笔。他头戴黑帽,帽缘弯如乌鸦翼,帽下的脸挤满雀斑、眼镜、络腮胡与髭须。

"嘿,是你呀,凯莉。"男子注视着她,将她当作涂上牛油的热吐司看待。

"他叫矮冬瓜,想当牛仔竞技场明星。矮冬瓜,他是克里·穆尔。"戴蒙德握握男子的热手。两人交流的是敌意。

"翁多在马具室。"男子盯着她说。他笑了起来,"老是待在马具室。要是我们准许的话,他肯定会睡在那里。过来吧。"

他们来到马厩末端,男子打开门,里面是方形的大房间。最后一道金属色泽的光线从上方窗户射入,为悬挂墙上的马勒与绳套镀金。

另一面墙上有一列马鞍架，折叠好的毯子摆在闪亮的马鞍上。书桌后面一台小冰箱嗡嗡响，戴蒙德看到上方的墙壁挂着加框的杂志封面，一九六〇年八月号《马靴与野马》，封面的骑马士正进行有鞍骑乘，身体直挺严肃，紧紧夹住腾空扭转的马，马刺一路往上刮到鞍尾，一手向前伸直，帽子已无踪影，嘴巴大张，做出疯狂的微笑，标题是："冈斯克勇夺夏延有鞍骑乘冠军"。图中的马儿脊背拱起，鼻子朝下，后腿伸直用力跳起，逐渐落下的前蹄与地面之间有五英尺的阳光。

房间中央有位老人，正以皮革霜保养马鞍；他戴着草帽，两侧帽缘高高翘起，更加强调他长形的头部。他的肩膀似乎不对劲，臀部以上的身躯向前倾斜。房间里有苹果的甘味，戴蒙德看见地板上有一篮。

"翁多，有客人来了。"老人朝他们的方向望过来，似乎什么也没看见。他的鼻子塌陷，形成扁平的小苞，颧骨中凹，左眼上方有个大洞，而眼睛似乎失明。他仍嘟着嘴唇专心手上的工作。上衣口袋里有包香烟。他散发出一种木雕的静谧，在长期缺乏性生活、与世隔绝的人身上很常见。

"这位是凯莉·费尔茨，那位是矮冬瓜，过来跟你问好。矮冬瓜对牛仔竞技有兴趣。翁多，你不是对牛仔竞技知道一点吗？"他提高嗓门，仿佛对方耳聋。

有鞍骑士一句话也不说，温柔的蓝眼珠转向马鞍，右手拿着一张羔羊毛，再度来回擦着马鞍皮。

"他不爱讲话。"穆尔说，"他碰到不少困难，不过他一直在努力。你是不是一直在努力啊，翁多？"

老人不做声，继续保养牛皮。上一回他以马刺戳马肩、脚趾朝东朝西指，是多少年前的事了？

"翁多，那堆马鞍又烂又破，看来总有一天你得换掉了。"穆尔以命令的口吻说。有鞍骑士没做出听见的表示。

"好吧，"戴蒙德的母亲呆呆观察了那双筋肉横生的手，然后说，"很高兴认识你，翁多。祝你好运。"她朝穆尔瞥一眼，戴蒙德看得出有讯息飞送过去，却看不懂他们的语言。

他们往外走，男女并行，戴蒙德跟在后面，深感愤怒，气得步履蹒跚。

"对。老翁多耳朵不太灵光。以前他是当红的有鞍骑士，有希望称王。夏延的比赛，他连续两年拿走奖金。后来他参加密提泽一个不够看的小竞技，他的马在窄道里发脾气倒退跑，翁多摔下马，头被踩中。噢，一九六一年。从此他就一直帮巴尔杰清理马鞍了。三十七年。好长一段光阴。事情发生时，他才二十六岁。脑筋跟任何人一样好。事实就是这样，爱参加牛仔竞技赛，礼拜二你还是只跩公鸡，礼拜三就成鸡毛掸子。不过就像我刚才说的，他仍然不放过任何尝试的机会。

我们很看重翁多。"

他们静静站着看戴蒙德上车。

"我会打电话给你。"男子说。她点头。

戴蒙德怒视着车窗外的平原，瞪着铁轨、当铺、赛福威连锁超市、断箭酒吧、定做牛仔服饰、吸尘器专卖店。黄玉色的光线转红，熄灭。太阳下山后，绒布般的暮色笼罩街头，酒吧霓虹灯广告着欢乐时光。

拐进河边道路时她说："如果能让你死了牛仔竞技的心，我甚至敢带你去看尸体。"

"不准你再带我去看任何东西了。"

状似琉璃的黑河流在两岸阴暗的柳树之间。她开得非常慢。

"我的天哪，"她忽然吼叫，"你害我花费了多少心血！"

"讲什么！我怎么害你了？"这句话如同马戏团吞火人口中射出的火焰。

暮色中迎面而来的车辆开着近光灯，照亮她两行泪水。她没有回答。直到她转进最后一条街，她才以成年妇女的颚音，既粗又低，是戴蒙德从来没听过的嗓音，说："你这个没良心的矮子——害我付出了一切。"

车子尚未停妥，他就下了车，跛足上楼，将衣物塞进行军袋，不去理会珀尔。

"哥哥,你还不能走啊。说好要住两个礼拜的。才回来四天而已。还没帮我绑好牛仔练习吊桶。还没谈谈爸的事。一次都没有。"

他对珀尔说过很多谎话,皆以"你还是婴儿的时候,爸跟我和你"开始,讲那些小朋友想听的话。他从未说出他得知的事实,如果弟弟不知实情就算成功。

"我很快会再回来,"他撒谎,"我们再一起绑吊桶。"他对弟弟感到难过,但越早知道牛仔竞技很吃力,对弟弟越好。然而,也许珀尔不需要知道什么。也许坏消息全属于他自己。

"妈妈对我比较偏心。"珀尔大喊,想从残局中捡回面子。他剥下T恤,扔在戴蒙德身上。

"我知道。"他招来计程车,坐到破木箱似的机场,在机场里坐了五小时,搭上可以转机到卡尔加里的班机。

神气十足的第一年,他学会双腿外开的走路姿势,活像双腿间吊着钟摆。他感觉到内心的蛮牛在动,单手骑牛人与骑士之间的差别,他尚未体会出来。他一头栽进自动上门的美眉堆里,弥补多年来只能远观的缺憾。他要的是高个子。在蛮牛踩住理智的情况下,他与第二任赶场搭档迈伦·萨瑟的妻子交缠双腿。他们共乘迈伦的卡车到夏延,她也跟着来,坐在四人座驾驶舱的后座。大家喊饿,迈伦开到汉堡酒吧前停车没熄火，收音机音量大开，得克萨斯黑人的嗓音混杂着静电沙声。

"戴蒙德，你要多少，两个还是三个？隆妲，你的汉堡要不要洋葱？"

迈伦父母住在普韦布洛镇，前一天他们才去那里接隆妲一起走。她身高五英尺十一，棕色长鬈发有如水牛比尔，看到戴蒙德时对迈伦说："你怎么没说他是小不点。嘿，老兄你好。"她说。

"正是在下，"他说，"比小之又小的东西削成一小点还小。"他笑里藏刀。

她取出自己在院子大拍卖会收购来的心形旧威化饼烘盘，不用电力，是木头火炉时代的用具。把手是扭成一团的铁丝制成。她答应为迈伦准备一道情人节早餐。

"我请客。"迈伦说完走进汉堡酒吧。

戴蒙德与隆妲在车上等候，她兰花般的女性气息撩起戴蒙德的性欲。透过车窗，他们看得见外面大排长龙，迈伦站在接近队伍的尾端。他想起了隆妲说过的话，离开前座，钻到后面与她同坐，按住她，强将她长三十六英寸的牛仔裤脱至脚踝，硬上弓，干如他妈的砂纸，从头到尾肚子饿得咕噜叫。她满心不情愿。她又冲又推又挣扎又诅咒戴蒙德。她缺乏润滑，但戴蒙德却不肯罢休。这时有东西从座位上掉落，发出刺耳的声响。

"我的威化饼烘盘。"她这番话几乎乱了戴蒙德的阵脚——撞击似的抽送最后五六下完事。在迈伦排到队伍最前端之前,戴蒙德回到前座。

"那下面有很多种说法,我听过不少,"他说,"却从没听过有人叫它威化饼烘盘。"他笑到喘不过气。他心情不错。

隆妲坐在他背后气冲冲地扯着衣服哭泣。

"嘿,"他说,"别哭了。又没弄痛你。反正我太小你太大,算不了什么嘛。该哭的人是我才对——没比打嗝儿爽到哪里去。"隆妲打开车门跳下,直奔汉堡酒吧,投入迈伦怀抱,让戴蒙德不敢置信。他看见迈伦低头听隆妲叙述,不时朝停车坪瞄一眼却什么也看不到,从柜台拿来纸餐巾为隆妲拭去脸上的泪水,然后朝车门大步走来,因张牙舞爪而呈方形的嘴巴发出怒吼。戴蒙德下车。干脆面对现实。

"你对隆妲做了什么?"

"跟你那天晚上和那个下贱的得克萨斯追牛仔族做的事一样。"他对迈伦·萨瑟并无成见,只认为他是个缺乏幽默感的法西斯分子,喜欢挖鼻孔,将软鼻屎黏在方向盘上。但戴蒙德就是想对长腿女郎霸王硬上弓。

"你这个小王八。"迈伦说着举起双手,如风车般朝他攻击。戴蒙

脚　下　泥　巴

德击倒他，将他压在碎石路面上，脸趴在倾倒的奶昔里，几秒后却同样躺平在他身边，原来是被威化饼烘盘敲得不省人事。他后来听说迈伦留下悍妻，自己溜到夏威夷，从事小岛牛仔竞技表演。让他们去打得你死我活吧。那女孩是骚货一个，哪天再碰上，准让她好看。

天塌下来的那天是周日。星期天他们通常吃煎饼加黑樱桃糖浆，不过她并没有准备煎饼，叫他自己倒一碗早餐谷片吃，喂珀尔吃罐装梨泥。当时他十三岁，再过三个周末即可猎麋鹿，兴奋不已。珀尔身上馊臭，穿着全套尿布蠕动着身体，而这时父母的争吵已恶化到不可收拾的地步。戴蒙德厌倦了婴儿的哭闹，为他清理完毕后将脏尿裤扔进臭气熏天的塑胶桶。

父母整天吵架，母亲的嗓音低沉恶毒，父亲以吼叫的方式问问题，却得不到回音，只听见具复仇意味的沉默，作用力强如挥出的球棒。戴蒙德看着电视，音量转大，以盖过楼上你来我往的指责与怒骂。头上传来疾行的脚步声，宛如两人在打篮球，也可听见哭声与叫嚷。事情与他无关。每次珀尔听到母亲在楼上房间伤心啜泣，也会跟着号啕大哭，让戴蒙德为他感到难过。偶尔有一两阵为时较长的安静，却不能误认为和平。接近傍晚时，珀尔在客厅沙发上睡觉，拳头握在毯子下。戴蒙德到院子去，四处乱踢，没事找事做，把挡风玻璃擦干净。当天寒冷，风势强，雪茄云停留在西方四十英里外的山脉上空。他捡起石头对准雪茄云投掷，假装石头是子弹，对着麋鹿发射。他仍能听见房内父母的声音，他们仍吵闹不休。

房门用力关上，他父亲提着棕色手提箱，从门廊上走来，阔步朝车子迈进，好像快迟到了。手提箱角落有个极小的红马商标。

"爸，"戴蒙德说，"猎麋鹿的事——"

他父亲盯着他看。父亲脸孔抽动着，黑色瞳孔放大，吞噬掉边缘的淡褐色。

"再叫我一遍试试看。我不是你爸，从来也不是。小杂种一个，给我滚开别挡路。"他的语调高亢而不稳。

与迈伦·萨瑟拆伙后，他买了一辆三手卡车，是得克萨斯的老爷车，不比利西的破车高明到哪里。从此戴蒙德独行了数月，他需要这孤寂的距离，在平顶山与如牛猪肉般的层层红地垛上呼啸而过，岩石时而拱起，时而成角。公路上有成群的黑尾鹿，毛发有如冬草般的鹿皮色，为单调的红色乡野以粗笔点缀出变化。沿途可见血液蒸发后形成的干盐湖。住得起汽车旅馆时，他几乎每次必带回一个女孩上床，相当于半小时的止痛剂，却缺乏骑牛时那分激情畅快感。结束时没有温存。他叫她们赶快走。来来去去的女孩闷闷地说着他没办法持久，他的老二又傲慢又小，去你的星条头巾。

"我可要对你按下删除键啰。"边说边拨着淫荡的金发。

随她们怎么说，反正女孩源源不绝，反正他清楚自己脚踏实地，力行竞技牛仔生活的细节，爱情会阻碍前进的脚步，因此生命中没有爱情存在的余地。有时候，骑牛是牛仔生活中最不重要的一部分，然而唯有牛背上的狂乱震动才能带给他难以言喻的亢奋，为他注射浪荡不羁的欣喜之情。置身竞技场时，一切都假不了，因为除了送命的几率以外，其余一切皆不真切。雷公之所以打在他身上，是因为他尚未送命。环视四周，千奇百怪的事不断发生。

有天晚上在科狄镇，他跑步到停车场，希望在观众退席前离开，帕克·比茨对着他呼喊："你要去罗斯韦尔是吧？"比茨是热爱上帝的套牛士，颀长魁梧，头发淡金色，脸色红润。

"对。"比茨跟他平行跑步前进。他的用具袋贴着"赞美上帝"的贴纸，已有剥落的迹象。

"方便载一程吗？我的卡车开到利文斯顿时抛锚了，只好租一辆小车，结果拉不动我的拖车，把传动装置烧坏了。悌朵夫说他认为你要去罗斯韦尔？"

"没错。如果你准备好了，我们就上路。"两人将比茨的运马拖车连结好，留下租来的车。

"惨了，老兄，时间不够了。"套牛士跳上车说。在他关上车门前，戴蒙德已让车轮在砂石上轧出啪啪声响。

戴蒙德原以为这下可糟了，他准会经常要求下车到路边祷告，眼珠盯着上天，然而帕克·比茨安分守己，看着油表，做自己的事，没有说教。

一大一小，两人同行，到过摩拉拉、塔斯卡、罗斯韦尔、谷斯瑞、开西、贝克和本德。同伙了几星期，帕克说如果戴蒙德想要个固定的赶场伙伴，他可以胜任。戴蒙德说可以。无奈仅有几个州允许套牛比赛，帕克可以出场的区域主要在俄克拉荷马、怀俄明、俄勒冈以及新墨西哥州等地的乡下，路途漫长空荡。两人时间表多有冲突，全赖耐着性子调整。然而帕克熟知捷径，带着他走小路，穿越火山熔岩区与山坡乡野，进出老虎出没之地，驶过朝圣马车轮迹尚存的黄褐色平原。两人开进向晚夜色，开进结冻路面的第一场冰风暴，开进刺眼的橙色日出，欣赏了冒烟的地球，看到尘卷风在泥地上蛇行，滚烫的热量从太阳表面冒出，蒸得卡车引擎盖烤漆卷起，干雨形成不规则的网状，从无机会落地。车子行驶在小镇车流与家畜中，马群在晨雾中前进，两名红发牛仔将整栋房子搬上路，占据了路面，帕克左闪右闪，为了超车只好开进水沟，将垃圾堆与墨西哥餐饮店丢在脑后，夜半时分转进

脚 下 泥 巴　　61

汽车旅馆入口，招牌写着"需服务请按铃"。找不到汽车旅馆，就将车子开上黑色大草原，不省人事地昏睡一小时。

帕克是拉林斯人，总是想赶至下一场牛仔竞技会捞钱，只钟情自己的太太南希。南希笃信基督教，腿粗体胖，目前怀有身孕，据帕克说，她正在攻读地质学。"想聊聊天的话，"他说，"就跟南希去聊个够。天啊，岩石构造的东西，她可以讲个没完没了。"

"念地质学的人，怎么可能相信地球是在七天内创造出来的？"

"啐，她念的是基督地质学，上帝无所不能，可以在七天之内创造出所有东西，连化石也是，全部都行。生命充满奇迹。"他将长条形的嚼烟塞入腮部。连他也有坏习惯。

"你是怎么迷上的？"戴蒙德问，"是因为在农场上长大吗？"

"迷上什么？牛仔竞技吗？从小就开始骑了。从没住过农场。从来也不想。我在得克萨斯亨茨维尔长大的。知道在哪里吗？"

"有个大监狱。"

"对。我爸在拉林斯的监狱当警卫，不过之前他住在南边的亨茨维尔。亨茨维尔的监狱牛仔竞技办得不错，维持了好几年。每场比赛，我爸一定带我去看。他带我去报名小牛仔培训会。告诉你，我祖父多半都是在亨茨维尔套牛。曾经扭断一个牙医的鼻子。他个性刚烈，脖子刺了一圈绳套的刺青，手腕也刺上套牛人绑牛脚的绳索。几年后他见到天光，接纳了耶稣基督，传给我爸也传给我。所以我尽量过一个基督徒的生活，帮助别人。"

两人默然开了半小时的路，日光暗淡，盆地青草的色泽因而转为肮脏的一分铜板的颜色，然后帕克再度开口。

"有件事想跟你讲，我现在正好想到。关于你骑牛的事。关于牛仔竞技。是这样的，你的效法对象不应该是蛮牛。牛是你的对手，必须制伏他。同样的道理，套牛时，牛是我的对手，必须打起精神，一切妥当后才把绳索抛出去，否则就甭谈了。"

"嘿，这道理我懂。"他也知道，这家伙迟早会对他讲道。

"不对，你不懂。假如你懂，你就不会一晚接一晚去玩牛，不会乱上朋友的老婆，你做过的事我叫做强行进入。你懂的话，就会找个合适的人结婚成家。你会把耶稣当作效法的对象，而不是专门崇拜坏脾气的蛮牛。这一点你没办法否认。玩牛这种事，你不快退出不行。"

"耶稣不是也没结婚吗？"

"就算没结婚，他也是个牛仔，是天下第一个竞技牛仔。《圣经》里面有记载。在《马太福音》《马可福音》《路加福音》和《约翰福音》里都有记载。"他改以圣洁的语调说，"'你们进村去，一进村时，可见一匹无人乘坐过之驴驹，解开其绳结牵来此处。主需要他。他们将驴驹带至耶稣面前,将衣物放置其上,协助耶稣上座。'如果这样还不算在描述无鞍骑乘,我就不知道这段在说什么了。"

"我爱骑牛,牛是我的伙伴,如果牛会开车,我肯定会找一头来开。我的背景怎么被你摸得这么清楚?"

"很简单。迈伦·萨瑟是我同父异母的哥哥。"他摇下车窗吐了口痰,"老爸以前也有点喜欢玩牛,不过他后来不玩了。"

一两天后,帕克又开始说教。耶稣基督与家庭价值,戴蒙德已经听厌了。帕克说:"你不是有个弟弟吗?怎么从来没见他来牛仔竞技场看哥哥表演?你爸爸妈妈呢?"

"靠边停一下车。"

帕克缓缓将卡车停靠在路边硬实的大草原上,推至停车挡,误以为戴蒙德想小便,所以自己也下车,拉下拉链。

"等一等。"戴蒙德说。他站在那里,火辣的太阳照在他身上,"我要你好好盯着我看。看到没有?"他半转身再回头面对帕克,"我就是我。你看到的就是我。管你自己的闲事,我们有路要赶。"

"呃,我的意思是,"帕克说,"你只为你自个儿着想。一根木桩没有办法围出篱笆,这道理你不懂。"

八月下旬,天气热如炼狱,离开迈尔斯城时帕克脑中的地图失灵,两人来到怀俄明州线以南的顶岩地上，蛮荒乡野在眼前无尽起伏，视线所及百英里，有羚羊与牛群聚集，如同古代收支簿上老旧钢笔的刻痕飞至草原上，形成小墨斑。卡车往回走，试试岔路，后来距离灰牛镇几英里处，有间改装为酒吧的驼背农庄，方形的木柱历尽风吹雨打，几近黑色。酒吧前面停着数辆卡车，戴蒙德指着说："最后那辆，不是斯威茨·马斯格娄夫的运马拖车吗？还有纳赫蒂加尔的卡车。该死的套牛人，把马当作女人似的。昨晚纳赫蒂加尔讲什么你听见了吗？'她很诚实，她很乖，她从来不会不忠。'讲的是他的马。"

"我对自己的马也有同感。"

"开过去。我想一口气喝下一杯啤酒。"

"进去还能活着出来，就算我们走运了。纳赫蒂加尔是神经病。其他人光谈自己的拖车而已。"

"不管那么多了，帕克。你喝你的咖啡，我非喝两杯啤酒不行。"

酒吧门口上方挂着一片松板，注明店名为"鞍架"，被烈日灼成深色。戴蒙德推开厚木板门，门上布满各式口径的子弹留下的孔洞。里面装潢得不错，阴暗，木柱墙壁烫有数千个牛身烙印，挂着褪色的相片，里面有作古已久的有鞍骑士，高入云霄，也有身穿毛衣与羊毛皮套裤的赶牛人。酒吧后方立着全世界最古老的点唱机，外壳破损凹陷，霓虹灯故障，手电筒以绳子绑住，提供给爱挑剔的酒客照亮选歌单。

密尔顿·布朗于一九三五年以高昂悠然的嗓音演唱，"噢，微——微——微——微风"，飘扬在锌质吧台与四张桌子上。

酒保是个冷静顽固的老秃子，鹰钩鼻，下巴上有凹窝。酒瓶、酒龙头，以及一面肮脏的镜子——酒保的领域并不复杂。酒保盯着这些东西看，帕克打量过煎板上沥青般的液体后，点的是姜汁汽水。戴蒙德知道他打算在此喝个烂醉。斯威茨·马斯格娄夫与纳赫蒂加尔、艾克·苏特、吉姆·杰克·杰特脱下了帽子，完全亮出秃头，四人坐同桌，吉姆·杰克饮用红啤酒，其他人则喝威士忌，喝得烂醉如泥，为了庆祝纳赫蒂加尔的女儿首度赢得木桶障碍赛而抽雪茄。雪茄抽到一半，捻熄在烟灰缸里。

"你在这里干吗？"

"啐，路过鞍架，怎可不下马灌溉一番。"

"说得也是。"

纳赫蒂加尔对着点唱机做手势："你们没有克林特·布莱克的歌吗？没有德怀特·尤肯姆吗？"

"这里有什么，就闭嘴乖乖听，"酒保说，"这是早期的踏板钢弦吉他，是无价之宝。你们搞牛仔竞技的人对乡村音乐懂个屁。"

"胡说八道。"艾克·苏特从口袋里取出两粒骰子。

"丢骰子，看归谁付钱。"

"你请客，纳赫蒂加尔，"吉姆·杰克说，"我全输光了。本来小赢一点，全输给那个印第安王八黑背心。他帮一个牲口承包商做工。一次定输赢，赢家通吃。只丢一次骰子。他有两个用来骗人的骨骰子。摇一摇，丢出来。很快。"

"我也跟他玩过。想不想知道诀窍？"

"不想。"

黄汤一上桌立即流失，过了一会儿吉姆·杰克谈着婴儿、妻子、家庭欢乐之类的东西，触动了帕克，搬出那一套壁炉前的温馨家庭演说。进行到下一回合，艾克·苏特哭了，诉说一生最快乐的一天，是他将金扣环交到父亲手上，对父亲说，我完成了你的心愿。马斯格娄夫的故事最为动人，他坦承总决赛赢得八千两百元，一半给祖母，另一半捐给失明孤儿之家。戴蒙德灌下五杯威士忌、四杯啤酒，接着对大家发表感言，连刚进门的两个农场帮手也包括在内。这两人灰头土脸，汗水喷洒而下，刚下捆干草机，酒保端来大壶冰啤酒后，他们把脸贴在酒壶上。

"你们全都嚷嚷谈着家庭、老婆孩子、老妈老爸、兄弟姊妹的，却没有一个人在家里待过太多时间，也从来不想，不然不会想参加牛仔竞技。竞技牛仔是一家人。住在农场的那些家人算个屁。"

坐在吧台前的一位农场工掌心向下拍出声音，纳赫蒂加尔则以眼神回敬。

戴蒙德高举威士忌酒杯。

"敬牛仔大家庭一杯。没人派你做杂事,没人把你当傻瓜看。大家帮你拍照,你上电视,请教你一些乱七八糟的问题,跟你讨签名。你成了名人,对不对?敬一杯。牛仔竞技。人家只能说我们很笨,却不能说我们是懦夫。来呀,干杯!为小骑赚大钱,为脊椎震裂、腹股沟拉伤,为口袋空空,为该死的熬夜开车,偶尔会给颠出去——如果你弄得到良药,颠出去是别人家的事。要不要听我的想法?我觉得啊——"可惜他不知道自己的想法是什么,只知道艾克·苏特朝他挥拳,然而艾克只是伸手想扶他,避免他落入雪茄烟屁股里。当晚他遗失了星条头巾,从此陷入低潮。

"最后一次看到,是有人拿它去擦拭吐在地板上的东西。"比茨说,"不是我。"

第六秒时,蛮牛戛然停止动作,然后反向扭动并立刻往回甩,他不知所措,往左边弹去,撞向自己的手,然后飞越蛮牛肩膀,瞥见蛮牛以湿眼怒视的眼光,但他的手反转过来,动弹不得。他吊在牛身上,一切安好。双脚踏好,他说出声来,跳,阿门。蛮牛疯狂起来,想甩开他,甩开丁当响的牛铃。每次蛮牛猛冲,戴蒙德被抛向半空中,扯出像湿毛巾的抽打声。牛绳呈半扭状态，将握住的手指缠在牛背上，令他无法翻手打开指头。他使尽吃奶力气，希望能以双脚触地，无奈蛮牛太高大而他太矮小。蛮牛以高速转动，观众眼里的牛身成为色彩斑斓的条状油漆，而牛仔则成了涂油漆时擦身用的抹布。斗牛士在一旁如猎犬般以百米速度奔走。每次蛮牛一猛冲，戴蒙德就从北极圈被甩到墨西哥边境。牛毛飘进了他嘴里。他的手臂被拉得脱臼。毫无休止的迹象。这一次，他将在呐喊的陌生人面前死去。蛮牛压低身体，让戴蒙德高飞，这时伺机而动的斗牛士一手刺入戴蒙德手臂下方，反向抽出牛绳尾端。他手套的指头部分打开，他以翻筋斗的方式逃离牛蹄，接着蛮牛踏在他身上，以牛角牴着他。他蜷缩起来，以没脱臼的手臂护头。

"喂，老兄，爬起来啦，这牛很凶哟。"远处有人大喊，他则以狗爬式逃命，臀部朝天，往金属栏杆方向奔去。栏杆旁站着一个小丑，蛮牛已经离去。观众突然大笑，而戴蒙德以眼角瞄到小丑正在模仿他狼狈的脚步。他紧贴着栏杆，背对着观众，晕头转向，无法动弹。观众等着他离开竞技场。在滴答的雨声之外，可听见微弱而伤感的警笛声。

有人拍他右肩两下，说："走得动吧？"不住颤抖的他想点头却无能为力。他的左臂瘫软下垂。他内心深信死神本已锁定他，几乎开

脚　下　泥　巴　　　69

车将他带至天堂电铃前，却因不明原因而作罢。这人钻入他的右腋下，另一人搂着他的腰，半抬半走带他到一个房间，有个跛脚的当地人坐在里面，摆荡着一条腿，抽着香烟。这里没有体育医疗队。他恍恍惚惚地想，我才不想让有烟瘾的医生看病。广播员的声音从竞技场传来，回音阵阵，如同置身涵洞，"各位，刚才骑得精彩，撑了好久，可惜功亏一篑，戴蒙德·费尔茨得到零分，可是各位要为这个年轻人的胆识感到钦佩才对，让我们以热烈掌声欢送他。他不会有事的。接下来欢迎来自得克萨斯威帕普的但尼·斯科特斯——"

他嗅得到医生吞云吐雾的口臭，嗅得到自己身上的腥臭味。他汗流浃背，疼痛难耐，全身湿滑。

"手臂动得了吗？手指头有没有感觉？这样有感觉吗？好吧，只好弄掉上衣。"说着将剪刀口对准袖口，开始往上剪开衣袖。

"一件五十元咧。"戴蒙德悄声说。这件新衬衫的衣袖与胸前印有红羽毛与黑箭。

"相信我，如果我把你的手臂从袖子里拖出来，你不会感激我的。"剪刀剪过前抵肩部位后衬衫落下，潮湿的皮肤感受到空气的冷度。他不断发抖。反正发生了这事，那件衬衫也变得不吉利了。

"原来如此，"医生说，"肩膀脱臼。肱骨脱离肩窝，向前移位。好吧，我来试试看能不能把肱骨推至原位。"医生的下巴紧贴他后肩,双手则握住那只无力的手臂,烟草气味浓烈。"会痛个一分钟,我的动作会——"

"老天爷呀!"剧烈的痛楚痛彻心扉。泪水流下发烫的脸孔,他止也止不住。

"打起牛仔精神。"医生以讽刺的口吻说。

帕克·比茨走进来,兴味盎然地看着他。

"手被缠住了是吧?我没看见,不过听说你被缠得很紧。二十八秒。他们会收录在录影带里。外面在下大雷雨。"他被阵雨淋湿,上唇仍见上周的伤口,已经结痂,下颌一侧则有刚刮伤的痕迹。他与医师交谈。"肩膀脱臼啦?可以开车吗?今天轮到他开车了。明天下午两点前要赶到得克萨斯南部哩。"

医师打完石膏,再点一支烟。"换成是我,连门都没有。他只剩右手而已。肩膀脱臼不是推回去就没事。可能还需要动手术。韧带受伤,内出血,肿胀,发痛,可能是神经或血管受损。他伤着了。阿司匹林可能要一把一把地吞。石膏要打上一个月。如果他准备开车,准备单手开车或是用牙齿开车,我就不能开可待因给他吃,你最好也别让他服用可待因。打电话问保险公司,确定一下给付范围有没有包括受伤

脚　下　泥　巴　　　71

导致无法驾驶。"

"什么保险?"帕克问,接着说,"你该戒烟啦,"然后对戴蒙德说,"上帝好心饶你一命。我们什么时候走?嘿,你看到他们怎么拼我的名字吗?天啊。"他大大打了个哈欠。昨晚他彻夜从爱达荷州开车南下。

"给我十分钟。让我冲个澡,平静一下心情。帮我拿绳索和行军袋。我开车没问题。给我十分钟就好。"

医师说:"上路吧,老弟。"

此时有人进来,左眉上方割伤,伤口很深,这人以手指压在伤口下方,以防鲜血流入迅速肿起的眼睛。这人说,贴起来就行了,贴住眼皮,让眼睛睁开,我待会就要上场了。

他在湿黏的水泥淋浴室单手卸装,四扣的皮套裤与拔鞋带很难脱下,痛楚感如绵长的海浪直扑而来。他够不着另一边。有个人正在一个淋浴间洗澡,额头靠在水泥墙上,双手也贴在墙上,让热水冲在脖子后面。

戴蒙德在斑点遍布的镜子里看见自己,两只黑眼睛,鼻孔流血,右颊擦伤,头发因流汗而呈深色,牛毛黏在肮脏的脸孔上,脸上泪痕处处,从胳肢窝到臀部有片瘀青。他痛得头昏脑涨,莫大的倦意袭上心头。这一次,欣快感并没有出现。如果他死了,这里可能就是地狱——

爱抽烟的医生，腥臭的公牛，还要赶八百英里的夜路，自始至终痛楚不断。

如瀑布般阵阵洒下的自来水停止了，悌朵夫走出淋浴间，头发贴平。戴蒙德知道，他算是老爷爷了，三十六岁，在骑牛圈里算是老人，却仍继续骑下去。他的脸颊灰黄色，脸孔是一张经外科修缮过的地图，身上的疤痕多到足以开店贩卖。数月前戴蒙德看见他，鼻梁断裂，流出深色血液，拿来两枝黄色铅笔，在每个鼻孔里塞进一枝，左塞右塞直到压垮的软骨与鼻骨被推回原位为止。

悌朵夫的毛巾破烂，却是他的幸运毛巾。他以毛巾揉着布满疤痕的上身，对戴蒙德露出狐狸牙，说："这一行拼的是骨头，不是吗，老弟。"

外面的雨已停，卡车湿亮，阴沟里满是废物。帕克·比茨坐在乘客座，已经睡着，鼾声微弱。戴蒙德调整座位向前时，帕克醒来。戴蒙德裸露上身，赤脚，将剪开的衬衫扔进车里，只手从行军袋里翻出大号长袖运动衫，让打上石膏的手顺利穿过。然后他硬将双脚塞进旧运动鞋，上了车，发动引擎。

"你开车没问题吧？你撑两三个钟头，等我睡够，再接手开到终点。没有必要让你开完全程。"

"没问题。他们把你的名字拼成什么？"

"C-A-K-E。Cake Bitts（蛋糕屑）。南希知道了，一定会笑得肚子痛。该上路了，老兄，时辰不早了。"说完他再度入睡，长茧的手心微微打开朝上，放在大腿上，仿佛等着接什么似的。

过了得克萨斯边界没多久，他开进整晚服务的卡车休息站，加满油箱，买了两瓶饱含咖啡因的可乐，和着可乐吞下提神药与止痛锭。他走过收银机与一排排垃圾食品，来到电话前，从皮夹里翻找出电话卡，拨了上面的号码。红雪橇这时凌晨两点半。

电话才响一声，她就接起。她的嗓音清晰。她还没睡。

"是我，"他说，"戴蒙德。"

"矮冬瓜？"她说，"什么事？"

"是这样的，这话我不知道该怎么问才能问得礼貌或不算唐突。我父亲是谁？"

"什么意思？是雪利·卡斯特·费尔茨啊。你应该知道。"

"不，"他说，"我不知道。"十年前雪利·卡斯特·费尔茨上车前对戴蒙德说的话，戴蒙德转述给她听。

"卑鄙小人，"她说，"他把你设计成定时炸弹。他知道你是什么样的小孩，知道你会一直放在心里生闷气，最后爆炸开来。"

"我没有爆炸。我是在问你，我父亲是谁？"

"我告诉过你了。"她说这句话时,戴蒙德听见电话彼端传来低沉的闷咳声。

"我不相信。再问你第三次,我父亲是谁?"

他等着。

"妈妈,你跟谁在一起?是那个戴黑帽子的肥猪吗?"

"谁都没有。"她说完挂断电话。戴蒙德不知道她回答的是哪个问题。

帕克·比茨走进来时,他仍站在电话前。帕克拖着脚步,打着哈欠。

"要换手了吗?"他以掌心底部重击额头。

"不必了,你继续补觉。"

"啊,好。撒泡尿浇熄营火,老兄,走吧。"

开车,他没问题。他可以开完全程。现在可以,这一次可以,再开几次也没问题。然而他感觉到,仿佛有股压力镇住他内心,最后消耗殆尽。原因不在那通电话,而是他紧靠在竞技场栏杆上的片刻,在他无法步出竞技场的时候。

他将车开回空荡荡的马路。数英里外农场灯火点点,黑色地貌衬托着黑色天空,将两人引入星光帘幕的褶缝。卡车驶向正午铿锵作响、亮光闪闪的竞技场时,他想到有鞍老骑士保养皮革三十七载,想到利

脚 下 泥 巴 75

西骑马走进蚊蚋蔽天的加拿大夕阳，想到农场工弯腰切开阴囊。人生事件进展的速度似乎比牛刀缓慢，干净利落的程度却不输牛刀。

他心想，事情没有这么简单，然后再度听见她沙哑、激动的嗓音说："一切。"全像快速激烈的骑牛赛，最后落入泥巴。他在黑暗中超越一辆运煤火车，密集的长方形车厢挨着靛蓝夜色滑行，一个车厢，又一个车厢，又一个车厢。非常缓慢地，非常缓慢地，晨曦从云层后冒出，欣快感的热度冲刷全身上下。也许只是欣快感的回忆使然。

工作史

李兰德·李在一九四七年十一月十七日诞生于怀俄明州科拉家中，在六名子女中排行老么。一九五〇年代，李兰德的母亲继承了一个不起眼的小农场，因此举家转徙尤尼克。农场位于尤尼克市区外数英里，家里养羊，也养了几只鸡、几头猪。父亲生性易怒，排行较前的子女一长大立刻离巢。李兰德能唱完整首《橱窗里的狗狗卖多少》。他父亲常拿苍蝇拍打他，叫他闭嘴。收音机听不到新闻。暴风雪打断了电线。

李兰德的脸骨架明显，遗传了母亲的特征。他的脖子粗，红金色头发紧贴在额头上，形成刘海。他年纪很小就开始出现中年酒鬼般的眼袋，眉毛呈一直线，下面的两只眼睛咕噜流转却不在一条直线上。他的鼻子宽扁贴脸，嘴巴似乎是以凿子在嫩肉上划出的一道。五年级时，他与朋友瞎闹，从学校火灾救生梯上跌落，造成骨盆骨折，全身上石膏，三个月后才拆掉。新闻中某播报员提及，美国人平均每人一年消耗八点六磅人造奶油，却只吃八点三磅真正奶油，他从未忘记这个统计数字。

李兰德十七岁时与洛丽·博韦结婚。两人休学。洛丽怀了身孕,李兰德感到很骄傲。骨盆受伤,丝毫不碍事。她年纪比李兰德小,五官不明显,脸蛋椭圆形,中长发。她稍显壮硕,但身穿粉色系毛衣套装时模样甜蜜可人。李兰德为了结婚与母亲吵架,因此离开农场。他在埃格的加油站找到加油的工作。埃德·埃格说:"准备就绪就可以开炮,格里德利战舰,"然后大笑。加油站位于十六号公路与郡道交叉口。十六号公路是通往黄石公园的观光要道。李兰德以五十元买下丈人的老卡车,由埃德帮他改装引擎。热门新闻是越南与亚拉巴马州塞尔马 [塞尔马,黑人民权运动起源地。]。

联邦政府资助兴建公路,在十六号公路以南四十英里处新设四车道州际公路,与十六号平行。一夕之间,尤尼克的观光业变得萧条。前一天来了一百辆车加油,换机油,买汉堡,喝冰汽水。隔天只有两辆车上门,都是本地人开车过来询问生意如何。不到几个月,加油站窗户里挂出"待售"招牌。埃德·埃格喝醉酒开快车,在郡道上撞死两头阉牛。

李兰德加入陆军,为军车调度中心贡献心力。他在德国驻扎六年,一句德文也没学会。回到怀俄明时较从前肥胖,脾气也比以前郁闷。春夏季他参加防雪栅栏建筑队,随后带着洛丽与孩子们——大儿子与新生女儿——搬家至卡斯珀,以驾驶运油卡车维生。他们居住于毒蛛路上一间房车,挤在两户争吵不休的邻居之间。从新闻报导中他们听到某地发现巨大钻石。次女出生。李兰德与石油公司调派员处不来。一年后全家搬回尤尼克。李兰德与母亲握手言和。

洛丽撙节家用有一套,存下一小笔积蓄。两人自己出来做生意。李兰德相信,如果开一家农场用品店,本地人会乐意惠顾,省得大老远进市区。埃德过世后,遗孀一直卖不掉加油站,李兰德承租下来,重新装潢一番。木工部分全由李兰德担纲,洛丽则负责里里外外的粉刷工作。李兰德的副业是与父亲合作养猪。他父亲从小在衣阿华州生长,对猪很了解。

情势越来越明朗化。附近居民喜欢开车远道至较大的城镇,可以看看不一样的东西,购买奢侈杂货、衣物、烘焙食品以及农场用品。有一年冬天严寒,从上天到五腑六脏全冻僵了,李兰德与父亲的猪只也冻死了一百一十二头,他们因此卖掉整个养猪生意。一年半后,农场用品店倒闭。那台新的彩色电视机重回店里。

完成宣告破产手续后,李兰德找到道路修缮队的工作。他似乎经常出差,但也时常有机会回家过他所谓的"种田假",所以妻子洛丽再度怀孕。婴儿出生前,他辞去修缮队的工作。他就是无法与工头和好相处。工头与所有人都相处不来,所以汰换率很高。他从卡车上的收音机听到，数百名邪教信徒喝下粉泡果汁加氰化物集体自尽。

李兰德在汤河冷藏肉类加工厂找到工作。老板是老头布罗斯。李兰德是唯一员工。他天生有眼光，能目测大型动物的大小，并加以切割成块。他喜欢干净整洁地包裹肉品，喜欢湿骨与冰箱的味道。他能准确投置切肉刀，毫厘不差。如果李兰德在场，老鼠想沿着墙脚跑绝对跑不远。经过数月来与老头布罗斯的讨论，李兰德与洛丽签下十年租约，包下冷藏肉的生意。他俩的长子自高中毕业，是家族里第一个高中毕业生，之后进入陆军服役。他签约六年。新闻报导着学校营养午餐的争议。争议点是番茄酱被归类为蔬菜。老头布罗斯迁往阿尔布开克。

经济不景气。新闻报导尽谈经济萧条与失业率。小农场主人为了省钱，屠宰工作不再外包，亲自切割冷冻。肉品冷藏的租金很高，电费也向上攀升。李兰德与洛丽不得不改行。老头布罗斯从阿尔布开克搬回来。双方闹得不愉快。李兰德说，事业做不起来，事实就是事实。

另寻天地，现在似乎是个好时机。李兰德在瑟莫波利斯找到地方性的肉品冷藏工作，是狩猎季节的临时工，因此全家搬到该地。有一位猎人来自得梅因[得梅因，衣阿华州首府。]，住在距离李兰德父亲出生地不远，李兰德帮他将冷冻麋鹿与麋鹿的头搬上自家单引擎飞机，因此得到一百元的小费。那人喝多了。飞机在东南方药弓山脉失事坠毁。

冬季漫长，李兰德处于失业状态，留在家照顾婴儿。洛丽在学校自助餐厅上班。婴儿很爱哭，李兰德为了止住哭声，以汤匙喂他喝啤酒。

春天时，他们搬回尤尼克，李兰德再度开卡车维生，这回他驾驶的是长途大货车，东西两岸跑，每次出门，两三个月才有机会回家。他跑遍了北美洲，到过得克萨斯、阿拉斯加、蒙特利尔，以及科珀斯克里斯蒂。他说，到什么地方都一样。洛丽这时改在尤尼克的高低餐饮店厨房上班。该餐饮店两年内三度易主。上了年纪的农场主人韦斯特·柯林克，三餐均到高低餐饮店报到。他对洛丽有意思。他对着洛丽念出报纸上一则报导——臭氧层出现了怪洞。他误以为臭氧是氧气。

有一晚，李兰德人在东岸某地，婴儿发烧咳嗽一星期后发生痉挛。洛丽惊恐之余冒着路面冰冻的危险，开车赶到遥远的医院。婴儿捡回一条命，但智力因此受损。洛丽因此在尤尼克发起紧急医疗救援团体。三女二男参加，接受急救训练。他们开车一百英里去上急救课。第一次测验，只有两人合格。洛丽是其中之一。另一人是口吃鲍勃。他是独身老人。没通过测验的人，其中之一说口吃鲍勃除了研读急救手册之外没事干，因为他很懂得每月领社会保险金享受人生。

李兰德辞去卡车司机的工作，再度与住在以前农场的父亲合作，试试养猪的手气。他担任消防义工，二月那场烧死两名儿童的大火，他也加入救火行动。当天大雪纷飞，消防车花了三小时才抵达失火农场。惨遭祝融之灾的家庭是洛丽的亲戚。李兰德说，房里发生爆炸时，有东西飞出来击中消防车的引擎盖。是一台任天堂游戏机,丝毫未遭灼伤。

口吃鲍勃有亲戚住在印第安纳州曼西。亲戚之一在曼西医学中心服务。经这位亲戚的奔走,该医学中心捐献一辆老救护车给尤尼克救援队。这辆救护车原本打算捐赠的对象是密西西比州的一个团体。鲍勃的亲戚曾到过尤尼克,是他劝医学中心改变捐赠对象。鲍勃害怕开车通过车流拥挤的都市,所以李兰德与洛丽辗转搭乘多班公车至曼西将救护车开回来。这是他们首次度假。他们带着幺儿同行。回程途中,洛丽将钱包遗忘在餐厅椅子上。回程的汽油钱放在钱包里。他们回到餐厅,心焦如焚。有人捡到钱包交给餐厅保管,一文也没少。洛丽与李兰德谈着人性善良之处,甚至连陌生人都好心。他们出差的这段时间,口吃鲍勃当选救援队的队长。

有对加州夫妻搬来尤尼克,做起标本剥制的生意。他们自称艺术工作者,让动物摆出不寻常的姿势。他们付钱请洛丽清理工作室。他们的橱窗展示一条郊狼标本,成了当地人的笑柄,因为郊狼摆出抬起一条腿的姿势,将脚搭在山艾树上的圈套里。标本剥制的生意撑了将近两年,后来夫妻俩移徙俄勒冈。李兰德与洛丽的长子从海外打电话回来。他打算签下终身职。

李兰德的父亲去世,他们这才发现养猪生意负债累累,农场是抵押再抵押。他们出售农场以偿还债务。李兰德的母亲搬进来同住。李兰德继续驾驶长途卡车。他母亲整天看电视。有时候她坐在洛丽的厨房，鲜少说话，静静挑出干豆粒中的小石子。

年纪最小的女儿给人当临时保姆。有一晚，她在回家路上，雇主抚摸她发育不全的胸部，要求她握住他的阴茎，原因是，他说她吃掉了他保留下来的一块巧克力蛋糕。她乖乖遵命，却跑回家向洛丽哭诉，而洛丽建议她别乱讲话，从今起待在家里别出去。雇主是李兰德的朋友，两人经常一起狩猎麋鹿与羚羊。

李兰德辞去卡车司机的工作。洛丽存了一小笔钱。两人再度决定自行创业。两人承租的店面，是李兰德找到第一份工作的老加油站，也是两人开过农场用品店的地方。如今加油站恢复老本行，同时也是便利商店。他们尝试了一些必胜的小花招：会在风中噗噗作响并撕裂的塑胶广告旗帜，加油一次赠送冰淇淋甜筒，并可参加抽奖。李兰德脑子里不断想象着一百辆车靠过来的光辉岁月。如今十六号公路似乎是全美最空荡的道路。他们苦撑了一年，然后李兰德承认事业失败。他的想法正确。超级杯总决赛，旧金山击败丹佛，让他沮丧了数日。

长子被陆军勒令除役，原因是什么，他不肯说明，但李兰德知道是化学药物，是毒品。李兰德不顾背痛，重返长途卡车驾驶的工作。长子回国，在皮野的农场帮忙。李兰德观察研究儿子，寻找毒瘾的迹象。

工 作 史 85

儿子的眼睛总是布满血丝，泪水涟涟。

最不幸的一年到来。李兰德的母亲去世，李兰德背部受伤，同一个星期，洛丽得知罹患乳癌，而且再度怀孕。她四十六岁。洛丽的医生建议她堕胎。洛丽拒绝。

长子经诊断后发现对马匹过敏，因此辞掉农场的工作。他告诉李兰德，他想试试养猪的事业。猪肉价格很高。李兰德兴奋了几天。他脑海中浮现出清晰的影像：李兰德父子家畜公司。可惜有一天，儿子服役期间结交的朋友骑摩托车过来找他，他改变了主意，隔天早上跨上摩托车，两人直奔凤凰城。

洛丽怀孕第五个月流产，随后癌症恶化。李兰德每天到医院陪伴在侧。洛丽病逝。两个女儿，这时均已出嫁，咒骂着李兰德。没人知道如何通知长子，他因此错过了葬礼。幺儿哭闹不休，哄也哄不停。他们决定送他到蒙大拿州比灵斯与长姊同住。她正怀着第一胎。

洛丽去世后过了两个春天，有名来自俄亥俄州的中年妇女买下餐饮店，漆成橙色，改名为尤尼克小吃店，并雇用李兰德掌厨。他很懂牛猪肉，知道如何选择上等肉与最佳烤盘，也知道如何以炸鸡的方式炸到完美的境界。他从前在家从来不下厨，大家对他这番隐藏已久的手艺啧啧称奇。长子返乡，翌年两人计划承租老加油站，改装为摩托车修理店兼牛排屋。谁也没空听新闻。

血红棕马

献给巴兹·马利

一八八六年底至八七年初的冬季严寒惨烈。所有该死的高地平原史书皆如此记载。那年夏天干旱,过度啃食的牧草地上放养大批牛群。湿雪提早降落,结冻后形成硬冰层,牛无法突破,因此吃不到青草。紧接而来的是暴风雪与冻得令人眼睛张不开的低温,洼地与干河谷里牛尸堆积成山,景色凄凉。

有位来自蒙大拿州的年轻牛仔,略略爱慕虚荣,舍弃大衣与大手套,将所有薪水投资在手工打造的精品皮靴上。他越过州界南下怀俄明,认为越往南走天气会越暖和,不料当晚他冻死在保德河酷寒的西岸,其广度与流向众所周知。深一英寸,宽一英里,由得克萨斯往北流来。

翌日午后,三名牧牛工自靠近苏格斯的黄杨泉农场前来,骑马路过他的尸体,颜色如磨刀石头般铁青,半身遭积雪埋没。他们是精明干练的牧牛工,身披毛毯大衣,羊毛皮套裤,羊皮大手套,未加工的羊毛围巾绕上帽顶,再往下缠过长满胡楂的下巴。其中两人很幸运,脚踩优质皮靴与厚实的袜子。另一人姓名为德特·希茨,斗鸡眼,喜欢喝发油,上身包裹得尚可,越往下则越不幸,没穿袜子,脚尖上卷的皮靴有裂缝也有破洞。

"那个玉米牛肉罐头穿的靴子跟我同号。"希茨说着下马,那是他当天首度触地。他扯着蒙大拿牛仔的左靴,无奈已经冻牢。右靴也不见得好脱。

"躺在雪地上的、病牛养的杂种,"他说,"晚饭后再来割断解冻。"希茨取出单刃猎刀,切向蒙大拿人的小腿,从接近皮靴顶上方的部分锯断,一面将带靴的双脚放进鞍囊,一面欣赏着加工皮面与缝边的心形与梅花纹饰。三人继续沿河往下寻找走失的牛只,发现十几头深陷河水冲积物中,全数挖出后天色已晚。

"要赶回宿舍太晚了。老格赖斯的茅屋就在前面,一定有梅干或是其他好吃的,至少也有个火炉。"气温下降中,冷到唾沫在空气中发出啪声,冷到男人不敢在野地小便,因为担心被紧紧冰冻在地上,直到春天方能脱困。他们同意,气温必定在(摄氏)零下四十度以下。劲风如长柄大镰刀,刮出怀俄明风格的咆哮。

他们往北走了四英里，找到茅屋。老头格赖斯打开一条门缝。

"进来吧，管你是牧牛工或偷牛贼。"

"我们得先把马关起来。谷仓在哪里？"

"谷仓。从来都没有。木堆后面有个单坡屋顶小屋，应该能让马避避风，不然大概也能防防寒。我的两匹马养在家里，就养在碗橱旁。宠它们宠得不得了。你们找得到空地就睡，不过我得警告你们，别去招惹那匹血红棕马，它可是会把人活活吞下去。它是头精神饱满的神驹。抓把椅子过来坐下，吃吃我炖的东西。可以聊的东西很多，边吃边聊个够。软圆饼才刚出炉，热乎乎的。"

这晚气氛愉悦，大伙吃吃喝喝，打打牌，彼此吹牛，火炉蹦出热度，老头格赖斯宠坏的爱马舒服地叹着气。依三名牛仔的观点，这晚唯一令人有所微词的是主人狮子大开口，对他们索价三元加四个五毛铜板。午夜时分，格赖斯吹熄灯笼，上了自己的木床，三名牧牛工则在地板上伸展四肢。希茨将战利品摆在火炉后面，枕着马鞍入睡。

日出半小时前他醒来，想到今天是母亲生辰，若想发电报表达孝心，必须跑得比连番劈下的闪电还快，因为奥沃兰镇电报局正午打烊。他察看令人毛骨悚然的战利品，发现已然解冻，因此脱下自己原本的靴袜，套上新靴。他将蒙大拿无名尸的赤脚与自己的旧皮靴抛至靠近碗橱的角落，如羽毛堕落般无声无息地溜出，将马鞍安置好，上马离去。

风势减缓,清冽的冷风让他精神一振。

日出后老头格赖斯起床,研磨着咖啡豆,煎着腊肉。他朝下瞥了一眼蜷缩在地上的客人说:"咖啡煮好了。"血红棕马跺地,踢着状似人脚的东西。老头格赖斯凑过去看个仔细。

"一早就触霉头啊,"他说,"一只人脚,旁边还有另一只。"他数着沉睡中的客人。只剩两位。

"醒醒吧,捡回小命啦,看在老天爷的分上,醒一醒,起床啦。"

两名牧牛工翻身过来,以慌乱的眼神盯着老人看。格赖斯此时口角沾有相当多白沫,指着血红棕马后面地板上的脚。

"它吃掉希茨了。啊,我早知道它是匹狠心的马,只是吃光整个人未免也太狠了。你这个野蛮混账,"他对血红棕马尖声怒骂,把它赶到冷得刺骨的户外,"不准你再吃人肉了。你就睡在暴风雪里,陪狼群一起睡,你这地狱来的恶魔。"私底下他其实很得意,拥有这样一匹马,竟有胆活活吃下牛仔。

幸存的黄杨泉牛仔起身喝咖啡。他们眯着眼望着老头格赖斯,双手叉在手枪腰带上。

"啊,小子,看在老天爷分上,只是件可怕的意外嘛。那匹血红棕马这么野蛮,我从来不知道。我们就别说出去吧。希茨也算不上好东西,我这里有四十个金元,再加上昨晚收的三元加四个五毛铜板。

乖乖吃你们盘上的腊肉,别惹麻烦。这世上麻烦的事已经够多了。"

对,他们不想惹麻烦,只是把沉重的财物放进鞍囊,喝下最后一杯热咖啡,置好马鞍上马,往外迎向奸笑的早晨。

当晚在宿舍见到希茨,他们对他点点头,祝贺他母亲生日,对血红棕马与四十三元加四个五毛铜板的事绝口不提。加减乘除算得恰到好处。

身居地狱但求杯水

站立此处，双手抱胸。云影如投影般在暗黄岩石堆上奔驰，撒下一片令人晕眩的斑驳大地疹子。空气嘶嘶作响，并非局部微风，而是地球运转产生的暴风，无情地横扫大地。荒芜的乡野——靛蓝而尖突的高山、绵亘无尽的草原、倾颓的岩石有如没落的城镇、电光闪烁，雷声滚滚的天空——引发起一阵心灵的战栗。宛若低音深沉，肉耳无法听见却能感受得到，宛若兽爪直入心坎。

此地危险而冷漠：大地固若金汤，尽管意外横祸的迹象随处可见，人命悲剧却不值一提。以往的屠杀或暴行，意外或凶杀，发生在总人口三人或十七人的小农场或孤寂的十字路口，或发生在采矿小镇人人鲁莽的房车社区，皆无法延误倾泻泛滥的晨光。围篱、牛群、道路、炼油厂、矿场、砂石坑、交通灯、高架桥上欢庆球队胜利的涂鸦、沃尔玛超市卸货区凝结的血块、公路上日晒褪色的悼亡魂塑胶花环，朝来暮逝。其他文化曾至此地扎营片刻，随即消失。唯有泥土与天空最重要。唯有无止境重复倾泻泛滥的晨光。你这时开始明白，除了上述景象之外，上帝亏欠我们的并不多。

一九〇八年，绰号"冰人"的艾萨克·邓迈尔为逃避得克萨斯干旱与尘暴，抵达怀俄明州拉勒米，时间是二月某日凌晨三点三十分，天昏地暗。气温是（摄氏）零下三十四度，冷风尖声吹在足迹上。

"再糟糕，一定也不会比现在更糟。"他说。他有所不知。

虽然他已在伯尼特郡成家，妻子名为娜奥米，育有五子，为了在六猪圈农场担任赶牛的工作，他向经理发誓自己确为单身汉。这个大农场的主人是两位苏格兰兄弟，他们连农场的"六"字长什么样子都不清楚，也不想见到，与运奴船的船东不愿检查货舱的道理一样。

每年底，由于冰人·邓迈尔从来不进市区挥霍，存下每月四十元薪资，加之他坚持不懈地猎杀野狼领奖赏，也因为在红狗酒吧赢钱的数目通常多于输钱，因此他在蓝色锡盒里存了四百元。锡盒外画一个绑辫子的水手从金色烟草块上切下一卷烟草。数目不够。下乡第二年春天，他辞去农场的工作，进入蒂顿族领域猎捕大麋鹿，取下大犬齿，卖给肯出巨款收购的麋鹿保育慈善会会员。会员喜欢买来当象牙挂在表带上。

现在他在大山谷以南的拉勒米平原申请农场公地。大山谷位于多雪的药弓山脉底下一处风錾而成的长形洼地。他搭建草皮棚屋，为摇盒的品牌登记注册。农地界线并不明显——他见到美丽的低地，视线所及之处皆归他管，期望地尽其利，物尽其用。他连买带偷得来一百头母牛，他身上行头是帽子、牛仔裤、皮靴，以骄傲的语气宣布自己为农场主人。他将妻儿接过来，登记邻近四分之一土地在娜奥米名下。从单身汉摇身一变为拥有五个小毛头的大家长，从一贫如洗的牧牛工跃居拥土自重的农场主人，旁人为他取了"诈夫"的绰号，有些人误听成"炸夫"，因而感到不安。

草皮棚屋长十尺宽十四尺，上面铺上长条形木板，拍上几抹泥巴，屋顶就算完工。窗户一扇，扭曲的大门一扇。妻子见到时心里作何感想无从得知，外人只能臆测。里面有两张木杆床，床垫是羊腹皮毛。一张给五个儿子睡，而在另一张床上，冰人很快让娜奥米怀胎，之后再怀一胎，紧凑得让女人只够喘息。贾克森对母亲最生动的印象，是看着母亲在他与兄弟以铁刺网抓来的响尾蛇上倒滚水，微笑地看着毒蛇痛苦挣扎。时至一九一三年，她由于长年被狠咻咻地骑乘，脏兮兮地踢开，为了寻求喘息的机会，竟与补锅匠私奔，留下九个男孩给冰人——贾克森、双胞胎艾迪尔与帕特、凯米、马里恩、拜伦、瓦恩、里特与布利斯。拜伦遭蚊子叮咬传染脑炎夭折，其余兄弟悉数安然长大。在那一带乡下，壮丁相当于银行存款，冰人拉拔他们长大，满足他对劳力的需求。圣诞节时，儿子们的礼物是绳索，过生日时握手了事，去他的生日蛋糕。

他们学习到的是牲畜与农场劳动。仍是小不点的时候，他们就能单独在平原上睡觉，朝天的膝盖如雨中屋椽，以防水篷盖在头上，倾听耳边雨水涓流而过。秋天时，将牲口赶进农场过冬后，他们登上杰姆山打猎，不是当作休闲运动，而是为了吃肉。他们一个个锻炼得筋骨强悍，工作起来毫不倦怠，习惯吃苦、喝酒、抽烟、完成工作，乐在其中。他们是黄铜螺丝钉男孩，高大而筋肉纠结，最喜欢在大清早踢掉马儿身上的霜。

"儿子！用力把他妈的马刺戳进去，戳进肺里给它好看！"冰人对儿子说。儿子正骑在未经驯服、气冲冲的马上。

他们对痛苦的忍耐度到了传奇的境界。马里恩骑马走在狭窄的山径上，不料马脚踩上土石松垮的路面，连人带马坠入山下岩石堆。马儿的背骨断裂，马里恩折断的是腿骨，因此他射死马儿，以丝兰花的梗充当夹板，以破布固定伤处，再射断一株营养不良的西洋杉，以树枝当作拐杖，花了三天的时间，连跳带拐走了二十英里来到希弗斯家讨水喝下，再拄着西洋杉拐杖，继续往自家农场跳，距离希弗斯家以东七英里。后来乔治·希弗斯才哄他上马车，这时希弗斯才发现刚才没注意到的东西——马里恩一路走来，竟背着沉重的牲畜鞍具。

长子贾克森是顶尖驯马人，可惜内伤严重，到了二十八岁，内裤经常染血；他不得不改骑别人驯服过的乖马。经过一段无所事事的时期，他接管了摇盒的日常营运工作，管理收支簿，记录配种事宜，然而每年夏天一到，他将所有工作推给父亲，自己帮晨辉公司推销风车，驾驶福特卡车在乡村道路上颠踬前进，拜访农场、园游会、牛仔竞技场。急需现钱。摇盒急需现钱。四处奔波的推销日子，他认为其实跟驯马差不了多少。他自己买了一套方格呢西装，接着买辆敞篷小客车，在后保险杆挂上橡皮轮胎的无盖拖车，并将公司提供的样品风车固定在拖车上，车子行进间风车也跟着旋转，风光招摇。他也兼卖泵杆弹簧、调节器，以及各种牛仔之友豪华月历，画面不外乎是营火加甜腻的诗词，或是糖果色的小妞跪坐在天人菊上。晨辉是座钢塔结构、齿轮后建的泵吸式风车。风车叶片漆成鲜蓝，干贝状的翼板上写着广告词："永不后悔——晨辉保证"。

"那些无赖只有图片和型号目录，跟他们比起来，我有的是优势。我给客户看实际的风车——主轴穿进滚珠轴承，连结双杆齿轮。齿轮怎么跟曲轴大齿轮咬合，光看照片怎么看得出来？滚珠轴承是咬合的关键。如果客户是老头子，不想买风车，肯定会买一两本月历。利润虽然少，积少成多嘛。"

自家农场事务的决策，他仍能发表意见——这项权利是他赢得的。

帕特与凯米各自成家，离开摇盒，但其他兄弟单身住在家中，永远有干不完的活儿，偶尔一起上拉勒米一间妓院，这样就足够了。大伙出游时，贾克森并未同行，声称他出差到远地农场时，他想要的多得很。

"有些女人啊，我还没下车她们就等不及啦，"他说，"一打开门，小手立刻往身上乱摸。我猜她们就像我们老妈吧。"他冷笑。

到了一九三〇年代发生干旱不景气时，当地发生的大小事务，邓迈尔父子都要插一手，因为他们的意见衍生自深刻的当地经验。所有状况他们全看过：大草原失火、洪灾、暴风雪、尘暴、大小伤势、牛肉价格下跌、蚱蜢与摩门蟊斯等虫害、牲口贼、传染性腹泻、恶马。他们赶跑了无业游民与吉卜赛人。如果贾克森吹着《曳步舞至水牛城》的口哨，一个月后当地人人都吹着同首歌曲的口哨。这一代环境以及牛马，让他们如鱼得水，如果他们爱上任何东西，其他人就得乖乖闭嘴。这一带乡下由他们掌控，因为他们有八兄弟加上冰人，而且父子连心，一致对外。然而，在大乡原养殖牲畜的男人，往往对从事其他职业者怀有一种轻蔑感。邓迈尔父子以他们每日骑马路过的情况估量美感与宗教，因此更加助长他们对艺术与知识的轻蔑。他们带有一种严肃傲慢的气息，一种僵化的态度，表示他们的想法做法，才是唯一的想法做法。

廷斯利家的风格则不同。霍姆·廷斯利从圣路易斯北上而来，期望能快速飞黄腾达。他常说有志者事竟成，可惜现实状况却让他苦不堪言。他体型瘦长，注意力涣散，搬来没多久在钉设围篱木桩时遭响尾蛇攻击，两个月后进行同一件工程时再度惨遭蛇吻。拉勒米平原土地肥沃，他的土地却贫瘠干燥，正好在雨带东边，牧场多沙，青草稀疏，接连尝试了养马、养牛、养羊，似乎一筹莫展。每次季节轮转，都让他措手不及。虽然他有能力辨别雪花与阳光的不同，预测天气却不太内行。他对自己的土地抱有兴趣，焦点却摆在奇岩或其他微不足道的景观之上。

大家公认他在牧业方面一事无成，却因他态度和善，会弹奏斑鸠琴与小提琴，因而受到众人包容，甚至欣赏，只不过他持家无方、在精神失常的妻子冲动铸下大错后仍予以溺爱包庇，多数人因此对他怀有不齿的同情。

廷斯利夫人极度拘谨、敏感，厌恶婚姻中赤裸裸的一面，饱受精神不稳定之苦：一听见尖锐声响，如椅子搓磨地板的呲声或拔除铁钉的嘎声，她立刻分心，惊恐起来。小时候住在密苏里州，她写过一首诗，开头是"我们的人生是片美丽的仙境"。如今她身为人母，育有三名子女。幺女梅布尔几个月大时，他们远行至拉勒米，途中婴儿嚎叫不止，令人难以忍受，而马车则摇晃前进，石头在车轮底下滑动。正当马车通过小拉勒米河时，廷斯利夫人站起来，将哭闹的女婴抛入水中。白色的婴儿服涨满空气，在激流中漂浮了几码，然后消失在弯道垂柳成阴之处。廷斯利夫人失声尖叫，作势想跟着婴儿跳进河水，霍姆却拉住她。马车健步过桥，来到弯道下游的河边。去了，死了。

廷斯利夫人仿佛为了弥补具有毁灭性的冲动脾气，对幸存的儿女呵护有加，到了为她的安全极端焦虑的地步。她将小孩绑在厨房椅子上，以免她乱跑到户外受到伤害。她在太阳仍高挂的时分催促儿女上床，因为黄昏时刻危险万分；她警告他们别靠近大干草堆，因为毒蛇穿梭其中；她也不让儿女接近马与狗，以防被马踏到，被狗咬伤；不让儿女接近黄毛怀恩多特鸡，怕被鸡啄伤；打雷时她捂住儿女耳朵，闪电时赶紧捂住儿女眼睛。晚上她多次去儿女房间察看，以确定他们没有窒息断气。

儿子拉斯马森鼻头如马铃薯，褐发粗糙，眼睛泛黄，十二岁大时表现出一种古怪胡闹的个性。他算数很行，喜欢看书。他会问复杂到没人能答的问题——地球至太阳的距离，人头为何没有牲畜的长嘴鼻，如果朝任何方向出发、一路不改变方向，能否抵达中国？他对火车特别有兴趣。他研究过火车时刻表，知道铁路交会点。他喜欢到车站骚扰乘客，想听听关于远方城镇的描述。他对家畜漠不关心，唯一例外的是他那匹浑身跳蚤的灰马布基。他的心思放在随性所至之处，仿佛人生的实际问题不必解决，只需拨弄一番即可，如同以扫把尾逗弄小猫一般简单。

十五岁时，他的兴趣转向远方的海洋，渴望阅读有关大船的书籍，可惜他找不到附有插图的书。他在纸上发明出如屋顶倒转状的小船，想象海洋是恒常平坦如玻璃的媒介。后来拉勒米的赫普尔夫人有天晚上提及海外之行的经过，将过程描述为狂风巨浪的炼狱，他的幻想因而破灭。有一次，他家聘请的一名帮手来自旧金山，只工作了五六个月，告诉大家旧金山有热闹的街道，有华人帮会之间的打斗，有水手与伐木工狂吐一夜，耗尽所有工资。他也描述了芝加哥，耸肩突出平原之上，烟雾弥漫，以东一百里的空气也遭污染。他说苏必利尔湖舔着对面荒芜的湖岸，隶属加拿大领土。

没人拖得住拉斯。十六岁时，出落得粗鄙笨拙的他离家前往旧金山、西雅图、多伦多、波士顿、辛辛那提。他的期望是什么，体验到什么，无人知晓。他既没有返乡，也没有写信。

女儿与其他人家的女儿同样不受重视，嫁给一名恶习缠身的牛仔，随他搬到巴格斯。霍姆·廷斯利放弃养羊计划,开始经营蔬果园,养蜂酿蜜,专精于制作番茄罐头,种得一田不错的月星西瓜。过了一年左右,他将拉斯的灰马卖给住在邻近农场的克力卡斯家。

一九三三年,儿子离家超过五年,音讯全无。

母亲对着窗帘恳求,"为什么他不写信回来?"说着再度看见水中的婴儿,膨起的婴儿服在幽暗弯道附近载浮载沉。有谁会写信给这样的母亲?——因此她半夜起床,到厨房刷洗天花板、桌脚、丈夫皮靴底部,以香蕉皮搓揉陈旧的搅肉器,让金属部分重现银色光泽。就算她是杀婴凶手,没人敢批评她家打扫得不够干净。

贾克森·邓迈尔准备载着晨辉的推销广告和夸口大话,重新上路。他们盖好了新的围栏,也烙印过牲口,仅剩的几头全烙印完了,甭想晒干草了——原野高温,青草被烤焦了。外地可能白花遍野,此地风中却开满砼尘。暗沉沉的地平线意味的不是大雨将至,而是另一场令人窒息的尘暴或是逐渐逼近的蚱蜢群。冰人说,他感觉得到,更糟糕的还在后头。政府为了解救农场经营者,以微不足道的小钱买下牛群。

贾克森懒散地倚在马厩上,旁观一头散发的弟弟布利斯,看他弯腰察看一头繁殖用母马的蹄上出现的沙缝。

"去年我南下灵格尔,看见摩门螽斯正在吃一只活土拨鼠,"贾克森说,"大概十分钟就吃得一干二净。"

"天啊。"布利斯说。他一直到十四岁才有机会品尝糖果的滋味。糖果一入口他赶紧吐出来,连说味道太重了。他喜欢听大哥贾克森讲故事,认为自己哪天也想出来推销风车,不然跟着大哥四处跑个几星期也好。"这边开始出现小裂缝了。"

"现在抓出来,救马儿一命。马蹄敷料,我们还剩半罐。对呀,可以看见听见很多怪事。克雷特·布雷跟我说,大概二十年前他在拉勒米碰见两个伐木工人。他们向他说,他们在马德雷山脉发现戴蒙德矿。克雷特说,后来两人得了咳痘死掉。秋天才找到他们尸体,烂到和小屋地板黏在一起。可是啊,他们当然在翘辫子前告诉过克雷特戴蒙德矿在哪里。"

"你没相信吧。"布利斯开始在马蹄裂缝上方切出一道花纹以控制病情。

"才不相信咧。不管克雷特·布雷说什么,都不太可能让我一头热。"他卷了一根香烟却没点燃。

布利斯朝院子瞥一眼。"你那辆臭车上面黏了什么鬼东西啊?"

"啊,去岩泉的时候,被人乱丢的麦团或是石膏嘛。狗杂种。每次我去岩泉,他们都会整我一顿。性情坏得很,而且没有鸟人有钱买风车。他们自己敲敲打打凑出来的东西,你不看不相信。有个家伙拿来旧泵的零件、捆干草的铁丝、剥玉米机、几根定位杆，只花两块钱，凑合出来的烂东西竟然跑得动。我怎么说得过他？"

"我的老天，"布利斯说着，母马的破蹄也处理完毕，"这里收拾完，我就去帮你洗车。"

弟弟起身时，贾克森丢给他一包烟草。"给你，老弟。等我找到好剪刀，帮你剪剪那头杂草。然后我又要上路了。"

有封寄自纽约州斯克内克塔迪的信送抵廷斯利家中，对方是卫理公会牧师，表示一年前有位年轻男子出车祸受重伤，从此喑哑，不良于行。如今已稍微恢复沟通能力，自称是贵子弟拉斯马森·廷斯利。

"没人料到他能捡回一条命。"牧师写道，"他能幸存，证明上帝美意显灵。我相信列车长能带他在芝加哥转车。教会乐捐，为他凑齐了车资。他将于三月十七日搭乘午后列车抵达拉勒米。"

午后日光呈酸柠檬汁的颜色。廷斯利夫人头发烫得花哨有型，站在月台上看着乘客下车。父亲穿的是干净、浆挺的衬衫。儿子挂着手杖现身。列车长递给他一只旅行箱。夫妻俩知道这人就是拉斯，但是，他们怎认得出呢？他成了怪物。他的左脸与头部伤残破碎，愈合后结成大片深红色伤疤。他的喉咙有个咻咻作响的小洞，左眼洼有道疤痕。他的下颌畸形。粉碎性骨折的一腿复原情况很差，走路时必先向前弯腰，然后拖着脚步前进。双手似乎残废，关节失灵，手指下垂。说话时，只听见他吃力发出呛喉音，唯有魔鬼才听得懂。

廷斯利夫人移开视线。是她的过错，是罪恶感透过潜移默化作用所致。

父亲向前跨出迟疑的一步。伤残男子低下头。廷斯利夫人已回到福特卡车上。她两度打开车门再关上，吸收突如其来的日光。半英里外的石坡下过小雨，湿答答的巨岩晶莹闪烁，有如锡质平底锅。

"拉斯。"父亲伸出一只手，触摸着儿子细瘦的手臂。拉斯向后退缩。

"走吧，拉斯。我们带你回家养伤。妈妈帮你准备了炸鸡。"然而他看着拉斯扭曲的嘴，因缺牙而塌陷，心想拉斯不知能否咀嚼食物。

可以。他经常进食，嘴里健全的一边牙齿能咬穿牛肉、配菜与蛋糕。廷斯利夫人利用烹饪寻求些许慰藉。在车站时，拉斯本想说话却无功而返，之后再也不尝试说话，只是偶尔写着拼音乱七八糟的字条给父亲看。

"非区去一下不形"（非出去一下不行）

霍姆看到字条，会开着卡车载他兜风一小段路。轮胎不太灵光。怎么开也开不远。兜风途中，霍姆不断讲话，蚱蜢掠过挡风玻璃。拉斯默然以对。他听懂多少，无从判断。肯定伤及大脑，这一点毋庸置疑。但当父亲打出灯号，准备转弯回家时，拉斯拉扯他的衣袖，以喉音表

身居地狱但求杯水

达否定。他的体力渐次恢复。他的肩膀越见厚实。他能举起弯曲的手臂。然而，如今他的行动范围局限于厨房与门廊，对遥远的城市与海上船艇有何想法？

拉斯想兜风，霍姆无法每次扔下手边工作带他出去。如今每天拉斯均写着同样的讯息：非出去一下不行。时序进入春季，天气转热，食米鸟与草地鹨的歌声不绝于耳。拉斯尚未年满二十五。

"儿子啊，我今天有工作要做，要种些植物。还要除草。没办法开车到处跑。"他思忖着，不知拉斯的体力是否恢复到能骑马的地步。他想到老布基，已十四岁大，身体却仍硬朗。上个月他在克力卡斯的牧草地上看见它。他认为儿子可以骑马。让儿子在平原上骑马，对他也有好处。对大家都有好处。

当天接近正午时，他来到克力卡斯家。

"你知道，拉斯三月的时候回家，身体状况很差。他慢慢复原，不过需要出来透透气，我没办法一天带他兜风两次。我在想你是不是能考虑把老布基卖还给我。至少我儿子能自己出去走走。这匹马，我能放心让他骑。"

他将老马拴在保险杆上，开车牵着回家。拉斯坐在门廊长椅上，喝着浑浊的水。一见布基，他立刻站起来。

"呃基。"他努力说出口。

"没错，是布基。乖乖的老布基。"他的说话口气仿佛将拉斯视为幼童。他听懂多少，有谁能知道？他一声不吭、纹丝不动端坐时，是思考着树荫里的动物，或是路上颠簸的车辆，金属尖声摩擦，全世界上下倒置？或者视野中只见模糊影像？"想牵回来给你骑。"

他应付得来。这是天赋。霍姆必须为他安置马鞍，但吃完早点后，拉斯立刻上马，骑出去兜风数小时。他们可见拉斯在大草原上，背景是鲜绿色，细长电光自远方阴郁云层中霍闪而下。然而廷斯利夫人的恐惧升高，担心总有一天见到无人骑的老马回家，马鞍仍在马背上，绳套松弛。

买回布基的第二个星期，拉斯整天在外，返家时既污秽又筋疲力竭。

"你上哪儿去了，儿子？"霍姆问，但拉斯大口吞噬马铃薯，以健全的一只眼对父母投射出狡猾的眼光。

霍姆知道他一定做了不为人知的事。

不到一个月，拉斯整天整夜外出，然后回家两三天，只有天知道他去了哪里，行踪飘渺，躲至岩石背面，骑马在尘土飞扬而干燥的青草上奔驰数英里，睡在柳树上，睡在杂草窝中，一个不会说话的半野人，谁知道他脑子里想的是什么。

廷斯利夫妇开始听见风声。拉斯在汉森家出现过。汉森的几个女儿在外面晒衣服，拉斯突然骑着灰马出现，帽子压低，说着口齿不清的话，然后迅速离去。

合用电话线响起四声短音，虽他们的电话，廷斯利夫人接听，对方是男子，说，别让你家那个该死的白痴乱跑。但拉斯一去就是六天。他尚未回家时，警长驾着黑色雪佛兰新车过来，旁边漆上一颗白色星星。他说拉斯大老远跑到泰塞丁，对一个农场主人的妻子献宝。泰塞丁有四十英里远。

"她又不是没看过，不过并不欣赏他这种举动，她老公也有同感。除非你希望儿子被抓去关起来或是被人打伤，最好是别让他骑马。他的脸很吓人，对不对？"

隔天中午拉斯回家，消瘦憔悴又饥肠辘辘，霍姆取下马鞍，收进夫妻的卧房。

"对不起了，拉斯，不能让你继续到处跑了。"

翌晨布基不见踪影，拉斯亦然。

"没放马鞍就骑走了。"没办法把他留在家里。他的范围是小了点，不过他再度漫游巡行。

正午在邓迈尔家的厨房里，冰人·邓迈尔睡在沙发上。真皮沙发沾满油渍，磨损得有如旧马鞍，靠着墙壁放。冰人的华发蓬乱，嘴巴张开。木板餐桌长达二十尺，两侧摆着被长裤磨亮的长椅，桌上有装满叉子与汤匙的烘面包盘。铁质洗手台倾斜，木质操作台散发出霉味。碗橱门开着，架子上堆叠着沉重的餐盘，缺口处处。摆在墙壁书架上的蜂窝收音机从未噤声，扯开喇叭播放静电沙声与呜咽嗓音。手摇式电话挂在门边。餐具橱里站了一丛林的私人酒瓶，注明了缩写与名字。

瓦恩弯身从烤箱取出软圆饼。他肤色黝黑，双脚向外弯曲。马里恩将牛奶肉汁平摊在平底锅上，倒进一堆热水滚过、切成两半的马铃薯。咖啡壶汩汩冒出棕色泉水，流入壶盖的玻璃圆顶。

"开饭了！"瓦恩大喊，一面将软圆饼倒入大碗，拿起小威士忌酒杯一饮而尽，"开饭！开饭！开饭！不来吃就饿肚皮！"

冰人伸伸懒腰起身，走向门口，咳嗽吐痰。

父子没有交谈，大口嚼着牛肉。他们没有沙拉或蔬菜，只有马铃薯，偶尔换口味吃甘蓝菜。

冰人依习惯将热咖啡倒进浅碟喝："听说泰塞丁那边发生了好玩的事。"

"消息挺灵通的嘛。廷斯利家那个该死的儿子，回家后，骑马到老希弗斯家院子，在女的面前打手枪。迟早他会发现，插进去其实更爽。"

"消消火也好。调味酱传给我。"贾克森说，"看来廷斯利老婆发了疯,淹错了小孩。"他以牛肉沾调味酱,"去他的,瓦恩,我出差不在家,一定会想念这个调味酱。"

"跟我没关系哟。自己去买一罐带着嘛——比利·吉尔的皮卡迪利店有卖。自己去店里买。"

某日正午前后,夏日艳阳高挂,传来阵阵蚱蜢气味,廷斯利夫人听见卡车引擎在院子噗噗响,往外望去,见到一辆敞篷小客车,迷你型风车装置在拖车后,排气管放出的废气扬起一小阵尘土。车轮胎纹上蚱蜢糊成一团,另有数十只或生或死的蚱蜢塞在散热架上。

"风车人来了。"她说。霍姆缓缓转身过来。他的感冒刚好,现在又因吸多了粉尘而头痛。

贾克森·邓迈尔身穿棕色方格呢西装,面带微笑走过来。他扬起的尘土仍飘浮在路面上。一只蚱蜢从他腿上跳走。

"是廷斯利先生吗?你好。我是贾克森·邓迈尔。过去两年来,一直想过来拜访你,说服你购买晨辉风车。本公司器材可能是市面上最佳产品。最近该死的尘土暴吹个不停,风车可以救救农场人的生计。没错,我一直想过来拜访,只是农场的事忙个没完,然后夏天又全州南北跑,推销这些优质的风车。这一带我不常跑。"他脸上的微笑仿佛以螺丝固定过。"我爸和我弟弟和我加起来,在摇盒总共装了五台晨辉。牲口走到哪里喝到哪里，不会因老是走回谷仓喝水而减轻重量。"

"我又不开农场。养羊也结束得差不多了，以前养牛也养得不怎么样。现在我只是做点蔬果园，养养蜜蜂。明年想弄一对蓝狐来养养。我们有一口井。附近也有小溪。所以大概用不着风车。"

"小溪和井也有干掉的一天，大家都知道。这场可恶的旱灾肯定会持续下去。风车的功用不只是方便打水给牲口喝，也可以帮你发些电，帮你打个储水槽。储水槽的功用可大了，可以灭火，又可以养点鱼。你和夫人可以游游泳。不过防火才是最重要的事。房子什么时候失火，谁都料不到。气候这么干燥，风吹得草叶互相摩擦，迟早会引发草原大火。"

"我不知道。我大概买不起啦。我们这种家境，风车恐怕负担不起。拜托，我连新轮胎都买不起了。我需要的是新轮胎。太贵了。"

"是啊，有道理，没错。有些东西是贵得不得了。我同意你。不过晨辉可不贵呀。"贾克森·邓迈尔卷了一根香烟，递给霍姆。

"香烟是棺材钉，我从来不碰。"四分之一英里外转弯处升起一团尘土。风车，去你的，霍姆心想。贾克森来时路上必定碰到儿子了。

邓迈尔抽着烟，望向院子，点点头。

"是啊，小小的储水槽，放在这里刚刚好。"

老马布基绕过转角，喀答喀答进来，冒着汗珠，显露疲态，而拉

身居地狱但求杯水

斯则坐在马背上，没有马鞍，脸孔扭曲，一眼目光如炬，经过载有风车的拖车，接近到马身上的泥巴飞溅到车身。

"哗，那是什么鬼东西啊。"贾克森·邓迈尔说。他将湿了一头的烟屁股扔进尘土中，以靴尖踩灭。

"他是拉斯，我儿子。"

"跑得好快。还以为是那个发神经的白痴，拿出小弟弟到处吓女人的那个。你听说了吗？哪天他会不会抓了个小女孩乱来，有谁知道？这附近有人巴不得帮他断根，好确定他不会害别人生出白痴，也好让他安分点。"

"那是你他妈的假想出来的，是不是？他是拉斯。告诉你，他出过严重车祸。没有伤到脑筋，不过伤得真的很重。"

"我了解啦。对不起。不过看来好像没有伤到某个部位吧？急着想炫耀。"

"你和你该死的风车，给我滚出我家院子！"霍姆·廷斯利说，"他受过伤没错，不过他跟正常男人没两样。"现在可好了，招惹上了这个狗娘养的和他七个弟弟。

"好吧，我走就是了。我刚说的话你也听进去了。给我记住，我卖的是风车，可是我说话绝不膨风。"

拉斯在兽栏里刷洗着正在喝水的老马布基。换成铁石心肠的人，必定将老马牵走。但霍姆·廷斯利迟疑不决。儿子唯一的人生乐趣就是骑马兜风。过一两天他会跟儿子讲道理，希望他能了解。一阵冰雹下得令人措手不及，打坏了尚未成熟的西瓜，他花了数日忙着采收。他从小溪提水灌溉焦黄的番茄藤。小溪已经瘦成一条流水。井几乎全干。第一批西瓜即将从瓜藤上脱落，这时郊狼觊觎的是水果，他只好睡在瓜田里守夜。最后西瓜总算采收完毕，又苦又小，番茄也开始成熟，需水不如以往急迫。时序进入夏末，大地干枯，日光黄艳。

拉斯弓起背，坐在门廊的摇椅上。他总算待在家里了。他显得哀戚失神，头发黏成一片，手与手臂肮脏污漫。

"拉斯，我有话跟你说。你仔细听着。你不能再出去做那种事了。你不能对女孩子献宝。拉斯，我知道你还年轻，精力无从发泄，可是你不能继续再搞下去了。虽然这样说，你不能就此放弃希望，我们找找看，说不定能帮你找个女孩结婚。我不知道。我们还没开始找。不过你做的事情，吓坏了她们。那些牛仔啊，邓迈尔那些兄弟会找你麻烦的。他们放话说，如果你继续骚扰女孩子，他们会阉掉你。你懂不懂我说的话？我说阉掉，你懂不懂是什么意思？"

气氛令人烦躁不安。拉斯以健全的一眼对他投射出狡猾的眼光，

身居地狱但求杯水　　117

开始大笑,是一种鬼魅似的低沉沙哑声,霍姆从来没听过。他认为是笑声,却不知道因何而笑。

当晚他在黑暗中直接对妻子说明,不顾及女人的敏感神经。

"我说的话,不知道他听懂了没。我不认为他听懂了。他笑得直不起腰了。老天爷啊,要是有办法知道他脑子想什么就好了。可能是有虫子在我衬衫上走来走去,他才笑起来。可怜的儿子,他有男人的性冲动却没法子发泄。"

两人默不作声,然后她以几乎听不见的音量悄悄说:"你可以带他去拉勒米。晚上去。女人院。"她的脸庞在黑暗中隐隐发亮。

"那怎么行?"他说,大感震惊,"我可不做那种事。"

他昨天说的话,拉斯似乎听懂了一些,因为拉斯今天没出门,坐在厨房里,面前摆了一盘面包与果酱,几乎没有任何动作。廷斯利夫人轻轻将手贴在他发烫的额头上。

"你发烧了。"她说,然后以手指戳着他,要他上床。他蹒跚步上楼梯,边走边咳嗽。

"他得了你得过的夏天型感冒,"她对霍姆说,"接下来大概会传染到我了。"

拉斯躺在床上,廷斯利夫人以海绵擦拭吓人的疤脸,也擦了他的双手与手臂。过了两天,烧仍未退,咳也咳不出来,只是呻吟着。

"要是能让他舒坦一点就好了,"廷斯利夫人说,"我一直在想,要是他能洗个海绵浴,然后用酒精擦遍全身,说不定可以退退烧,让他凉快点。天气这么热,他睡在那团被单里。我最讨厌夏天型感冒了。我觉得洗海绵浴会让他舒服点。他身上还穿着脏衣服。全身都是病人的臭味,从一感冒开始,就全身脏兮兮。他高烧到快冒火的地步了。你能不能帮儿子脱掉衣服,给他洗个海绵浴?"她以过分矜持的语气说,"由男人来做比较合适。"

霍姆·廷斯利点点头。他知道拉斯生了病,却不认为海绵浴能发挥一丝作用。他了解妻子的意思,儿子臭得受不了,她已无法靠近。她倒些温水在脸盆里,给他白软如雪的毛巾、香皂,以及从未使用过的新浴巾。

霍姆在病房里待了良久。步出房间后,他将脸盆与玷污的浴巾投进洗手台,坐在餐桌前,低头啜泣起来,呜、呜、呜。

"怎么啦,"她说,"更严重了,是不是?怎么啦?"

"我的天啊,难怪他当着我的脸大笑。他们已经下手了。他们对他动刀,用的是肮脏的刀子。他得了坏疽,整个腹股沟都发黑了,腿肿到脚丫——"他上身往前倾,脸孔距离她仅有几英寸,怒视着她的双眼,"你!扶他上床的时候,干吗不检查一下?"

晨光漫漶至世界边缘,灌进窗户玻璃,为墙壁与地板涂上色彩,

身居地狱但求杯水 119

在秽臭的床铺、厨房餐桌、冷咖啡的杯子上，盖上一层黄毛毯。天空无云。蚱蜢撞击着东墙，黑黄交杂，成千上万。

事隔六十余年。苦旱的日子已经结束。邓迈尔父子已搬离乡野，大农场也在多年旱灾中瓦解。廷斯利夫妇埋葬之处不得而知，圈养牛群的地点，是原来种植月星西瓜之处。你我置身崭新的千禧年代，如此凄楚悲苦之事已不复发生。

连这一点你都相信，你必定无事不信。

荒草天涯尽头

散文雜誌

这片乡野看似空豁大地,有大簇山艾树丛,有金花矮灌木,有错综复杂的天空,也有宛如叠叠纸牌抛向空中的成群野鸟,也有朝着红墙般的地平线蜿蜒而去的淡淡轨迹。有墓无碑,颓圮木屋与兽栏的木料在旧营火堆里焚烧。除了天气与距离,值得一书之处不多。偶尔碰见的农场大门,为距离加上标点符号,往北是无尽的呓语,州际公路上飞奔而过的大卡车闪射出艳阳。

　　三代同堂的图伊家族在名不见经传的此地经营农场,九十六岁仍硬朗的老雷德,儿子阿拉丁与阿拉丁的妻子婉涅塔,儿子泰勒是阿拉丁的希望所冀,小女儿珊珊,大女儿(令家人蒙羞的)奥黛琳。

　　老雷德出生于一九〇二年,地点是拉斯克,在孤儿院长大,是个性刚强的孩子——手腕粗大醒目,红发中分——十四岁逃出孤儿院,在伐木营地工作。第一次世界大战结束那年,他在药弓林地伐木。他辞职后离开饱受干旱之苦的西部，曾当过掘井工人，曾在铁路牲畜围场赶过牛群，曾张贴过传单，拼凑出的人生有如以二英尺宽木板钉筑的成果。一九三〇年，他人在纽约，将沃尔多夫——阿斯托里亚大饭店掘出的沙土运至驳船，铲入大西洋。

某个湿热的早晨，他思念起家乡荒芜干燥的景观，回头往西部前进。途中他找到结婚对象，很快儿女成群，一堆脏兮兮的幼儿嗷嗷待哺。在经济大萧条时期的俄克拉荷马州，以炸药轰死巢中乌鸦卖给餐厅。乌鸦成了稀有动物后，他们迁至怀俄明，在距离他生长地一两百英里处定居下来。

他们在红墙山附近租下农场：圆木屋一栋，围栏散乱，远处望去活像卡车掉落的木棍。强风让他们与世隔绝。若想踏入阵阵强风，立刻被迫后退。农场在高地平原上飘摇。

他们的想法是养几头羊，是妻子出的点子。五年后，造就了第一流的羊群。二次大战让羊毛价格维持平稳。有座农场的前任主人缴不出土地税，遭政府依法拍卖，由他们顶下。

一九四六年八月，西尔斯·罗巴克公司的绿灯罩台灯送达，同日妻子产下老幺。她命名为阿拉丁。

战争结束，热塑性树脂毛线破坏了羊毛行情，他们转行牧牛。妻子仿佛对转行感到不舒服，与丈夫卸下最后一批小牛时说头晕想吐，病了三四年，最后病死。老雷德对子女要求严格，六名子女只有阿拉丁待在尘土飞扬的农场，是兄弟姊妹中个头最魁梧的一个，顽固又粗暴，笃定非将所有东西端上餐桌不可，无论是枯骨或牛排。

阿拉丁参加越战，驾驶 C-123B 飞机，负责喷洒落叶剂。越战结束后返乡，性情更显狂暴，喜欢鞭策自己到濒临筋疲力竭的程度，而后恍惚昏睡数日。他于炽热的五月早晨在科罗拉多州与婉涅塔·希普塞格结婚。妻子的娘家在科州。数英里外天空有片绿云，漏斗状的龙卷风垂挂而下。婉涅塔头发生命力旺盛。她将头发卷成过时的法式线结。婚礼宾客是她双亲与十一名兄弟，因为找不到白米，所以往新娘头上撒小麦。结婚仪式中，婉涅塔的父亲香烟一根接着一根抽。当晚在图伊农场，阿拉丁在新婚妻子前狂欢耍宝，从门廊翻筋斗而下，落入裤脚褶边的几粒小麦撒出，掉在地上，发芽，成长，结实，落地再生。每年小麦多占据一点地面，最后面积广达四分之一英亩。随风轻摆的麦子，由婉涅塔积极捍卫。她说这些是她的结婚麦，砍掉的话，世界末日恐将降临。

阿拉丁二十六岁那年从老雷德手里夺走主导权。阿拉丁清早天空微蓝时便开始在泥堆中掘井。父亲骑着独眼母马过来。儿子铲起一堆湿泥。

"还没挖好,是吧?"老父问,"手脚不是很敏捷嘛。不是很伶俐。我敢打赌,铲子一定没先磨利。怎么找得到女人嫁给你,我也搞不懂。你一定是拿着猎枪逼婚。一定是对她催眠。也不是说她有多好,不过大概强过找牲口乱搞,对吧?"身上涂满泥巴的儿子爬出地洞,抓起土块往父亲身上猛砸,吓得他拔腿狂奔。他一路追父亲到家里,继续以石头与柴堆拿来的柴薪攻击,还丢掷他随身放在后口袋的斜口钳,丢出夹在耳朵上的铅笔,烟草罐也出手。罐子里装的不是烟草,而是自种的深绿色东西。

老雷德头部红肿流血,举起一手表示投降,以后退的方式走上门廊。他当时七十一岁,大声报出年龄作为防卫。"我造就了这个农场,造就了你。"他以布满老人斑的手摸着腹股沟。阿拉丁拾起烟草罐、铅笔、斜口钳,将老头的母马牵进谷仓。他回到掘井处,低头捡起铲子,一直挖到双手麻木为止。

婉涅塔将老雷德的物品从楼上大房间搬至一楼房间。这个房间紧临厨房,原为食品储藏室,至今仍有葡萄干与发霉面粉的气味。窗户玻璃裂开,以胶布贴着将就。

"这样比较靠近洗手间。"她的说法圆滑,如同汽油流下漏斗般。

婉涅塔教两个女儿以白盘盛着派,端给爷爷吃,亲爷爷一下,向他道晚安,而儿子泰勒则玩着塑胶牛,很晚才上床睡觉。有天下午,她晾完衣服进房,发现四岁大的奥黛琳跨坐在老雷德大腿上,由老雷德抱着,而奥黛琳却扭动身子想下来。她从老雷德手里抢过幼女,说:"你肮脏的老鸟别靠近我女儿,不然我烧开水烫你老鸟。"

"什么?我又没有——"他说,"不是——从来都没有——"

"我了解老头子。"她说。

"尿尿!"奥黛琳尖叫,已经太迟了。

现在她警告女儿别靠近爷爷,提及他时语气凝重。正合她意,让老雷德独自坐在直背椅上,在没人搀扶的情况下跛脚从门廊走过厨房,回到那间霉臭的储藏室。越早敲天国大门越好,她告诉阿拉丁,而阿拉丁闷哼一声,翻身过去。他怕黑,因为天黑了他无法工作,早早上床,凌晨三点起床,装满烧水壶,打开咖啡红罐,急着想开始干活。

"婉涅塔,你想怎么办?"他说,"把他丢进牲口的水槽淹死吗?再多等几天,他撑不久的。"

"这句话你已经讲了五年啦,他可是慢慢走、看风景哟。"

时光流逝,小牛出生、青草发芽、烙印、降雨、云层、赶回谷仓过冬、牛只采购商阿门丁格来访、运牛、早来的雪、晚来的暴风雪。子女长大。阿拉丁换来一架老旧的"小熊号"小飞机,代价是两条公牛、一组卡车轮胎、一座马鞍、一把一八六〇年的 Colt.44 手枪,枪身与旋转弹腔皆生锈。是他在西洋杉的树根挖到的。婉涅塔沙棕色头发转灰白,每隔几个月她会进浴室将头发保养成酱紫色。只有老雷德凭着饲料行送的小月历,注意着时间的演进。他比煤油更老,身体也硬朗得可望成为百岁老人。

妹妹小珊高中毕业后搬到拉斯维加斯。她在宗教 CD 制造商的包装设计部门找到工作,很快抓住了影像运用的诀窍:席卷而来的浪花、光柱从天而降代表上帝恩典,而镶有光边的乌云、婴儿破涕为笑,则意味着祈祷能助人及早渡过难关。希望无穷尽,金钱会自动送上门。

奥黛琳的体型越来越接近百加仑的瓦斯桶,一看便知是姊姊。她比妹妹晚一年毕业,之后留在家里。她的头发微红,接近粉红色,系成两条辫子,粗如鞭柄。她与别人对话时,对方总会看着她酒窝两点、软枕般的嘴巴,再看看她裂纹水晶般的蓝眼,心想长这么胖真可惜。她赋闲家中第一年,喜欢穿颜色鲜艳的 XXL 号裙子,帮忙做家事。然而她双腿总觉得冷,罹患婉涅塔所谓的"吟唱问题",潮水倏尔涌现时,逼得她直奔浴室,身后留下深色圆点,大小不一,从一毛硬币到五角铜板均有。历经裸露小腿涉雪而过的经验,也吃过了鳞状冻疮的苦头,她放弃了凉飕飕的裙子,也放弃了家事,追随阿拉丁在农场上干活。现在她踩着牛粪凝结成块的套牛人皮靴,穿着宽松牛仔裤与长及大腿的 T 恤。

"对,让她在房子外找事做,"婉涅塔说,"没被她摔破的,全给她搞丢了,没被她搞丢的东西全给她摔破了。她煮的东西连猪吃了都会死。"

"我讨厌煮东西嘛,"奥黛琳说,"我去帮爸爸。"算是B计划。她想离开,穿着软木塞鞋底的红凉鞋,坐在珍珠色的新款小卡车主客座,饮用草裙舞娘形状瓶子的汽水。何时才会有人来带她走?她不像妹妹那么大胆。她知道自己诱人的一面,无法阻挡这个事实。

阿拉丁发现她对家畜的态度温和。儿子泰勒的作风是又高呼呐喊又吹口哨,骑马时活像信差前来通报发生大屠杀事件。

"要是能由我做主,每个农场工都应该由女人担任。女人脾气好,比较适合照顾动物。"他此话用意在讽刺儿子。

"噢,爹地。"泰勒以搞笑的假音说。他是这家的马夫,自十三岁那年就睡在岌岌可危的临时农舍里。这是婉涅塔的圣旨。

"我的弟弟们全睡在临时农舍里啊。"婉涅塔这句话说得平淡无奇,却描述了她整个童年,备受隔绝、提心吊胆、危机四伏。

独子泰勒十九岁,高大魁梧,左撇子,体魄壮硕,足以吓退任何父亲,但阿拉丁例外。儿子喜欢穿着脏牛仔裤、顶着棕色帽子阔步走。他遐想时嘴巴合不拢,留着年轻男子如猫毛的小胡子,双颊连续长出小青春痘,美中不足。他说的道理,只有百分之一正确,脾气由意志

荒草天涯尽头 129

消沉与速动肝火之间轮替上场。阿拉丁过生日,泰勒送他两只郊狼耳朵,是数周来用心跟踪的成果。阿拉丁打开礼物,摊在桌布上,说:"噢,两个郊狼耳朵,送我有什么用?"

"老天啊,"泰勒破口大骂,"放在你老二上,就说老二在教会对号抽奖时抽中毛帽啊。你就爱跟我作对。"他将耳朵扫到地上,往外走去。

"他会回来的,"婉涅塔说,"他回来时衣服会弄得脏兮兮,口袋外翻。男生我最懂。"

"我小时候就离家出走。"老雷德喃喃说,"他不会回来了。学我的。我当过牛仔。我杀过猪。我撑过来了。从十四岁起就学大人做工。今年是九十六岁的年轻人。父亲是谁从来不知道。把你们全带去下地狱,对你们吐痰。"他以手指从桌布此端拖曳至彼端,很早以前的他跟着手指向前走。老人露出骇人的微笑,笨拙地拿着烟草罐。

阿拉丁脸如盾牌,鬈发弹跳着,朝桌布低头,喃喃说:"愿上帝降福于美食。"大片牛肉平躺在大餐盘上,旁边包围着连绵不绝的欧洲萝卜与水煮马铃薯。这天下午他发现两头断气已久的母牛,一头陷入泥沼,另一头看不出死因。他叉起一小颗马铃薯,送至父亲餐盘,连看也不看他一眼,老人叉子发出抖动声,他也充耳未闻。婉涅塔在厚重的杯子里倒咖啡时皱着眉头说："小心一点，约翰·韦恩。"她的餐刀与扁平蛋糕之间有个粉色信封。蛋糕上的糖霜薄到呈现蓝色。

"珊珊寄来的。"

"她要回家啰？"阿拉丁压碎自己盘中的马铃薯，淋上脱脂牛奶。野味与鱼，可以弥补大灰熊或狮子咬走的家畜。他已经有十年没见过狮子的踪迹，至于大灰熊，从来没有。

"还没打开。"她边说边拆信。信写得既短又语义含糊，婉涅塔朗诵出来。信纸夹了一张令人瞠目结舌的相片。相片中的女儿身着黑色比基尼，涂油的肌肉轮廓鲜明，展现怒涨的双头肌与小腿肌，头发理成小平头，朝天直竖，染成白色，圆滚滚的杏眼大张，静止不动。她在信中写道："开始练健美。这里很多女生都练！"

"头发怎么弄成那副德性，"婉涅塔说，"一定是有人劝她染的。珊珊我最懂，一定不是她自己做的主。"珊珊离家前，一直是寻常普通的小姐，手臂细瘦，略呈金色的头发，发梢分叉断裂。一大一小的眼睛经常四下瞟。说话时，她双手不住旋转，手指向外伸展。毕业纪念册将她封为"最会指手画脚的人"。

"健美。"阿拉丁的口吻不带感情。身为农场人的他对灾难有心理准备，向来不巴望从此过着幸福快乐生活的结局。女儿还活得好好的，没有制造炸弹或对开车经过的嫖客眨眼，他已感到万幸。

奥黛琳盯着自己的咖啡。一只蛾展翅漂在表面，形成小箭头，指向妹妹缺席的椅子。

阿拉丁习惯穿皮靴戴大帽，却鲜少跳上马背。他怀念那架"小熊号"小飞机，对他而言有如马儿一般。飞机在两年前被人偷走，趁他睡觉时肢解机翼，以平台车拖走。他怀疑是摩门教徒干的。现在他黏住卡车驾驶座，开遍尘土飞扬的土地，有时在嗑药后精神不济的情况下，他会干脆在洼地过夜，蜷缩在前座。挡风玻璃受高空光线照射影响，投射出紫罗兰光芒。卡车后的固定架是由农场切割下来的木棒制成。他在车上准备一瓶威士忌，以麻绳绑在座位后面。敞开的前座置物箱里摆着火种、老虎钳、螺丝钉与螺丝帽、数百根散乱的围篱钉，以及一个缺了把手的榔头。婉涅塔扔了一床旧棉被进车里，吩咐他下雨时一定要摇上车窗。

"我了解你，"她说，"刮风下雨你都不管。"

每隔十天左右，奥黛琳会跟在父亲背后，说她想进市区找工作。阿拉丁不愿让她上车。他说，以她的体重，会压坏乘客座下面的弹簧。而且反正也找不到工作，这一点她也清楚。她人在福中不知福，最好乖乖待在农场上。

"干吗想离开农场，我真搞不懂。"

她对父亲说，应该让她自己开车出去。

"我准备听建议时会告诉你,"他说,"我自己的卡车,现在归我自己开。想开车,你自己去买一辆。"

"我只缺大概一百万元。"她绝望透顶。

"不然你要老子怎样,为你去抢银行啊?"他说,"对了,你要跟我去公牛卖场走一趟。我会教你一辈子不能忘的重点。阴囊周边重要得要命。"

农事清闲时,奥黛琳如何消磨时间?盯着东方四十英里外下冰雹形成的靛蓝色斜线,将翻转的云朵视为修车工人的抹布,闪电时紧张地数着他爱我、他不爱我。弯曲的闪电有如枝桠,探遍天空各个角落。

那年夏天,马匹从未干过。雨水多得不寻常,西南季风阵阵袭来。闪亮的马匹站在大草原上,肩胛骨上雨水成河,鬃毛则水滴不断。如果突然狂奔起来,肩上激起的小水珠有如斗篷。奥黛琳与阿拉丁从早餐喝咖啡到打哈欠互道晚安,都披着油布雨衣。婉涅塔边看电视气象报导,一面熨着衬衫与床单。老雷德将这种天气称为断肠毛毛雨,整天待在自己房间里嚼烟草,阅读大字版的格雷[赞恩·格雷(1872—1939),美国作家,著有《紫艾灌丛中的骑士们》以及多本西部小说。]通俗小说,弯曲的指甲在每行字下划出线条。七月四日时,一家坐在门廊上观看远方下大雨,假装粗大、莹润的闪电与雷声是国庆烟火。

奥黛琳身边多数事物,她已经看透,再也看不到新奇事物。灿烂美好的场面不是在未来豁然展开,而是在想象里奔放跳跃。她与珊珊同睡的卧房,是房间中的房间。在毫无遮拦的月光下,她的双眼闪现出白色油光。地板上的小牛皮地毯似乎会动,眼看似乎拱起来向前爬行,一次几分之一英寸。镜子的深色框陷入墙壁,形成长方形的战壕。从她床上,她看得见月光漂白的谷物升运仓,以及后方浩瀚的、母牛有如小小的黑色种子点缀其上的牧场。在这道色泽近胡椒粉、令人心神不宁的月光中,她谁也不是她就是奥黛琳,而月光令她想随心所欲获得一切。此时毫不修饰的寂寞之情,白天的沉默静谧,肉体的欲望,致使她以嘴紧贴自己灼热的手肘窝。她对自己肥胖的腰部又捏又搥,在床上翻滚,扭转,走向窗口十几回,脚跟撞击地板,最后楼下储藏室的老雷德终于大喊:"搞什么鬼?你带水手回家啦?"

她唯一的希望寄托似乎是半文盲哈尔·布鲁姆。他是父亲不时请来的帮手,长腿如筷子,T恤大剌剌写着"天生积极,自愿牛仔"。不出场牛仔竞技套牛赛时,他就为阿拉丁旋风式打工,通常无法将他与马分开(因为他喜欢幻想自己为一八七〇年代的牛仔,甫从俄勒冈赶牛完毕返乡)。奥黛琳曾跟他走进柳树荫下十几次,走进潮湿的泥土与丛丛荨麻中,接着他会取出浅色保险套,套在坚硬的小阴茎上,静静爬到她身上。他的脖子温暖,有肥皂与马儿的气味。

然而后来奥黛琳开始在农场干活赚血汗钱,阿拉丁却叫哈尔·布鲁姆回家套牛去。

"也好,反正大老远来这里也不值得。"布鲁姆说完转身就走。从此不再见。

奥黛琳逐日消沉。距离任何事物都太遥远了。再没人过来救她不行。她连电视的慰藉都得不到,因为老雷德霸占着电视,总是选择西部片,以破锣嗓子对着影片中的马呼喊:"甩掉他,踹破他脑袋!"

奥黛琳上楼回自己房间,听着无线电接收到的手机对话。

"账号七三五五九的存款余额是负两百零四……"

"是啊,我知道。大概吧。这么早就开始喝啤酒啦?""哈哈,没错。"

"我猜你大概没注意到。""本来没有压烂成这样的,全压软了。我从袋子里拿出来就——你准备雕刻吗?""那个不行。太脏了。"

"嘿,你那边在下雨吗?"

"在下雨吗?"她复诵。到处都在下雨,大家在雨中活得好好的,唯一例外的是红墙居民。

奥黛琳端详着珊珊的相片,对母亲说:"要是我受不了了,我就出去散散心。"

"我以前不是听过了吗?"婉涅塔说,"你呀,我了解。"

奥黛琳在外绕着房子大步走,走了几天,然后扩大范围,绕过兽栏,绕过工具房,绕过根茎作物储藏窖,绕过废弃的砂石场。阿拉丁从砂石场拖回报废的器材,有各式各样的拖拉机,一辆是一九二八年鲁梅利,柴油动力蓝色钢板拖拉机,车架中间长出一株苦樱桃。拖拉机旁边躺着老雷德的一九三五年二手 AC,有顶上型的四汽缸阀门引擎,烤漆被烈日灼成白色。在逐日下沉的河岸底部附近躺着一辆福特森卓越,半身埋在沙中,车身被拆得所剩无几,护栏与散热器罩凹陷。在破烂的牲畜水槽旁站的是诡计多端的强鹿四〇三〇。

她走过雨水浸湿的废车堆时,听见有人讲话,几乎听不清楚。"甜心,大小姐。"

低垂的太阳从大团云边斜射出光线,云朵暗如焦炭,大草原,拖拉机,伸出黄色油布雨衣袖缘的手,全镀上橘黄色光辉。在清洗过的空气中,色彩强烈得如梦似幻,远方的红墙相当于一床煤炭。

"甜心。"对方以气音说。

她身旁无人,天空也不见外星飞行物。她一动也不动地站着。她自小吃过一整个人生餐盘的苦,受尽体重折磨,双亲又不体贴女儿心,此地环境也严苛。神经短路是有可能的事,可能发生在任何人身上。她舅舅梅普斯顿·希普塞格,就被家畜传染到下颌肿胀症,之后从抑郁农场人逐步恶化为龇牙傻笑的神经病。日光渐次转弱,成为垂死的色调，废弃机器也陷入自己咖啡棕色的影子里。除了蚊虫哀鸣之外，除了暮色渐暗带来小阵清风外，她什么也没听见。

当晚，她收听无线电上毫无意义的漫谈，心想可能是因饥饿才引发幻听的现象，所以进厨房吞完家人吃剩的烧猪排。

"我好担心你，希望没有人计划杀你。""别太想念我。"

"没有被撞。""这里雨下得乱七八糟。""这里雨也下得惨兮兮的。""没道理继续待在这里。"

几周来没有发生大事，在本州的此区很寻常。在轰鸣的某天正午她再度来到砂石坑。

"哈啰，甜心。过来，过来啊。"是那辆四〇三〇，阿拉丁的绿色老拖拉机，外形健壮，画有前倾线条，让人产生亟欲奔跑的错觉。多年前曾在杂草丛生的灌溉圳旁发生过翻车意外，一名农场工因此不治身亡——莫里斯·蓝波木？还是叫做什么？蓝波树？布蓝波食？朗波座？谭波洪？她当时还小，这人却总是对她潇洒微笑，问她日子过得怎样。出事那天，他从衬衫口袋掏出一根糖果棒扔给她。糖果棒柔软而温暖。他说他戴的太阳眼镜能把全世界变成橙色，如果想借戴的话没问题。傍晚时他死在刺毛草与刺牛蒡丛中。是他的鬼魂在说话。

"莫里斯？是你吗？"

"不是，不是。不是他啦。那小子已经烧成灰了。"

"是谁在讲话？"

"靠近两步来。"

她伸出一手碰侧护栏。黄蜂在里面筑巢，在护栏空隙间爬进爬出，将空气振动得令人起疑。她目不转睛盯着黄蜂看。

"真乖，"拖拉机里传出的声音说，"去找根棍子来，刮一刮烤漆起水泡的地方。"而她却往后退。

"你把我吓死了。"她边说边望向天空，看着起起伏伏的大草原，看着世界边缘长满丛生禾草的此地，如同导火线般燃烧着。

"怕什么呢？别怕呀。我们的世界充满奇迹，对不对？过来，进驾驶舱。弹性还相当不错。座椅仍很舒服。假装你开着路边洛杉矶。"声音沙哑哀戚，音量只比伤患低语大一些，是电影里帮派分子的嗓音。

"不要，"她说，"我不喜欢。我的问题已经够多了，老拖拉机的驾驶舱随时可能垮掉，别想给我添麻烦。"

"噢，你以为你问题多吗？看看我，甜心，被丢在这里被太阳烤，忍受暴风雪，给蜥蜴爬，连一块油布都没得盖，刹车坏了，电池没电，零件报销，没汽油，身旁全是枯树干，全身盖满鸟粪和铁锈。结果终于被人发现了，你却连理都不想理我。"

"六点十二分了。"她说完转身离去，指尖紧按眉毛。一切都是幻觉。

那个声音在她背后呼唤："甜心，大小姐，别走啊。"

她渴望认识外面的世界，陪伴她的却只有无线电。

"坏了，螺纹磨平了，不推去焊接不行。以前那个混账会修，可惜他现在不在这一带混了。"

"——牛角脱落了。我顺便拜访她。""是吗？他们跟我说，你三点前就走了。""我三点到那边换衣服。""你啊，就会胡说。"

"这边他妈的下得好大啊。""除了下雨还能怎样。刚才好像——哗！我的天啊，好大的闪电哪！哗！不跟你打他妈的电话了。"

"我想跟你在一起，可是我得面对现实。我对自己说，这个他妈的女人想干每个人。我想在沙发上打炮都不行，非得进他妈的卧房不行。""都怪我，对不对？"

以上对话令她浑身不舒服。听见这些唇枪舌剑却成双成对的对话，令她妒火中烧。

她再度前往砂石坑。距离仍有二十英尺，气喘沙哑的声音开始说话。

"莫里斯·司旦波半？别提他了。乱转方向盘，乱踩刹车，油门加了又加。从不换机油或过滤网，从不检查刹车油，从不调整镇流器，懒得检查前轮内束,离合器踩起来毫不留情,往浓稠的泥浆里冲,从来没替前轮轴承着想。把轴承磨成灰啦。坐也不安分点,把我压得快发疯了。噢,别用手指头打鼓了,认真看待我。"

她将视线移向红墙,有些东西保持距离看最好。那地方去不得。远方公路闪光一现,是观光客从车里掷出瓶子的反射光。

"我害死他,不是这个原因。"

"那是什么原因?"

"为了你,"拖拉机说,"为了你。我把你从他手上救了出来。他本来想找你下手。"

"我可以救自己啊,"她说,"如果我想的话。"

晚餐时,婉涅塔打开珊珊寄来的信。信封是粉红色。

"正如我所料,"她说,"我就知道。我就知道泰勒会跑去找她。"珊珊写信报告,过去一个月来,泰勒跟她与室友住在一起,想应征土地管理局赶野马的工作。等回音期间,他在电话公司找到催账员的工作。他自己买了台电脑,白天似乎在研究电子学。她从健身房回来时,总是看到桌子到处是电线、胶布、弹簧。她们改吃素,泰勒则爱吃虾子与螃蟹脚,是他来拉斯维加斯前从未尝过的食物。他百吃不厌。珊珊写道,他曾经花了六十五元买了一盒四磅重的大虾,煮好了满足自己的大胃口。"哈哈,没多大变化。他还是一头猪。"信到此为止。

阿拉丁将一块欧洲萝卜移到老雷德的餐盘。

"吃虾子，鸡鸡会缩水哟。"老人说，"看来他拿那堆铁丝在拼装炸弹。"

"他才不会做那种事。"婉涅塔说。

晚餐后，奥黛琳收拾餐盘，开始抽鼻子啜泣。婉涅塔以臀部碰她，一手环抱女儿柔软的肩膀。

"哭什么呢？体重减不下来吗？死了这条心吧，有人天生注定要胖嘛。你外婆还不是一样。"

"不是啊。我觉得有人在捉弄我。"

"谁？谁敢捉弄你？"

"我不知道。某个人。"她指着天花板。

"算了吧，我跟你说，那人啊，喜欢捉弄每个人。那人一定开了玩笑后开心大笑哩。这是我的看法。"

"这里好寂寞。"

"没有什么寂寞不寂寞的。你工作够辛苦了。"

奥黛琳上楼，打开无线电设定为漫游搜寻。

"请输入账单号码。对不起，您输入的号码错误，或是本行不接受您输入的号码。请稍后再拨。"

"怎么会这样？""关掉，关掉。"

"嘿,去买甜甜圈。别小小气气只买十二个。买一堆嘛。别小小气气的,买两盒。"

"如果你讲来讲去就是这堆鬼话——去你的!"

每天拖拉机说出新的怨言,嗓音粗鲁急迫。

"大小姐,你爹地是个大老粗。上了车就不肯下车。坐上座椅,一坐就是十六个钟头。噢,过来吧,我指个东西给你看。看看左边的通风帽,对,在下面。你看到什么?"

"一片铁锈。好大一片铁锈。"

"没错。好大一片铁锈。怎么会这样,我不告诉你。我不喜欢跟女孩讲她爹地的坏话。可是,我为你爹地卖命那么多年,只有一天最美好,就是我直接从经销商停车坪过来那天,那是一辆四手车,被人滥用过,你那时只有十岁,那天是你生日。你拍拍我,说:'哈啰,拖拉机先生。'你爹地把你抱上座椅,说:'你是第一个坐上车的人。'你的小手黏着糖霜,在座椅上扭来扭去,我想着——我在想,以后每天都会像这样,可惜后来你再也没有碰我,从来没有再靠近我,只有那个瘦皮猴莫里斯,连摇臂轴都懒得用,液压油的压力不够,害他翻车,细菌感染伤口。还有你那个臭爹地。伤透了我的心,到现在都还没复原。我跟你讲实话算了。如果你爹地今天上车,我准会害他受伤,报复他对我刹车系统做的好事。他拿啤酒做的事,我以后再告诉你。"

"什么事?"

"以后再说。说了会让你产生厌恶感。我不想让大小姐对家人产生反感。我知道你会因此对我怀恨,我可不希望这样。改天再告诉你。"

"现在就告诉我。别卖关子。我最讨厌别人卖关子了。"

"好吧。是你自找的。司旦波半一向懒得检查车子。最后刹车油用光了。你爹地开着我,在坡地上,我们后面拖着运马车。他带了六个罐装啤酒。喝酒喝得这么凶,算是酒鬼一个。他用力踩刹车,我们还是继续全速前进。他停不下我,我也不想停。我才不在乎咧。来到上坡时,我们才慢下来。在我往后退之前,他赶快跳车,踢块石头挡在后轮下面。他呀,他把温啤酒倒进刹车泵的水槽,啤酒往下流进刹车线。没错,压力够了。可是却毁了我。所以我才沦落到这里。跟你讲了这件事,你会不会恨我?"

"不会。我听过比这个更严重的罪。比如说在灌溉圳里害死人。"

"你在跟我闹别扭是吗?"

有一天,她冲出家门来到砂石坑。

"住嘴,"她说,"你难道看不出来我很胖吗?"

"正合我意。"

"你干吗不把注意力放在别的拖拉机上？少来烦我了。"

"大小姐，事情是这样的，拖拉机对彼此并没有吸引力。拖拉机的对象是人类。每部拖拉机都渴望爱上人类，通常是又老又肥的庄稼汉。"

"你是不是被人施了魔咒啊？有个故事说，有个女孩让长满肉瘤的老蟾蜍睡在鞋子里，隔天早上蟾蜍变成俊男，还会煮早餐哩。"

"不是。我可以告诉你，几年前在强鹿公司的太空梭计划部门，有个员工因为跟外国人野餐喝伏特加，结果被开除。可是公司提不出证据。他很生气。那个时候，他们开始研究电脑和数码磁带。记得有些车不是会叮咛车主关门吗？就是那种科技。很简单。电脑，他帮我设计，十五种语言。我可以告诉你。想不想听我用乌尔都语讲话？斯基维立，斯卡维立——"

"故事爱怎么讲随你，我可不相信。编得那么差劲。"她认为，拖拉机一方面不厌其烦解释他与生俱来对人类有好感，其实另一方面暗藏复仇恶意。

"没错，我是在说谎。"

"你如果有点脑筋，"她说，"就会知道人类不会疯狂爱上拖拉机的。"

"这个你就不懂了。在衣阿华州人尽皆知，鲍勃·拉德朗的陪葬品是他的拖拉机。两者爱得难分难舍。谁能懂,他才不管。不只有衣阿华州的庄稼人才这样。有些人哪,怎么赶都赶不走。全美各地,到处都有爱上拖拉机的女孩。也有女孩嫁给拖拉机的例子。"

"我要回家了,"她转身作势离去,"我要回家了。"她看着自己的家,看着母亲的金黄婚礼小麦摇摆着,老雷德的脸出现在窗里,有如悬挂而下的头颅。"噢,拜托,"她自言自语,啜泣着,"不要拖拉机,也不要拖拉机之类的东西。"

晚餐后,她在自己房间里许愿,希望得到激光枪以消除孤寂公路上传来的亮光点,消除公路传来的噪音。公路噪音有如蜜蜂在高高的山楂树上发出的闷嗡声。她希望母牛能躺下死去,希望发生龙卷风,希望基督复临,希望凶暴的男人身穿西装、开着跑车进入院子。可她只有无线电。

"一眼看去,你会以为他是正常人,开始跟他讲话之后才知道不对劲。"

"早知道应该报警的,因为他既可恶又可怕,可是我狠不下心。我心里在打算,我们结婚虽然还不太久,我还是准备干掉他。他迟早要付出代价。他完蛋了!他一个月赚两千块。不管了,为了这件事,我每天头痛。可是我没事。只是有点精神失常而已。放心吧。我没事。"

阿拉丁从沙拉盆里挖出一团芜菁叶,放在奥黛琳的餐盘上。

"去砂石坑那边找拖拉机做什么?我找了你半小时。"

"我在想,"她说,"那辆强鹿,也许能修修看。只是稍微整一整。"那天稍早她爬进驾驶舱,坐在座椅上,感觉极为亢奋。

"那个该死的东西,休想我多花一毛钱。它从来就没有灵光过。"

"零件我自己出钱买。我也不知道,也许是个笨点子吧。只是想修修看。"

"那机器,从第一天就出毛病。该死的莫里斯·加尔加卡被做掉了,以后别想上路了。我们把那东西拖到迪格·扬特那儿,他换掉一些电线,清清油箱,吹吹油管,又动了其他十个零件,重建化油器。然后其他部分出了问题。每次他们修好,就有别的零件烧坏。他们卖给我的是烂货。我去经销商那里跟他们吵,最后他们承认那是烂车。给我优待,买了那辆凯斯。那辆才真正耐用。你知道,那辆四〇三〇啊,拆到最后只剩一堆破铁。"他吃着烤肉糕。他想了一下说,"有时间的话——我可以帮你修。拖进那间蓝色门的小屋。搬个火炉过去,接条水管。"他想象自己在冬日早晨摸黑起床,家人仍在梦乡,自己到外面生火,冒起一点烟,凑着舒服的暖意松开生锈的螺丝钉,清理污秽的零件、大钉小钉、螺丝、螺丝帽,浸泡在盛有煤油的盆子里,等着天亮,开始办一天的正事。"明天把她拖过来。"

"是'他'才对。"奥黛琳说。

"修不好啦,"老雷德说,"你想修的,根本没办法修好。"

"好了,"她走向拖拉机时说,"我们要把你搬进那间蓝色门的小屋动手术。我爸要帮我修,你最好百分之百安静,不然就没戏唱了。"

"我的问题在哪,想知道吗?刹车。传动带坏了,滑轮裂开,马达不动,每个零件都锈到失灵,泥浆、泥土,千斤顶要换新的,水泵坏了,凸轮轴承坏了,封铅坏了,磁电机、交流电源报销——看一下离合器里面,就知道是噩梦一场。离合器板需要调整,要换掉横拉杆球头,闭油线失灵,传动齿轮组毁了,前车轴轴衬、主轴轴衬,全都失常,无药可医,想谈谈差动齿轮,光是列出零件就要花十五分钟。变速箱离合器跳挡,其他地方全翘辫子。我才不要你那个臭爸爸修理我。他修过了,结果我还是这副德性。"

"现在不同了。反正主要是我在修。动手的人是我。变速箱离合器跳哪一挡?"

"你?修理拖拉机,你懂什么?我才不要你来修理我。我要你带我去找迪格·扬特才对——他才是拖拉机人。修理拖拉机要交给男人,女人不行。一挡和三挡。"

"你别挑东挑西了。跟你说,中学时我没修家政课。我修的是机械工艺，还得 B 的成绩。一挡和三挡是吗？低速挡刹车活塞上的封铅耗损，更可能的是盘形制动器磨得差不多了。"她事先买来一罐渗透润滑油，开始喷洒在大头钉、螺丝钉与螺丝帽上，以重型扳手轻敲生锈的螺丝。

"你乱来的话，别怪我伤害你。"

"你呀，如果我是你的话，就乖乖躺着享受享受。"这是哈尔·布鲁姆说过的话。

降雨于九月歇止，大草原开始枯黄。接着出现几天高温，随后天气冷却下来，风暴提早由西北部绕圈席卷而来，撒下片片白雪，他们来不及将拖拉机肢解为车架、马达与变速箱。

"看来非搬台引擎起重机进来不可。"阿拉丁边说边咳嗽。下大雪第一晚他醉得不省人事，睡在小卡车上，窗户没卷上，雪花直接打在他身上。他醒来时全身发抖，开车回家，才知道咖啡喝完了，只好喝杯冷开水，向婉涅塔说他不想吃早餐。中午未到他就发烧，呼吸困难，在床上休息。

"咳成那样，吵得我想跳进水里。我可不会游泳，"老雷德说，"最好干脆闷死他，一了百了。"

"我最想闷死的，另有他人，"婉涅塔说，"我就知道会发生这种事。

在卡车上睡觉。"阿司匹林、热敷、多喝水、蒸汽帷、热茶,是她的疗法,但没有发生作用。阿拉丁被自身产生的干热煎熬着。

"明天礼拜几?"他边说边在热烘烘的枕头上转动隐隐作痛的头。

"礼拜五。"

"我的月历拿过来。"无神游转的眼珠研究了潦草的记录,想唤奥黛琳过来。

"她出去喂牲口了。外面下了湿雪,冻成硬硬一层,牲口吃不到什么青草。这个周末应该会回暖。"

"可恶,"他低声说,"她进门后叫她过来。"他发抖、干呕。

雪花簌簌窣窣落在阿拉丁的凯斯大拖拉机上,奥黛琳坐在里面,以液压堆高机叉起大捆干草。照这样的下雪情况来看,恐将一直下到六月。正午时她开回家里,饥肠辘辘,想吃乳酪通心面。她让凯斯拖拉机空转。

"你爸找你。"婉涅塔说。午餐是牛肉加软圆饼。奥黛琳从雕花玻璃餐盘取来一条腌黄瓜。

她悄悄走进父母卧房。她无法忍受病人,不敢正视充血的眼球与肿胀的脸孔,却也不知视线应集中何处。

"是这样的,"他说,"明天是这个月第一个礼拜五。我约了阿门

荒草天涯尽头　　149

丁格八点过来。如果我没有起色，"他咳到转为干咳为止，"你就得跟他交手，带他去外面看，他可以慢慢看个够，看我们有什么东西，给你开个价。"阿门丁格是买牛人，肤色深，眼袋沉，黑色八字胡往下蹲至下巴，有如双人跳水表演。他习惯穿黑色衬衫戴黑色帽子，给人一种决策无以更动、掌控固执无情的感觉。他缺乏幽默感，每位农场人都在他背后咒骂他。

"爸，那人我怕死了。他准会占我便宜的。他开价会开得很低，我会被他吓住，然后答应卖。为什么不找妈去？没人敢占她便宜啊。"

"因为你懂牲口，她不懂。要是泰勒在家——可惜他不在。你是我的乖牛仔女儿。你什么都不必说。就带他走一圈，听他开价多少，然后说我们会再跟他联络。"他知道阿门丁格习惯当场成交，没有事后再联络的可能，"身体好了点，我要去买架我一直考虑买的飞机。农场这么大，只有开飞机才能管理好。卡车没用，只有车窗之类的。"

"我可以带他进来找你啊，爸。"

"除了我家人之外，不准别人看到我躺平。可恶。"他咳嗽起来，"人生不就是这样，先是钱没了，再来连衣服也被剥光。"

当晚是她最难熬的一夜，早晨醒来头脑昏沉，情绪不佳。雪停了，吹起切奴克暖风〔切奴克暖风，落基山东坡吹下的暖燥风。〕。平原已片草不留，日渐萎缩的积雪残留在地面弯曲凹陷之处。他们仍没咖啡可泡。阿拉丁在楼上气喘吁吁。

"情况不太妙。"婉涅塔说。

八点钟,卖牛人还没来。奥黛琳吃下两片燕麦饼干、第二片火腿,喝下一杯牛奶。过了九时,买牛人的黑色卡车才驶进院子。伸手拿文件,阿门丁格黑帽弯下来。卡车后面载了三条猎犬。他下车时手里拿着记事板,已经开始在计算机上输入数字。奥黛琳走向门外。

不是买牛人阿门丁格,而是他儿子弗莱拜·阿门丁格,鼻孔粗大,体型肥壮,胡楂密布的下巴自然中分为左右两半,动作静悄得如同凌晨三时。

"图伊先生在家吗?"他看着自己的皮靴问。

"我来带你参观牲口,"她说,"他得了流行性感冒之类的病。我们以为你八点会过来。我们以为是你爸要过来。"

"我错过了两三个转弯。我爸去霍伊特了。"他从衬衫口袋掏出剪报,是一则广告:阿门丁格父子牲畜经销公司,"我跟我爸做生意快九年了,大概现在稍懂做生意的技巧了。"

"我不是说你不懂啦,"她说,"我很高兴来的人是你。我很怕你爸的胡子。"她想象他行驶在红色道路上前往农场。红色道路有如粗红记号笔画在地图上,切割着地平线的圆圈。

"我小时候也怕得厉害呢。"他看着门廊、屋子、婚礼小麦、蓝门小屋。

"好吧,"她说,"我带你去参观。"

"那堆小麦该割一割了。"他说。

她驾驶,他则盯着远方,地平线在母牛腹部底下,隐约可见。车子颠簸着驶过牧草地,尘土弥漫在驾驶舱,形成细微晶亮的尘雾,仿佛两人心里的念头散发而出,可能融合而成听得见的陈述。他打开栏门。奥黛琳向他致谢,然后细数这群牛的优点,肌肉结实精瘦,四腿直挺,脊骨两侧的肋眼鼓胀,体型雄伟。他喃喃对一头正面粗毛丛生、外表如阉牛的母牛说话,接着指出几头腰部平坦、跗关节呈镰刀状的阉牛。他一面数,一面做笔记,一面加减数字,开出公道的价格。

"你这女孩真聪明懂事,"他说,"虽然富态了点,长相还真标致。想不想喝啤酒?"

当天上午接下来的时间,奥黛琳与弗莱拜不断饮用瓶装啤酒。弗莱拜描述身为买牛人儿子的日子有多寂寞,以悲伤的口吻叙述时,佐以长而平坦的手势。正午他才离去。

她倚着卧房门框,向阿拉丁说明开价数字。他既昏沉又燥热,热茶喝得膀胱胀痛,点头说好。还好。他不需用电脑,就能算准每分钱。价钱还好,虽然难过,却也如释重负。至于自己的状况,就称不上还好了。

那一夜,老雷德浅眠,听到他害怕听见的嘶唰声而惊醒。他的心脏狂跳,起身摸黑至储藏室窗口。脏污的月光穿透破片状的云朵而过,照在挥舞中的长柄大镰刀刀锋上。这回不是死神前来召唤他,而是头戴黑帽的男子,唰唰狠砍婚礼小麦,砍到每行末端才停手,狂饮瓶中物。他看见孙女奥黛琳嘴巴咧得很开,满口白牙有如云母石床般闪耀,倚身靠在蓝门小屋的门框上。她拿着一片沾有油渍的金属抛向天空,落地后扭曲,再弯腰拾起另一片,送上天际。

老雷德旁观着,心里有个底。"我带过牛群。我当过牛仔。从小就工作。赶过牛也赶过羊。人还活着,两腿站得直,精力比长了两条老二的狗还旺盛。我的人生路还没走完。"

泰勒与珊珊在远方为前途打拼,奥黛琳与她的拖拉机却在此处。他不愿浪费口水来大笑。

九月举行婚礼,在阿门丁格的卖牛大会帐篷下举办盛大的野餐,红白相间的条纹投射下潮红光彩,侧院摆出伸缩餐桌,有烤猪肉、焖烤牛腰肉、羔羊肉串、小牛睾丸、甜玉米、泰勒自制的番茄酱沾大虾、卷饼、大桶腌黄瓜、香瓜、俄勒冈熟桃做成的深碟派,以及三层高的结婚蛋糕，淡蓝色糖霜上装饰着迷你塑胶公牛与母牛。当日天气炎热晴朗，红墙山在地平线上颤抖。围篱外躺着四〇三〇，零件拆尽，只剩车架，摆在阿拉丁拖置之处，侧身睡在山艾树丛中。婉涅塔在啜泣，不是因为女儿要出嫁，而是为了小麦横遭腰斩而哭。泰勒对农场检视一番，露出不悦的眼神。一切都变小变寒酸了。他以前怎么会想要这些东西？他有部手机电话，坐在自己马背上与远方某人交谈。婉涅塔告诉珊珊，她哪天也打算到拉斯维加斯参观。

"我能做主的话，你可去不成。"阿拉丁说。

宾客前前后后拉着折叠椅来坐，当奥黛琳抚平膝盖处的人造丝绸缎洋装，她摸到砂粒，看见卡在纬纱间的闪烁尘土。烤肉酱滴在胸口上。最后她换上水绿色新裤装，由弗莱拜·阿门丁格开车载走，在内布拉斯加州的汽车旅馆间进行四天的蜜月旅行。

在原本小麦生长的地方，如今盖起一列狗屋。车道上停了两辆卡车。楼上的弹簧床高歌时，楼下储藏室的老雷德巴不得耳聋。其余一切如常。

阿拉丁向银行申请贷款，想再买一架飞机。"我说过，如果上帝饶我一命我就要买。"他梦想的是一九四八年阿埃隆卡色当，零件松动，座舱颇大，具有女性化的曲线以及破裂的曲轴箱。他在唐纳德的牛仔废铁场买到未受损的曲轴箱换上。

"里面好宽敞，如果有必要，可以载两头小牛，好几捆干草、蛋糕，几乎什么都行，甚至连奥黛琳也载得动，哈哈。"

银行批准了他的贷款。某个安静灰暗的早晨，风势缓和，阿拉丁发动卡车，才开出车道一半，倒车，停下来，走进厨房。老雷德将吐司浸在咖啡里吃。

"我要去把飞机开回家，"他说，"会降落在三角牧草地。你们全到那边看我飞的话，我会很感激。你也一样，小伙子。"他对女婿说。

"我今天早上要去看特里维的牛。"弗莱拜·阿门丁格不喜欢生活在阿拉丁·图伊的指挥下。晚上他向奥黛琳诉苦，说阿拉丁比他留胡子的爸爸更糟糕。

"我的滑轮配合不上他的滑轮组。"他低声说。

"我的却配合得很好。"她低声回敬。

"打电话给特里维。就说你晚一点过去。他一点也不会在意。我希望看到所有人在下面挥手。在这个该死的地方能再弄来一架飞机，值得庆祝一下。我得教一教奥黛琳开飞机。"

早晨过半，他们听见引擎隆隆声。

"妈！"奥黛琳朝屋内大喊，"他来了。"

婉涅塔出门，与奥黛琳和弗莱拜站在一起，凝视地平线。老雷德跛脚走上门廊。风势转烈,强风阵阵,带来寒意,远方半山的线条在凋萎的平原上点缀出闷红色。婉涅塔冲回屋内添件夹克。

飞机掠过上空,朝红墙飞去,转身,再往他们的方向飞来,高度大大减少。飞机飞越距离地面二十英尺的上空。自制烟草的烟雾弥漫机舱,阿拉丁的头部在烟雾中若隐若现。飞机往上升,在风中摇摆,陡升后水平飞去,缩小成遥远的一小点时,再转回头朝农场飞来,又是转弯又是滑翔,越飞越低。从某种角度看,活像是天空中的告示牌。

"他在炫耀。"婉涅塔说。她看着飞机低空怒啸,有如喷洒农药的飞机。

"我猜他准备降落了,"弗莱拜说,"或是想检查泥土。不然就是想立桩标出农场公地的界限。"

"他是在炫耀啦。他呀,我最懂了。你给我下来!"婉涅塔对着飞机大吼。

飞机仿佛遵守她的命令,触地后扬起大批尘土,弹回空中,做出两次惊人的跳降,随后左轮竟卡住废弃拖拉机的铁车架,机面朝下坠毁,皱成布料、金属与农场人的混合泥团,随后爆炸传出如引擎回火的巨响,却没有火苗。球状尘土飞扬。

弗莱拜将阿拉丁拖至安全地带。岳父的颈子瘫软成不寻常的角度。

"他死了,我猜。我猜他死了。对,他死了。他脖子断了。"

婉涅塔失声尖叫。

"都是你啦,"奥黛琳对她说,"是你害死他的。"

"我!割掉小麦,才会惹出这种事。"

"是他自找的。"老雷德从门廊上呼喊。事情必须如何发展,他看得很清楚。他们会种下阿拉丁。奥黛琳与她的大镰刀手会接管农场。婉涅塔会收拾行李,开车至吃角子老虎机世界 [指拉斯维加斯。]。她一驶出视界,他就打算搬出储藏室,搬回楼上。人生最重要的是历久不衰的能力。他是铁证:久站不离去,总有一天会轮到你坐下。

一对马刺

咖 啡 壶

  锡格纳尔东南方咖啡壶区,一向是个不错的农场地带,轮到卡尔·斯克罗普却时运不济——现在与最近的过去。牛肉输入州认为怀俄明牛群自黄石野牛与野生麋鹿感染布氏杆菌,唯恐病菌入侵,拒绝输入怀俄明畜产品,市价因此一落千丈。怀俄明州有条不成文的座右铭:**好好照顾你自己**。外人有所不知的是,这条座右铭的范围包括生物、六畜与外人。人生哲学之差异,由此可见一斑。让灾情更惨重的是,全美各地原本大口嚼三分熟血淋淋上等肉的男人,原本周日晚餐准备罐焖牛肉的女人,如今改吃豆干豆腐与绿色蔬菜,以避免血管硬化,避开大肠杆菌污染的汉堡,预防布氏杆菌病带来高烧颤抖。这些人也因海外传出"疯牛"症而对牛肉避之唯恐不及。在素食意识高涨的时代,有谁愿意赤裸裸表现出肉食性动物的胃口?为了抵制反肉势力，斯克罗普捐献十元，在路边竖立招牌，命令路过人车"吃牛肉"，底下列出十七名赞助农场人的姓名。

这年冬季酷寒，春天来得晚，一直到五月仍以饲料喂家畜，等待青草生长。每座农场的干草皆告用罄，距离最近的干草农场必须开车长征一整天，至内布拉斯加东部，当地身穿工装裤的男孩将干草捆扎得硬实。距离六月还有十天，暴风雪袭击平原地带，背风坡积雪厚达一层楼，随之而来的北极冷风冻结了湿雪，将新生小牛包裹在冰壳中。寒流在玻璃状的天空下持续一周，母牛乳房遭雪冻伤灼痛；切奴克暖风一吹，数分钟之内迅速解冻。雪水成河，流在冰冻的地面上。罹难家畜的尸体从逐渐融化的积雪中，一会儿看见，一会儿又看不见，农场人驾驶单引擎飞机临空细数，心痛不已。斯克罗普的院子淹水，一英里的公路积水深达一英尺，他的信件因此压在邮局，然而在积水退去前，由西部袭来的风暴甩下豌豆大的冰雹，厚达六英寸，雷声大作，随后形变为倾盆大雨，再转为冰雹，最后倾下一英尺深的粗颗粒白雪。两天后，本季的第一场龙卷风发挥螺丝起子的威力，连根拔起谷物升运仓。

"短短两个礼拜，这么多该死的天气一个接一个来，我从来没看过。"斯克罗普对邻居萨顿·马迪曼说。两辆布满泥点的小卡车并肩驶在啃咬得怵目惊心的路上，排气管嘎嘎作响。卡车载货区上的两条狗来回平行奔跑，彼此露齿相对。

"打得我们哇哇叫啊。"马迪曼说，"我担心的是积雪。山上还有一大堆积雪，开始融化的时候，场面就精彩了。那个'吃牛肉'的招牌帮你赚到钱了吗？"

"只有住在拾起路的人看见。总共两个人。我猜我们应该放在柏油公路边，那里才有车流。"他搔搔出了疹子的颈窝。金色胡楂在脸颊上闪闪发光。"去他的，"他说，"这一行老是天灾不断。你老早就改行，算你聪明。"

"卡尔，"马迪曼说，"你可别以为我跷脚享清福哟。人家吃凤梨肉，每天我分到的却是凤梨头。我大概得走了。伊内兹要的冰淇淋快融化流出袋子了。"

"赶快拿回家吧，萨顿。"斯克罗普说着小心翼翼踏油门。油门缺踏板已经数月。马迪曼则缓缓朝南驶去，在砂石路面留下车印。

斯克罗普现年四十，从小生长在咖啡壶区，连去锡格纳尔饲料店采购都会想家。他自小对农场培养出病态的情谊，因为他自认听得见青草对他冷嘲热讽。这分天赋是在哥哥特雷恩去世那年获得的。母亲发现哥哥陈尸浴室，死状极惨，死因不便公开，至今卡尔仍无法理解。当时他不明白发生了什么事，也不明白接下来将出现何种进展，而父母亲对他也绝口不提，两人只是紧挨着对方说悄悄话、啜泣。他能听见两人在厨房，不停悄声交谈，犹如两道细水渗流，然而一旦他踏进厨房，皮靴发出吱嘎声，父母立刻停口。不准提起特雷恩的名字，这一点他明白。之后他们以杂草名称、浅碟上的奶油多新鲜、农场男孩需受多少学校教育等毫不相干的说法搪塞。他父亲说，不必受太多教育。数年后，父亲却发牢骚，数落卡尔没有进银行或保险公司上班。为父亲举行丧礼后，他开门见山问母亲："你跟爸以前偷偷在讨论什么？跟特雷恩有关系吗？他到底是出了什么事嘛！"然而她移开视线，望向窗外的奇形岩柱与更远的天空。天空皱褶片片。她不发一语。

反过来说，青草却从来不肯闭嘴，吃吃窃笑个不停，活像高中时代的矮子约翰·伦奇，坐在电影院最后一排，请女生吃手上的爆米花，自己的阴茎却刺穿爆米花盒底，混在油腻的玉米之中。斯克罗普的前妻洁莉也尝过那种爆米花。失去了最好的一个，留下了最糟的一个，青草嘶嘶说着。

咖啡壶区虽小却平衡有致，分隔为八大区混养的牧场，一些引渠灌溉的牧草地（不够），放牧权归土地管理局。恶女溪为农场提供水源，流至低洼地区蜿蜒而成沼泽，由水獭筑坝挡出三面小池塘。从主道路延伸而出的一条尘土车道，点缀着一列电线杆，挂着一条电线。道路两旁延伸出无数支路，通往农场较远的部分。农场以西八十码，弗里兹太太的房车坐落于三角叶杨树荫下，屋子底下叠有煤渣砖。井然有序的兽栏与围篱通至缓坡，斯克罗普在缓坡最高点打造出小牛专用谷仓。

斯克罗普的老爸于二次世界大战后建造这栋圆木农庄，而斯克罗普维持原貌，不更换因矿物沉积而阻塞的水管，门廊秋千椅生锈弄脏洁莉的花裙，他也不更新。入口通道相当于狗屋，可直通厨房。餐桌上方挂着一九一一年拍摄的农场相片，斯克罗普家族形貌憔悴的祖先站在房子前浅笑，拍照人的影子碰触他们的脚丫。照片挂久了，斯克罗普视而不见，却知道它的存在，如同知道氧气与日光的存在一样——哪天不见了，他才会注意到。

农场东南角有座岩石遍布的高地，住着一对红猫与几条响尾蛇，上面有大片冲蚀地与摇摇欲坠的红色奇形岩柱，大雨过后偶有化石裸露。曾经有人从青少年感化院逃出，走投无路之下躲藏在突悬岩下长达一周，卡尔在破布云与血红夕阳之下逮住他。当时他正在偷狗食盘中的烧焦红萝卜与牛脂。卡尔请他进门，得知他姓名为本尼·霍恩，推给他一盘煮豆，给他糖果棒当点心，指出他脖子上有只扁虱，劝他回去自首，应允他出狱后可在农场上打季节工，付他低于最低时薪的待遇。

"我认识你爸。"他边说边想起一个长舌懒惰鬼。本尼离开后，窗台上一叠零钱、椅背上两只不对称的袜子也跟着不见了。

二十年来，咖啡壶的工头一直由女性担纲。她是弗里兹太太，粗鲁、强悍，长相如男人，穿着也像男人，谈吐像男人，骂起脏话也像男人，胸部却广如置物架，让她困扰不已，因为妨碍到她套牛的身手。斯克罗普的老爸在他出生前几个月雇用她。起初当地人闲言闲语，说他精神失常。

斯克罗普本人的面貌如下：头发修剪得极短，头大，蓄白金黄色小胡子，骑马摔伤的脊背——肇事斑纹马喜欢翻身晒太阳、习惯占据兽栏角落、耳朵破烂，约翰·伦奇于二十年前就曾正确预测他绝对无法驯服，结果经过一次气动钻孔机式的骑乘后果真应验。斯克罗普双脚穿了一辈子牛仔紧靴而受损，猿猴似的手臂粗壮，衬衫袖口再大也无法罩上。至于他的五官，小嘴轮廓分明，双眼如水彩画，经常有挤眉苦恼的表情，但由于肩膀肌肉发达，胸膛厚实，宣扬出男子汉气概，多年来吸引到的妇女不在少数。他的婚姻短暂无子，半小时便告吹。之后他每夜透过酒瓶观赏月亮，观看色情录影带。除了大量食用猪肉牛肉外，他也凑着塑胶包装吃垃圾食品，导致全身出疹子发痒，排出橙色长条状粪便，仿佛他吞下并消化掉了一只狐狸似的。

黄杨榔头把区

咖啡壶正南方是黄杨榔头把区，是萨顿·马迪曼与伊内兹夫妇的住处。萨顿·马迪曼肌肉纠结，黑色鬈发油亮，经营观光牧场，自称工作本身吃力，又必须坚守开心的表象，因而苦上加苦。尽管他与伊内兹的个性并不适合长期陪伴都市来的陌生人，可观光牧场带来的利润足以供给家用，每年收到的圣诞卡也多到无法一一拆阅。女儿凯莉在俄勒冈州担任面包店主厨，与改过自新的赌徒同居，他们夫妇俩不希望听见有关女婿的任何新闻。他们在农场上饲养三十匹左右的马、一小群绵羊、成群结队的骆马，以及一伙猛如海盗养的狗。这群狗经常跟臭鼬与豪猪过意不去，也曾越界侵扰住在岩柱下的红猫，并因此留下永生难忘的回忆。

伊内兹·马迪曼瘦骨嶙峋，一头红发，更年期提早到，是个脾气刚烈的野人，也是毕比家族的女孩之一。据她所言，她从小生长在马背上，从早到晚。城市观光客由她负责带上山，斜坡上野生鸢尾花引发他们由衷赞叹，同时也带来些许高山症。她小时候木桶障碍赛与套绳表现不错，周末巡回赛赢过几场，赢得一些奖金，嫁给马迪曼后却洗手不干。跳下马后，她显得别扭不自在，走起路来呈外八字，总穿牛仔裤，素色圆领棉质上衣，因水中含铁而洗得出现淡棕色。她的手肘粗糙，在杂乱无章的脸上方是不服不贴的亮色头发。她没有太阳眼镜，老是眯着褪色的睫毛看东西。在浴室用品橱里，萨顿的肾脏药旁立了唯一一管口红，因气候干燥而脱水成粉笔。

咖啡壶与黄杨榔头把区之间有三条通道：其一是横越恶女溪（两

家合用的地产界线）的木板桥，但走这条路线必须打开并关上四道门；其二是初春与夏末才能涉水而过的水道；最后是在公路上跑五英里，斯克罗普尽量避免走这条，因为通过公路桥梁时他差点害死妻子，留下惨痛回忆，导致自己多处骨折，打了数十钢钉、金属板与方头螺钉，至今仍未取出。

枪击事件

他不肯放弃。疤痕仍呈鲜粉红色，仍裹着石膏时，他半夜打电话给洁莉，在不情愿的愤怒与渴望之间挣扎。一面打电话，他一面看电视，看着荧幕上的裸女翘起一条腿，挥舞着一件看似熟马铃薯捣烂器的物体。

"洁莉，你的胆子哪里去了？你难道不想撑到最后？我知道你认为你跟错人了，可是难道你不想撑到最后？你不是那种半途放弃的人啊。"

"这就是最后了。我受够了。"

"我们可以生几个小孩啊。我希望我们能养几个小孩。有了小孩，我们就 OK 了。"他听见自己在发牢骚。他转身背对手持熟马铃薯捣烂器的女人。

"门儿都没有，"她说，"给我一百万，我也不帮你生小孩。"

"你再不回来,再不取消离婚申请,别怪我开枪射你。"话筒如排水管,将他的话吸了进去。

"卡尔,"她说,"你别来烦我了。"

"嘿,女人。你还是没懂嘛。你不要我的话,也休想要其他东西。你给我滚回来,否则你就等着吃真正的苦头了。"他知道自己才是有苦头吃的人。

洁莉开始哭,是愤怒的啜泣,口水分泌旺盛:"你这个狗娘养的。别来烦我了。"

"听好!"他大吼,"你跟约翰·伦奇做过的事,我不再追究。我原谅你!"他几乎可以舔掉洁莉沧桑的泪水。随后他很确定洁莉并非在哭,而是在大笑。

她挂掉电话。他再打一次,却听到沙沙的忙线讯号。失去了最好的一个。

他继续喝酒,从橱柜取出父亲的猎枪,开车至锡格纳尔唯一的公寓大楼,洁莉的车停在一旁。他开枪射穿车窗与轮胎,而这辆车的贷款他已付了两年。

"看你还笑不笑得出来。"他说。

这个举动释放出复仇的念头,回家途中他绕道至伦奇的农场,见到约翰·伦奇的小卡车,停在车道上,引擎盖仍有热度,月光下的金属曲线毕露。斯克罗普重新装子弹,轰掉橡皮与玻璃,朝仪表板开枪,一面大吼,请你吃爆米花,约翰!并将自己的衬衫丢在伦奇的前座当做名片。这是他首度想杀掉他们两个,想杀人,要是能杀掉自己更好。楼上电灯亮着,他打赤膊开车呼啸而去,酒瓶不离口,威士忌滴在胸毛上发亮。他希望有长耳大野兔冲进车头灯光线中。

洁莉搬回南达科他州时,他知道伊内兹必定脱不了关系,那个O形腿的老贱屄,然而两家比邻而居,为了马迪曼着想,他表现得毕恭毕敬。

伦奇那条鬈毛狼,在卡车枪击事件后避不见面,斯克罗普气得直磨牙。年少气盛时,两人曾交换数十个女孩,包括刚使用过、对方的精虫仍在里面游泳的,包括准备送进回收桶的老炮友,包括新女友,包括伦奇的妹妹凯莉——有时是送给对方后又抢回来,然后再送给对方,交换起来轻松无比,毫无芥蒂。然而从未结过婚的伦奇,却没看清那些女孩与妻子之间的差别。

他们自婴儿时期即为最要好的朋友,因为斯克罗普的母亲帮忙照顾小婴儿伦奇。他俩共用游乐围栏,斯克罗普的哥哥特雷恩会在外面对他们扮鬼脸,或是趴在桌子底下躲过他们的视线,以塑胶马来耍逗他们。洁莉是斯克罗普的南达科他州小鸟,飞来栖息一阵又飞走,然而约翰·伦奇回到起点,哥儿俩之一终将为对方抬棺材。

制马刺人

　　几位加州人流浪至锡格纳尔，包括坏脾气的哈罗德·巴茨，头发前秃，后脑勺留条细细的马尾，妻子索尼娅卖过车，后来受不了男售车员的冷嘲热讽与黄色笑话，愤而辞职。住在加州海岸时，巴茨曾在大西洋机翼公司担任过冶金工程师，有一天公司宣布精简人事，他与另外五百名员工突然收到资遣通知。他开始对预言感兴趣，特别是世界末日将近的迹象，以及其他末世幻想。他告诉索尼娅，在最后审判日的喇叭声响起前，他俩将在简单的地方过完简单的余生。他考虑做铁匠，并表示他希望在有生之年对社会做出贡献；千禧年蹄铁工的生活应该适合。他在最后关头打退堂鼓，去俄勒冈拜师一年学习马刺制作，周末则参加一个名为末日飘然的末世教派举办的灵修。

　　巴茨之所以选上锡格纳尔，是拿起叉子朝地图乱刺的结果。他在锡格纳尔开设个人工房。在工作室里，他坐在冒出火星的磨轮前，或在熔炉所在的阴暗角落打铁，汗湿的脸孔如镀铬面具般反射出高热火光，在金属上刻画出盘转成圈的蛇与接吻的鸟。他自废弃的农场捡拾废五金：旧门、生锈的马车钢板弹簧、螺形弹簧、碎土机齿，林林总总。他多数作品皆以含高碳或中碳的工具钢打造，不过他也实验过，拿镍、铬、铜、钨制作非正统的合金。他也试过钼、钒、钴。以新金、青铜与镍银搭配色泽较暗淡的金属。偏好银面中东纹饰叶与华丽雕刻的人，认为他的作品"过于现代"而敬谢不敏。他最拿手的制品是马刺，设计图案绝不重复，风格独具，远远就能一眼认出，成本也令人咋舌。

那年春天来得晚，天气恶劣，他完成了一对马刺，柱身呈半倾斜，钢铁锻蓝，接近熟梅透出蓝紫红晕的色泽。线条素雅。银扣。镀银钝星形靴刺轮与柱端淡淡光彩犹如向晚之水。银色彗星的尾巴拖至柱身，以装饰跟带。他设计一对丁当作响的星星，模样调皮，自靴刺轮垂吊而下，抖动时发出的金属音符对马儿对骑士而言皆甚悦耳。

"这些东西当中有力量存在。"他对索尼娅的猫咪说。猫咪睡在工房收音机上，"迟早有人能慧眼识英雄。"然后他在回家路上数着路边一头死鹿，路面上一头死郊狼，一只死兔子，又一只，又一只，死响尾蛇，太阳下的活响尾蛇，死期将近，一团血，半条死羚羊。

预料之中

斯克罗普走进房间撞见他们，当天狂风劲扫，小溪旁的柳树做出鞭打的姿势，眼看要将自己拉出地面。

那天一大早，他与弗里兹太太偕两个农场工本尼·霍恩与科迪·乔·毕比，将两百头牛往北赶向斯克罗普向土管局租借的土地。

连绵波动的青草让平原打起寒颤,如同兽皮在苍蝇孳生的季节中抖动。路上本尼·霍恩遗失夹克,牙齿格格打颤。

"幸好你的鸟蛋包在袋子里,"弗里兹太太说,"不然你连鸟蛋也被吹跑。"

有几件事不尽顺心:几顶帽子被风吹跑,尘土刺痛眼睛。洁莉没有依约带着三明治与啤酒来河口溪的约翰逊家。斯克罗普说她大概是卡车发动不了。下午一时,凯尔·约翰逊与幺儿普利顺同来将牛群赶过约翰逊家土地。父子俩自在地打嗝放屁,排出辣牛肉与白萝卜的气味。此时有辆游客面包车大鸣喇叭经过,吓到了牛群,过桥时听见牛蹄踩出空洞的"嘚嘚"声再度受惊,四下奔窜,争先恐后交叉踩过刚铺上柏油的公路。柏油的黑色极深,深沉到牛身上的黄条纹似乎漂浮路面之上。柏油臭味四起,黏在牛蹄底下更加不舒服。最后终于集中牛群上路,科迪·乔却羊痫风复发,跌下马来。

"锁骨断了。"弗里兹太太边说边扶他起身,听见断骨摩擦声。

约翰逊要进市区办事,表示可以顺路带科迪·乔去"刀枪俱乐部"〔刀枪俱乐部,指附近急诊室。因为到院者多受刀伤或枪伤。〕。"干脆把牛留在这里,"他说,"明天早上找到帮手后再说。"斯克罗普很不愿意接受他的好意,因为回报起来恐怕很吃力。

他无计可施,只好骑马回咖啡壶打电话。本尼不停抱怨,斯克罗普说，闭嘴，我在想办法。疾风吹得他们耳朵作痛，刮起马尾。越来越冷了。距离屋子半英里处，他们看见带刺铁丝围篱卡住某种蓝色小物品，在风中挣扎。孔雀蓝的色彩，斯克罗普感觉眼熟。他骑马过去，从铁刺网上拉起，是洁莉的性感内裤。两人曾为这件内裤吵架，花了七十五元买来一小片丝布。本尼与弗里兹太太假装没看见，以免他尴尬。斯克罗普知道这件内裤并非挂在晒衣绳上被风吹走——烘干机的分期付款他仍未缴清。抵达屋子之前他分析了所有可能性。

约翰・伦奇的卡车停在院子，驾驶门打开，他看见后不太惊讶，既然不太惊讶，发现伦奇在床上努力练习牛仔上下起伏的舞姿时，他了无诧异之情。他听见妻子说，继续动，别停，然后看见了他。他一句话也没说，退出房间，下楼进厨房拿起威士忌酒瓶直灌，听着洁莉号啕大哭，听着约翰・伦奇穿上衣服，下楼。伦奇在门口说，卡尔，你可别乱想，没那回事。

起初斯克罗普并没有太深的感触，回过神来才感受到遭人背叛那种热辣辣的割伤，咽下嫉妒的酸水。而洁莉因难堪而激动万分，大声要摊牌，尖叫着想离婚。斯克罗普说，那样讲未免太疯狂。他走进卧房之后的半小时内，他从未想过两人走到了尽头，只是来到路上被水冲蚀处，越过水道就能继续上路。他的蓝白眼珠湿润。他想告诉洁莉，只是约翰・伦奇，没什么大不了。他想说却说不出口的是，没什么，

174

我自己也偷吃过几次。那样说又有什么用？他认为没有必要改变什么，尚未知道不可能逃避内心折磨；折磨有如热导弹，锁定了光芒万丈的核心。

"我们来商量一下，"他说，"我们开车逛逛，商量一下。"威士忌灌得又快又准，淋湿了衬衫前面，最后妻子半推半就，被他带上卡车。上车后他不停说我们来商量，而洁莉不停说离婚。两人无所进展。最后两人掉落公路高架桥下，卡车轮胎朝天，斯克罗普浑身骨折，被挤压在床头柜大小的空间里痛苦不堪，而洁莉则大呼救命，他却伸不出援手。

等到他出院，有能力再度举起汤匙时，她早已搬到锡格纳尔，离婚的热水壶已烧得呼呼响，她在屋里的东西所剩无几，仅在浴室架子上留下半盒卫生棉，以及门口的一双雪靴。

一对马刺

萨顿·马迪曼在地窖私酿啤酒。某天沙尘四射，他进市区购买几罐麦芽酒。他驼背在人行道上前进，4-X牛仔帽的尖端迎向满载细沙的风，走过电脑商行，橱窗里的老式软件包装盒被阳光晒得褪色。他走过律师事务所，蓝色窗帘已拉上。他在巴茨的橱窗前停下脚步，凝视着展示得颇具艺术风格的马刺，下面衬底的是百经风霜的木板。有一对马刺未经修饰，是有鞍骑乘用的马刺，跟带很宽，柱身偏离中央呈十五度角，单纯又实用；有一双是女腿形的马刺，柱身花样繁复，是维多利亚时代妓女的丝袜与高扣鞋；也有一对以青铜打造，柱身呈一直线，镀上青绿色纹章，靴刺轮的轮辐磨成小马靴的形状。不错，不错，不错，马迪曼说。他走进店里，自言自语想买个钥匙环送伊内兹当生日礼物——过去两年他都送同样的东西。

一脸郁闷的哈罗德·巴茨站在柜台后面阅读卡斯珀地区的报纸，手上端着一杯花草茶。马迪曼在展示窗前漫游，嗅着润滑油、金属、真皮的气味，嗅着木芙蓉与香草的芳馥，停在彗星马刺之前。

"想看什么？"巴茨说。

"让我看看那对彗星马刺。"他指着说。巴茨抿着嘴唇，将马刺摆在柜台上，开始以有疤痕的手指转弄着马尾的尾端。

"当开罐器真漂亮。"马迪曼说。他很高兴见到巴茨握拳又松拳的举动。

"是黑尔-博普彗星。那年我一看就是好几个小时，睡在阳台上。很冷没错，不过我一醒来，它就高挂在天上。美丽。可怕。地球在太空中的位置即将变动。即将到来的力量，会让铁漂浮起来，会产生五百英尺高的海啸。我们生活在世界末日——近在眼前，千禧年，全球暖化，战争，可怕的流行病，风暴，洪水。彗星就是警告。我从卡斯珀那里的海恩斯和罗迪买来小旋转凿，用新型的凿子来刻出上面的细纹。"

马迪曼看着标价。三百——他猜世界末日不尽然是近在眼前嘛。他没打算花超过二十元买礼物送妻子，也据实禀告。他说他在报纸上看到，彗星聚满了丰富的化学分子，不是毁灭的预告，而是生命的播种者，在太空中四处撒种。

"'他们'就是要你相信那一套。"巴茨怒气冲冲地说，一面以手指点着报上刊出的女政客脸孔。她以杏眼圆睁破口大骂著名，愚蠢的见解也同样家喻户晓，"不买就算了。总有人会来买。"街上的灯光穿过店面橱窗，将他的发丝染成金属色。他两手叉腰，看样子本人也准备摆出马刺的造型。

他漠不关心的态度诱动了马迪曼的心。马迪曼开了一张支票，花光所有退税。

钱花得几乎值得。伊内兹说："看来我今晚要穿着上床啰。"而且果真穿上床。后来冰冷的钢铁碰到他，他才大笑着拽掉妻子的皮靴，抛向角落，丁当作响。

"嘿嘿嘿，"马迪曼说，"彗星来啰。"事后他躺在床上思考，应该如何做假账才不会让妻子发现。

星期三，太阳的高温渗入冷骨，风势转缓，远处青草露出新绿，伊内兹骑马至卡尔·斯克罗普家中。多年来他们曾带着观光客骑马前来咖啡壶，玩玩赶牛，享用野餐盘上的煮豆，而她盘算的正是这件事。一辆拖拉机在转弯处超车，驾驶员是弗里兹太太，科迪·乔在后面的长型平台上蹦跳，旁边载着几个家畜矿物质补品的空盆。科迪·乔是她的表亲，曾经聪明过，曾经性情随和过，好景不长的是，四五年前有捆重达一千磅的干草从草堆上滑落，不巧击中马背上的他，从此脑筋受损。他身强力壮，公牛般的肩膀与毕比家族所有人一样，如今却只能胜任简单的差事。她对科迪·乔挥手，有疤痕的脸孔却认不出伊内兹。他妻子在家为他理发，理得不甚高明，这时纠结的长发在风中如皮鞭抽动。伊内兹心想，他们小时候，他是全世界最好看的男生，小麦色的头发又硬又挺，眼珠是最深沉的蓝。看看他现在的模样。不忍卒睹。

她骑马赶上时，科迪·乔正从平台扔下空盆，弗里兹太太则告诉斯克罗普，他们有头公牛罹患烂蹄症，待在小溪牧草地，跛脚太严重，无法赶过来接受治疗，必须开卡车过去载。

斯克罗普抬头看伊内兹，面无表情。

"最近怎样，卡尔？"她的红发朝四面八方伸展，帽子放在家中帽架上。

"还好,你呢?"

"我们很好。萨顿要我过来问你,观光客礼拜五的行程改成礼拜六,不知道你方不方便?礼拜五他要跟会计事务所的人讨论缴税的事。他们啊,不会让你选日子的。他们要把我们这个地方叫做娱乐农场。"

"照这样下去,干脆所有农场都改叫娱乐农场算了。我可是玩得很快乐。我们正好要进屋子,进来喝杯咖啡嘛,"卡尔说,"把马拴起来。"

"马刺真漂亮。"弗里兹太太说。她精瘦如老木桩,少说也将近七十岁了,伊内兹臆测着。灰发修剪得很短,双手长满茧与肌腱,与任何老农场工人一样。卡尔说,老太婆对牲口不知道的东西,凑一凑可以全写在卷烟纸上,空白的地方还可以填上《圣经》的诗句。弗里兹先生哪儿去了——或许被杀死、踢到地毯下灭尸了吧。弗里兹太太某一方面让伊内兹直觉上不喜欢,也从来不欣赏;这位粗犷老妇人活像一条拉扯到毫无弹性可言的麻绳。

斯克罗普跛着脚过来,摸摸靴刺轮。他在伊内兹面前伸长脖子,张口想说俏皮话却停止动作,搔搔伤痕累累的颈背。他脑海响起一阵如无线电般的杂音。

"生日过了两个礼拜,萨顿才买来送我。"伊内兹跳下马,跟随他们进入混乱的厨房,"本想趁外头安静出去一下。桦叶槭虫在观光客

一 对 马 刺　　179

小屋里到处都是。我对珍妮说啊，有机会拿吸尘器去对付。听到虫子在管子里嘎嘎响，逃不出来，让我浑身不舒服。它们一定在想——大概是世界末日来了吧。"她望向厨房另一边，注意到一只桌脚以靴跟垫着。

斯克罗普开始以旧研磨机研磨咖啡，扬起一阵粉尘。他头疼欲裂，却一直盯着伊内兹看，不知为何感到兴奋，忘记了与洁莉之间的过节。

伊内兹打量着腊肉油脂半满的铸铁煎盘，显然炒炸过无数次却未曾清洗。到处是空塑胶袋与半满的塑胶袋，装着螺卷棒、饼干、脆片、三角玉米薄片，也有原本盛蘸酱的空罐，也有过期失去弹性的面包皮、咬过的果馅饼、空布丁罐。洁莉下堂求去后这两年，卡尔·斯克罗普或许未曾享用过热餐。一只蓝鸫气冲冲地撞向窗户，为捍卫领土而与自己的倒影过意不去。"卡尔，不如让我找珍妮·巴克斯过来帮你打扫一下。她一小时收十元，很值得的。"地板上压扁的食物形成多处小点，整个家有如老野猪的巢穴。她纳闷的是，弗里兹太太如何彻底压抑女性本能，竟能不对脏乱的环境感到心烦。

斯克罗普发出他独特的勒喉般笑声："她准会被吓死。"干干净净的厨房会蚕食他心灵，产生他无法解释的寂寞感。而阳光照射在白餐盘上、锅里煮着营养健康的小麦粥时，最让他难过——难过得想怒吼。"怎样？你礼拜六做什么？中午到脏水农场或泥吸农场，随你选。那边大概有五十头等着赶拢运走。秋天一直不卖，因为行情不好。现在更糟了。他们成立了北平原牛肉合作社，我怀疑会有帮助才怪。要是我们能把'吃牛肉'的招牌全国放遍，从纽约到旧金山，大家一定会注意到牛肉。你觉得呢，弗里兹太太？你礼拜六行吗？"他从塑胶袋取出一把类似橙色虫子的物体，摇了摇，放进口中嚼，小胡子沾了颜色。

伊内兹几乎不知道将视线集中在何处，因为房子与其中的人有很多不对劲的地方，所以只好凝视窗外，看着院子里的狗，喃喃说："脏水农场比较好。景观比较漂亮。"

她认为卡尔·斯克罗普江河日下。她想起幼年时住在全夜溪的那个硬毛直竖的老疯子，认为卡尔有可能沦落相同的下场。当时她随父亲与兄弟骑马外出，离家数英里处发现小溪旁有座颓圮的房子，有个野人走出门口，对他们出言不逊。这人腮须因沾有食物而僵硬地竖起，双眼黏有硬化的分泌物，身上发出的臭味能传至三十英尺外。她父亲开始自我介绍，老人喃喃说着"呃？呃？"，顷刻之间，大家看见老人的长裤闪现湿光，从裤裆湿到膝盖。她父亲掉头离去，带着儿女登上小山，不过这一幕已经扫了大伙的兴致。"天啊，你看到没？"她哥哥萨米说，"他刚才尿在裤子里耶。闻起来像是大小便一起来。"

"他以前农场经营得很不错，可惜妻子死后，他就变成了一条脏兮兮的老野猪，住的地方也变成猪窝，"她父亲当时说，"别靠近他家。"

伊内兹心想,男人天生有此缺憾,遭逢人生剧变的悬崖后,往往暴跌至道德的深渊。

"我的天啊,"斯克罗普说,"我的头好痛。"他伸手至碗盘橱最上层,东翻西找后找到阿司匹林药瓶,干吞了四颗,在肮脏的炖锅上掐熄香烟。他将滚水淋在研磨过的咖啡豆上,咖啡壶升起一阵蒸气。他在水龙头下冲洗脏杯子,然后倒上新鲜的咖啡。他头疼欲裂,全身发烫,感觉奇怪,仿佛灵魔飞出热水壶嘴,飘进了他的鼻子。他抓住椅背,仿佛椅背能帮助他。

他们又走到门外,看着青草成长,背对着温暖的谷仓圆木站,几只提早出现的苍蝇嗡嗡绕。科迪·乔端着咖啡朝堆放干草的院子漫步而去,不时抬起脚跨过无形的犁沟。卡尔凑近伊内兹,言语滔滔不绝,谈着山上积雪深厚,恶女溪水位上升,如果天气持续炎热,可能有泛滥的危险。固定他体内断骨的钛合金板发烫。

"天气会一直热下去,溪水也一定会泛滥。"弗里兹太太边说边以拇指指甲点燃厨房火柴。她不喜欢清谈。

咖啡泡得太浓,苦味太重,也容易烫到舌头。"哗!"伊内兹说,"这才叫做咖啡嘛!"

"有道理,"弗里兹太太说着将喝了一半的咖啡杯放在翻转朝上的箱子上,"这咖啡喝下去,能像烟囱刷一样把人清理得干干净净。"她朝自己的房车走去。

一等到她离开视线范围,斯克罗普立即将伊内兹的手抓过来,按在那夜洁莉说的死沙丁鱼上。当晚在卡车上,他认为洁莉是拿他来比较约翰·伦奇的家伙。然而斯克罗普对洁莉暗示,她是在比较两人的尺寸,这时她说,别提那个混账的名字。

"你可让我上了火,"他这时对伊内兹说,"来嘛。"

"看在老天爷的分上,卡尔,你哪根筋不对啦?"她的脖子与脸颊火烫,挣脱他的掌握。快到正午了。两人的身影悄悄缩至脚下,状若泼洒出来的油漆。

"来嘛,来嘛。"他边说边拉着伊内兹走向一扇打开的门。粗鄙的兽性浮上表面,毫无遮蔽。

"你自制一点行不行。"

"你才是。"他揉着伊内兹平坦的臀部,挨着她的身体,呼吸时鼻了发出吁吁声,"来嘛。"

她以干裂的手肘抵撞对方喉咙,扭起他的手臂,低头闪躲,然后向自己的母马奔去。

"我不会罢休的,"他在伊内兹身后大喊,"迟早把你弄到手。在你来不及说'惨了'之前插进去。"他站在伊内兹扬起的尘云中,明白自己在冲泡咖啡时,必定有块铁落在心头的天平上。

一 对 马 刺

弗里兹太太从房车走回来，将上衣扎进牛仔裤里。"伊内兹呢？"她以粗嗓门说。斯克罗普嗅到甫入喉的威士忌气息。

"她有事先走了。"他凝望南方，无血色的双眼因头痛而充满泪水。他感觉得到，体内所有金属在丁当作响的马刺后绷紧。

"大概是咖啡喝不惯，"弗里兹太太说，"习惯喝自己泡的。"

"是嘛，她的东西我喝得下。"说着做出杯子的手势，捧住两颗想象的乳房，上下抖动。

弗里兹太太皱脸。"伊内兹？墙壁的奶头都比伊内兹大。"

"算了。她的马刺真漂亮。"

"没错。漂亮。"

狼　影

卡尔·斯克罗普黏着伊内兹不放，只要萨顿不在家，他便盘算她的行踪。在算准的时间打电话。他跟踪她进市区。有一两次，他骑马故意在前往野兔后脚小路上撞见带领观光客的伊内兹。撞见时，他显露出色眯眯的眼神，白眼盯着她，以极轻音唱出不堪入耳的言语。

"再闹下去，看我会不会跟萨顿告状。相信你不希望我去告状。表面上他或许跟你称兄道弟的，生起气来可是翻脸不认人哟。"

"我控制不了，"他说，"伊内兹，你不在我身边时，我几乎称不上喜欢你。可是你一靠近，感觉像有人铲了一堆红烧木炭倒进我的短裤。你让我想得头痛。快嘛，叫观光客自己先走，你和我躲到岩石后面干一炮。"他噘起嘴唇，在白金色小胡子下做出接吻声响。

她气得发抖。"看我敢不敢用绳索套住你，"她说，"把你拖成破抹布一条。或许这样你才听得懂人话。或许你喜欢这一套。"

"我喜欢的，"他说，"是剥光裤子好好骑你一顿。我想把老二放进它想进去的地方。我想操你操到你变成斗鸡眼。我想——"

隔日清晨，观光客穿着新靴、揉着眼睛走过门廊、伸伸懒腰、说空气多清新之前，伊内兹在萨顿进来享用日出早餐时跟他聊天。外头轻风吹拂褪色的青草。她知道最好别在早上对丈夫下命令，但却无法闭嘴不谈。

"萨顿，有件事我很不想说，就是卡尔·斯克罗普两个礼拜来一直对我放电，一直对我讲不三不四的话。本来以为他会慢慢冷却下来，所以我才没讲出来，可是他就是不罢休。"

他将一块血淋淋的羊毛皮摆在桌上。"绵羊出事了。死了两头，一头差点被吃光，一头被拖出去，一头跛脚。"他端起咖啡杯，一面吹气一面吸吮着，仿佛杯里装了熔浆。他的双手传出鼠尾草的香味。

"卡尔·斯克罗普的事，我讲了你有没有听见？他一直想跟我乱来，

一　对　马　刺　　185

放肆得让人受不了。"

"我觉得是狗。脚印比郊狼大一倍。"

"我跟他讲,再乱来我就跟你告状,你会修理修理他。不过他听不进去。"

"老天爷,我可不希望是我们家的狗。波西已经有两天没见影子了。"

"日子已经够辛苦了,隔壁又住了个色情狂想对我动手动脚,我可受不了。我希望自己老公能马上亲自处理。"

他起身走向门廊,然后回到餐桌。"看来不是波西干的。她一腿发炎,躺在门廊上。我忘记她脚受伤。不是她。"狗儿波西瞧着他打哈欠,竖起一耳,另一耳下垂,阳光照射它的左眼,玻璃状眼珠成了红球。

"你去他那里跟他理论嘛。去给他一点颜色看,让他知道你是玩真的。他那个皱巴巴的老东西在我身上磨蹭,你觉得我有什么感觉?"

"对。我可以去卡尔家,问他有没有看到,看他有没有小牛失踪。"

"你去,"伊内兹说,"尽管去问,"她的嗓音如同遭射伤的苍鹭。她回想当年,伦奇、斯克罗普、马迪曼曾经三人行,出去找高跟鞋玩乐,低级猪哥一群。

早上十一点左右，三名纽约女律师观光客打移动电话过来。过去有观光客迷路，升起狼烟指示方位地，因而引发大火，有鉴于此，萨顿规定她们必须随身携带手机，否则得长绳缠身，另一端绑在门廊扶杆上拉着，才准她们外出。

"伊内兹，我们迷路了，"讲话的人怒气冲冲，仿佛是伊内兹害她们走失，"而且这里有野狼。"话筒里传来急促的呼吸声。萨顿在大酋长牌便笺簿上涂写着一些数目。

"郊狼。描述一下身边的景物，我们就能猜出你们在哪里。"对方描述着橙色大岩石、铁丝围篱与空旷大地。

"围篱的状况是好，还是乱七八糟？"

"这个嘛，看起来只像是个围篱啊。"说着传出口哨叹息声，或者是风声？桌上布满账单、信件、税务简介手册，需要忙上一个月，全需以红笔填写。

"大岩石一块块。好大。"

"我猜她们在卡尔家那边的奇岩柱边缘，"她对萨顿说，"我骑马过去带她们回来。不过如果'他'在那里，我应该带把 .30-.30 去。"

"开卡车去。如果她们步行，那些小姐可要走上四英里才能回来。"饲料账单上大大地写着"过期逾缴"。

"给她们一个教训。"但她知道她们不会就此学乖。她对先生说，他想去的话，可以自己开车过去，前座挤了三个女人，让他享受一下，也可以带她们去看卡尔·斯克罗普，也许卡尔会看上其中一个，不再来骚扰她。她宁可骑马过去。她摸摸饲料账单说，幸好我们有退税。

女观光客发誓说是野狼。她们身穿僵硬的曲线型牛仔裤、套牛靴、圣塔菲夹克，扎了丝颈巾。头发被风吹成拖把状。

"我没有乱讲。"格拉肯律师说，"我办过一个案子，有个人在自己没电梯的公寓里养了一匹狼，骗人说是导盲犬，所以我看了好几百个小时以狼为主题的录影带。后来还验DNA。我知道。我看到的是狼。"

"整个农场都一样。看见那边有烟冒出来没？那是壁炉的烟囱。你们到农场的马路上，往南走，出了大门后关上门。萨顿会开着卡车过去找你们。记得关门哟。"

她骑上冲蚀地。她右边有一丛金花矮灌木，里面躲了一匹大母狼，以黄色斗鸡眼注意着她。狼毛在不规则的强风中颤抖。她没有多想，立刻解开绳索，甩成绳套扔出去。正当她将绳索另一端在鞍头缠绕几圈时，母狼腾空一跃，灰褐色母马往后退。母狼往后拉，臀腿落地蹲坐着，母马再度后退，学马戏团的马儿一样以后腿站立向后走，然后四脚着地，头往下压，激烈挣扎，伊内兹以突破挡风玻璃而出的姿势冲向前，降落时以下巴触地滑行，颈骨折断，嘴巴张开，下排牙齿犁过红土。原本拉紧绕圈的绳索恢复自由,母狼钻进山艾树丛逃逸。山艾树在风中僵硬地摇摆。

葬礼后的那周,萨顿·马迪曼宣布将出售农场,自己打算搬到俄勒冈州女儿家附近。他姊姊与姊夫自岩泉开车北上帮他打包装箱,整理待拍卖物品。

"阿顿,这些汤匙、这个红枕头、这对马刺怎么办?马刺上面有小彗星,真的很好看。可惜沾了点泥巴。"

"出事的时候,她就穿着那对可恶的东西。触霉头。"他的嗓音不稳,在喉头里变得沉重,"我不想再看到它们了。跟等着拍卖的东西放在一起吧。"萨顿的卡车满载女观光客,她们发现了他妻子的牙齿掘入怀俄明州。他当着观光客的面射死母马。

当地人不相信观光客见到野狼,都认为是东部人的歇斯底里症作祟;原来不是野狼,而是一条家犬,从某个观光客的旅行车里溜出,狗的主人见到伊内兹的优质草绳一定欣慰不已。

得克萨斯男孩

马迪曼的农场被重新命名为银河系农场,新主人是弗兰克·费恩,曾在科幻电视系列剧中饰演木星军阀，私底下却比较喜欢西部牛仔的生活。他买进截牛马［截牛马，指经训练用于从牛群中分出牛只的马匹，称之为截牛马。］，聘来一批得克萨斯人，工头嗜吸鼻烟、双腿如竹竿、肌肤松弛，姓名为豪尔·史密斯，脸上装饰着稀薄的大胡子，鬈发的弧圈大小与颜色类似姜汁汽水的气泡。

某个星期六晚上，史密斯偕同几位得克萨斯牛仔光临锡格纳尔的火坑酒吧，请全酒吧客人喝酒，宣布他们想举行一场小型八球赛。他们一直待到打烊时间，吹嘘自己对马匹有多了解，而且了解的东西可真不少，他们对撞球的了解可能因而相形失色。豪尔习惯一面捻须一面绕着撞球桌缓缓走动，弯腰并仔细观察，然后打出困难却花哨的一球，几乎百发百中。没打中的话，他以撞球杆的底部重击地面，发出砰的一声。

"你们玩不玩'牛仔'？"豪尔说，"很好玩的。换换口味。打到一百分，先得一百零一分的人赢，不过打到最后一球时，母球一定要把球撞进事先说好的球袋，不能撞到别的球。"

认真的撞球比赛来到锡格纳尔，过了一阵子，有人提议举行全冬季的巡回赛，也许提供一些好奖品，不要只送六罐装或是一罐哥本哈根。部分失业人士发出怨言，认为弗兰克·费恩偏心得克萨斯人。怀俄明州人才济济——至少在这一带——任他挑选，他偏不要。

"这边的人,费恩先生一个也不认识。他到得克萨斯拍戏时就认识我了。他们把得克萨斯选做火星。不过这些人啊,"他以拇指比着队友,"如果他们退出回老家,我们就找本地人递补,一切好办。"

是真是假,他们必须等着瞧。目前而言,这些得克萨斯滑头似乎一点也不想念南方平原上的老家,因为南方在龙卷风与独立派人士作怪下动乱不安。

弗里兹太太红着脸保持安静,背对着酒吧饮用威士忌,双腿向外伸出,欣赏球桌上的赛事。

豪尔朝她看了几次,说:"那样的马刺,不是每天都见得到的。小姐,如果你想卖的话,我肯买。跟银河系很配,又是星星又是彗星的。"

弗里兹太太闷哼一声:"马刺就是从那边过来的,是以前的主人马迪曼的东西。不卖就是不卖。"

矮壮的约翰·伦奇胡子刮得干净,有如脸上抛过光似的。他以低沉的嗓音说:"她在拍卖会上标到的。拍卖主持人说,这箱旧绳索,你出多少钱?那对马刺压在最下面,她出两块钱,全部归她抱走。弗里兹太太,买那堆绳索做什么?拿去做枕头吧?"

"拿去塞进你屁眼里。"弗里兹太太说。

她伸出一条腿摇动着,欣赏光线以不同角度照射在彗星上的情况。她喝着威士忌,十点三十分离开。临去前她表示自己要回家睡美容觉。

豪尔说:"她很有个性嘛。"

"第一流的。帮卡尔·斯克罗普维持了好几年。"

"既耐操,又跟男人一样好用。"

"谢里登来的三位姑娘,"约翰·伦奇轻声歌唱,一面在球杆尖端涂粉,递给跟在身边的短腿女孩。女孩是观光客,穿着红靴,"喝啤酒喝红酒,一位姑娘对另一位说,你的屁股比我大一倍。"他看着球桌上的球,说,"他妈的得克萨斯人,看他给我们搞出什么名堂。"

"那个弗里兹太太哪,"雷·锡德说,他是个在农场干活的老头,"大概三十年前,我在双八工作,当时她是厨师,我们正要运牛,人手缺得很,老板对她说,骑过马吗?她二话不说揣下围兜,套上马靴,从此以后就从马儿耳朵之间看天下了。"

"那个时候,弗里兹先生还在吗?"

"不在。"

"不行,不行,娘们的话,我还是喜欢苗条温柔的。"约翰·伦奇边说边拍拍红靴女郎的口袋。

"像卡尔·斯克罗普的老婆那样吗?卡尔让你从他树上摘掉那颗小苹果,自己一定气炸了。"

"再讲试试看。除非你想换新牙,否则别再提。不然等着被我打得满地爬。"最后他去了斯克罗普家。卡尔告诉他,那晚卡尔将卡车射得通风时,多希望约翰坐在车上;约翰则说他也希望自己当时在车上,而他做的傻事,其实不过是反射动作而已;斯克罗普说我了解,两人因此对饮,直到彼此明了惹出麻烦、导致所有伤心后果的人是洁莉。

"是吗?大话别说得太早。科尔,帮我再倒一杯。要跟约翰对打,不如先灌点液体铁刺网。"

雷·锡德尚未准备转移话题:"弗里兹太太哪,那时是有几个人想追,她随身带着长牛鞭,有几个人被她鞭过。当然啦,她从来都不算什么大美人,所以没有太多人烦她。她以前得过什么热的,头发全掉光。我认为她从来没结过婚。"

"也许她搞同性恋吧。"

"不对。她对女人的用处跟对男人的用处差不多。她只喜欢牛和马。她从小在北达科他州长大。家里生了七千金。姊妹全都能骑马、套绳索、经营农场。"

约翰·伦奇与红靴女孩挤进角落,酒吧的话题转至独脚人唐·克洛。他有天晚上月黑风高,以手电筒照着路,开着小卡车在悬崖上倒车,结果连人带车跌落时不慎开枪射中自己。现在只剩一条腿,或许是好事一桩,像他如此忽视个人健康,可以让他少惹麻烦。再看看卡尔·斯克罗普,全身打满钢钉,也是自我毁灭的一个例子。来了一群没听过本地历史的听众真好。

弗里兹太太移徙五英里外

两人开着小卡车载运家畜，一头是安格斯公牛，两头是赫尔福德公牛。弗里兹太太小靴上的马刺刮着车内脚垫。她喃喃咒骂着，一面慢慢将小卡车开进通往高牧草地的轮辙。强风吹得风滚草蹦上引擎盖。两只红尾鹰在高空热流中来回飞翔。

"那些得克萨斯男孩啊，"斯克罗普说，嘴里嚼着一片羚羊肉干，"说电视人费恩打算在那里做什么，你有什么想法？他从没过来打招呼或是客套。你觉得他大白天戴的耳朵是蜡做的不成？"他盯着她的靴子看。

"住在加州，偶尔才来这里住。你从马迪曼那里听到什么？"小卡车后面震动起来。"该死的牛。"她紧急刹车，让正在打架的公牛向前猛冲，跌跌撞撞地希望稳住阵脚，为性争风吃醋的事暂时摆两旁，自身保持平衡最重要。卡车继续往前开。"他说过他喜欢那边吗？"

"用电脑发了一封电子邮件给我。说他二十年前早该搬过去了。不刮风，雨又下得多，邻居又好相处，总算可换换环境了。青草长到跟屁股一样高，女人也好看，我猜他是相中了一个。老伊内兹在地下一定不爽。"他再向弗里兹太太挨近一点,而弗里兹太太已紧贴车门。

"你不是有阵子追她追得很凶。"

"对。可怜的O形腿老伊内兹。我也不明白。我承认,我那时是很想追她。可是她一走,那感觉也跟着走了。我现在才了解,最可贵的是你和我,我的意思是,这么多年来,不管时机好坏,我们都在一起。"他再往西靠,突如其来地将毛茸茸的肥重的手臂搭在弗里兹太太肩膀上。"弗里兹太太,我对你相当有好感。"他小口喷出潮湿的气息。

弗里兹太太以手肘抵住他的肋骨:"去你的,别一直靠过来,把我挤得半身快跑出车子外头了。"

斯克罗普移开不到一英寸,既不情愿又慢吞吞。

"好吧,给你开吧,"弗里兹太太说着便踩了刹车,下车,绕至乘客座,"卡尔,我不喜欢被人挤。"她一直等到斯克罗普坐上驾驶座才上车,"放了这些牛后,我得骑马出去。科迪·乔和我要去奇岩柱那边造围篱。费恩先生过来的时候,你应该骑马看看围篱线。这些个得克萨斯男孩,对围篱的事到目前为止很害羞。"

"围篱?我跟你一起去,"斯克罗普说着换成二档,"盖围篱,我正好需要。要是本尼在这里,我会先处理好文书作业,可惜这礼拜他没来。"

"他因盗窃罪被抓去关了,"弗里兹太太说,"在希金斯店里偷香烟贩卖机里的东西。"她摇下乘客座的车窗,风如木板般轰入车内。

小卡车开进院子,尘土随之卷动。科迪·乔·毕比坐在门廊阶上,一手拿着一段割捆机麻线,茫然无主,露出不解的神色。

"你看看,这肯定是全怀俄明最乱来的农场经营方式。我越来越不爽了。"斯克罗普说。

弗里兹太太说:"看来他不适合造围篱。我最好先带他回家。"

她四十分钟后回来,有两个空啤酒瓶在车上滚动,距离座位底下的威士忌瓶有一英寸。这一天过得真慢。

"他老婆说他情况越来越糟。"

"要是真的缺人手——"斯克罗普说,"下十八层地狱算了。"

"只好等着瞧了。"弗里兹太太将几圈铁丝扔进车子,瞥了一眼被风刮过的天空,"天气来了。"

"不然还有什么?"斯克罗普说,"我该吃阿司匹林了。"

在红奇岩柱高地时,斯克罗普靠得太近。他双手被铁刺网划伤。阿司匹林吃了没用。他的静脉与动脉贲张。

"嘿。"他说。他说得口齿不清,嗓音沉重,"我们干脆去——?"然后喃喃自语。

"什么?你刚说什么?"弗里兹太太离开围篱,干燥、呆滞的脸变红。风强扭着她的破夹克的尾端。

"来吧,"斯克罗普说,"来吧,快。"他伸出流血的手。

"你休想碰我。"弗里兹太太往后跳,彗星马刺响了一下,整个身体发出危险的光芒,"这地球上我不准任何人碰我一根汗毛。敢乱来,我让你死得难看。"她后退至坐骑,收拢绳套。

"噢,少来了,又不是——弗里兹太太,别想逃,"斯克罗普说,"你敢走,我就开除你。没有必要发脾气闹别扭嘛。你等一下嘛,"他却呻吟起来,双手揉弄大腿,这时马刺声响,主人一脚踩上马镫,跳上马鞍,回头一望,看见一脸色相的斯克罗普死命瞪着她,舌尖伸进金毛胡子里。

"我不干了!"弗里兹太太大喊,往农场方向离去。

"你被开除了。"痛苦之余,斯克罗普回应。

弗里兹太太进入自己的房车,狠狠地大喝一顿,致电豪尔·史密斯,听见他手机里传来银河系农场的嘘嘘风声。

"嘿,弗里兹太太。你的声音听来有点激动。希望不是我的马闯到你那边去了。我一直想跟你联络,商量围篱的事。"

"我是打来问你是否缺人手。你上礼拜不是说要请当地人干活吗?我在这里干了二十多年。该换环境了。"

豪尔语带疑虑。

"这个嘛……我不知道。从没请过女人。"

"你在怀俄明显然没待多久。这里现在的帮手,有一半是女人,工钱比男人低。"

"事实是这样,我没办法给你太好的待遇。恕我直说,我认为你比那些男孩子年纪大,不知道他们会怎么看待你。我听说你在农场上表现不错,我会帮你讲讲话。"

之后是一阵意义深远的沉默。

"另一方面来说啊,费恩先生一直在谈野牛的事。要是你想玩玩野牛,"他继续以平板调说,"也许能帮你找事做。我这边两个男孩子快走了,跳槽去搞他们自己弄出来的赶牛古道巡礼,什么鬼东西的,赶长角牛过马路,卖牛毛缎带。这事我不问不行,那边你做了那么多年,为什么要走?"两人之间的风声吹得像鸟鸣。

"那个斯克罗普是狗娘养的,我再也受不了了。那人头脑有问题。野牛?好啊,我连做梦都梦到咧。"

"这么多年来,我做过很多怪梦,野牛是寥寥无几。跟你谈个条件。你可要有心理准备哟。我要那对彗星马刺。我去找那个扎马尾的怪人,他说他一辈子不做相同的马刺。好像很爱拒绝人家。还说马迪曼付了三百才买到那对宝贝,我知道你花小钱就买到了,所以我跟你交换,让你帮费恩先生养养野牛。你考虑考虑再回我电话。"

"不必考虑了。"弗里兹太太说。她把威士忌瓶盖丢在地上,踢到椅子下面。那瓶盖她用不着了。

卡尔·斯克罗普又来了,在她卡车旁停车,看着她把箱子推上卡车。他全身酸痛,感觉金属板在皮肤下作怪,螺丝钉从骨头上即将脱落。他用力关上卡车门。

"弗里兹太太,我也不知道。不知道自己怎么了。有种力量压得我没气。喂,你跟我做了那么久,我从来没有对你想入非非。我说的你懂吗?嘿,你年纪大得可以当我外婆了。我宁愿吃老鼠肉冻也不——"

说着却挨近弗里兹太太。她看清了对方的诡计,看到他红晕的脖子如发情期的麋鹿肿胀,脸上布满猴急的汗珠。斯克罗普已经近到可以一跃而上的地步。弗里兹太太丢下她手上的箱子,拾起靠在房车旁的铲子。"给我滚得远远的,卡尔·斯克罗普。"

斯克罗普以指尖轻触额头,说:"我可恶的大脑快爆炸了。"说完蹒跚地走向屋子。只过半晌,弗里兹太太听见厨房传来一声哀号与撞击落地的声响,听来恰似是碗橱倾倒而下。她将铲子倚在墙脚。

随后斯克罗普再度来到房车,弗里兹太太寒酸的家当几乎已搬罄。他举起猎枪说:"不准你再对我拒绝任何事。今天不准。明天不准,下个礼拜也不准——"

铲子如标枪向前投出,射中斯克罗普的肩膀,猎枪哐啷落地。弗里兹太太跳向前拾起。她的拇指按住安全杆上。她以冷血晶亮的双目盯着斯克罗普。

"别再嚷着头痛,卡尔,否则我一定帮你治到不痛为止。你发神经病了。别来找我了。我走了以后,你再过来拿枪。我会放在那张床上。"

斯克罗普愤而挥出一手,坐上自己的卡车,车门未关,看着弗里兹太太将爱马牵上拖车。

大家都离开他了。洁莉带走了早晨的温存,足跟在床单上滑动的微微尖响,双腿为他像书本一样翻开,湿缝历历在目,紫红色指甲划过他的肚皮,从性器官划至乳头,之后在亮晃晃的厨房里,小麦片粥在锅里如饿犬哗哗喝水声,如约翰·伦奇树液渗露的小弟弟穿入洁莉,而他却又回到了同一个该死的角落里。他无法忍受这个家的孤寂,然而此地却需要他来维持下去,无法脱身,唯一办法只有步哥哥后尘。

"你懂个屁?你这个假装圣洁的干瘪老贱货。给我滚出去!"他对着老妇人的运马拖车大喊,车影往南逐渐缩小。

深水区

六月第二周热浪来袭，气温陡升至（摄氏）三十几度，山上积雪开始迅速融化，尽管斯克罗普头上的帽子活像通了电的电磁炉，弗里兹太太一走，剧烈的头疼也随之消失。他从房车里搬出十八支威士忌瓶，猜想底下或许另有一千支在陪响尾蛇睡觉。周末时，水已淹过如瓷砖般坚硬的地面，小溪暴涨至大河的规模，严重的土石流阻塞了道路。正当他欠缺人手到了走投无路的地步，豪尔·史密斯打电话过来，表示想看看围篱的事情自己应该尽多少力，隔天早上过来评估。

在银河系农场，弗里兹太太倾听大学来的野牛专家说教。他的嗓音中气不足，因为儿时乘坐雪车发生意外，咽喉受过伤。"是吗？费恩先生想继续做截牛马的生意，又想兼做野牛？"做不做与他何干，很难让弗里兹太太相信。

"是他说的。"

"兼做野牛是很不错的想法，利润加倍，工作减半。劳力成本低，因为它们只吃母牛的三分之一。自己会咬穿冰雪吃草，一磅漂漂亮亮卖到二点三五元。然而，它们需要空间。很大的空间。你却没有。"他的视线漫游在啃过的青草、踩烂的泥巴之上，眯着眼将远方景物拉至眼前。

豪尔·史密斯的络腮胡有如黄色泡沫，骑上他沙色的阉马。这匹得克萨斯马给人威风凛凛的幻觉。"弗里兹太太，你有没有话要我代传给以前的老板？我要过去跟他商量围篱的事。"阉马疯狂乱舞，史密斯也火上加油，彗星马刺耀眼绚烂。

"没有。"她吐了一口痰，"小心一点。那家伙很讨人厌。"

"啊，他还好。听起来还好。"说完往北骑向城堡形的奇岩柱。

正午时分，专家以帽子对着如熟甜菜般紫红的脸猛扇，问他要不要冰啤酒，他说好。他们走进厨房，珍妮正在刮红萝卜皮。

"六月热成这样真糟糕，"她说，"豪尔有没有跟你在一起？卡尔·斯克罗普打过来大概五次了，不知道豪尔人在哪里。"

"啊，惨了。"弗里兹太太说。

"最后一次打来，口气真的很冲，说如果豪尔想玩把戏的话，整个围篱全给他去搞算了。"

"早上见到他的时候，九点刚过几分，"专家低声说，放下空酒瓶，"离这里多远？"

"四英里，四英里半。"弗里兹太太边说边在脑海里回溯这段路，一面思忖着其中的危险因素。响尾蛇，土拨鼠坑，爱马受了惊吓，中暑，心脏病发作，闪电，不告而别，卡尔·斯克罗普。"最好开卡车去，如果他摔下马受了伤比较好载。他往哪个方向走，我不清楚——我出去乱找，找到蛛丝马迹再说吧。"

"卡尔说豪尔要去他家会面，"珍妮说，"所以他才那么生气，因为他非得一直过去，看豪尔是不是在围篱那边等，然后又走回来看豪尔是不是在家等。结果没有。说他今天活像个溜溜球。"

"我跟你去，"专家说，"要是他落马，抬他上卡车可能要有男人帮忙。"

弗里兹太太说着自己才听得见的话。

卡车不断陷入泥坑与黏稠冲积物中，脱身后泥泞在车身凝结成块，这才抵达牧草高地。除了爱马的足迹外，豪尔·史密斯仍不见踪影。马蹄印直接朝恶女溪前进，不是往农场木桥，而是往浅滩的方向靠近。

"他没过恶女溪。"弗里兹太太说。

他们连走带滑地下了湿滑的坡地。恶女溪如今波澜壮阔，湍急吐沫，斑纹遍布，淹没了溪岸，在平原上切出新路径。沿溪柳树浸泡在水中，有些倾倒在激流中，两岸之间挤满了交缠的枝桠，大大伸展开来，有些则被大水冲至下游，聚集在铁刺网围篱边，有些流至数年前倒塌入溪的旧铁路木架桥。太阳将闪烁的光芒刺进湿透的枝叶。

"斯克罗普的土坝一定被冲坏了。"她的意思是，她离开后没人负责修理。

野牛专家低声说："你知道吗，怀俄明州有百分之八十五的溪水

一　对　马　刺

流到别州去。这现象称作——有东西挂在弯道那边。"

弗里兹太太很清楚是什么东西。是那匹疯马,已然溺毙,绳套有如昆虫触角般随着急流漂动,仍不见豪尔·史密斯的人影。"得克萨斯人就爱这一套。他没有必要过河,不过他还是非试不可。"

他们在河岸来回搜索,最后走回农场厨房与电话旁。走进院子时,专家以无力的嗓音说:"以这种养马事业,兼养野牛不会成功的。"

"我知道。整个事业让我想吐。"

水位开始下降时,豪尔·史密斯才显露出来,被柳根包缠住,地点在发现爱马尸体处下游半英里。他的马靴与衬衫被激流脱下冲走。硕果仅存的三名得克萨斯人在恶女溪岸上下寻找靴子,认为彗星马刺能传给史密斯的儿女多好。马刺没找到,因为吸水加重的马靴沉至旧铁路木架桥入水的钢梁下,马刺继而投奔金属姊妹的怀抱。

威士忌为伴

夏天将告尾声时,费恩退出农场的游戏,得克萨斯人与截牛马也作鸟兽散,银河系卖给一名发誓要栽种有机谷物的早餐大亨。新主人表示,他只想让农场"回归大自然"。弗里兹太太不愿重拾围兜掌厨而失业，只好到火坑酒吧喝威士忌鬼混。过了一阵子，身边有人对她说话，鼻音很重："哈啰，弗里兹太太。"

"监狱老鸟本尼。"她以焦黄的眼角认出来人。

"少乱讲。我改邪归正了。其实啊，我在做你以前的工作。我现在是卡尔·斯克罗普农场的工头。住在房车里。"袖子沾有狐尾麦星形多丝的种子。

"耶稣老天。"

他们观赏高尔夫球赛。电视机的音量没打开。弗里兹太太吞下威士忌，要来一杯水，再点一杯酒。本尼手指伸进啤酒里绕圈，然后吸吮手指。

"我想问你一件事，"弗里兹太太说，"他没骚扰你吧？"

"谁？卡尔？"

"对，那个狗娘养的卡尔。"

"他谁也没骚扰到。就某一方面来说是有。我是说，你说的没错，他是神经错乱，不过从来没有乱咬乱摸过。他整天到溪边坐着吃马铃薯脆片。早餐吃完，带着五六个小包的脆片和一瓶阿司匹林，就直接往旧铁路木架桥走。还在柳树旁摆了一张厨房椅。午餐叫我准备三明治带过去。快天黑了才回家。他每天都头痛。问我他是不是得了脑瘤。昨天不知道去哪里捡到旧的牧场帐篷，今天一直想在溪边搭起来，可惜帐篷杆缺了几根。"

"他去那里干吗?"

"不干吗。我跟你讲过了。什么事也不做。要不是因为有我和科迪·乔,农场早就垮掉了。他只是坐在岸边盯着水面看。有时候伸手进去。前几天连头都伸进去。不是在钓鱼,完全不是。有点好笑。天气一冷,不知道他要怎么办。"

"没人答得出来。"弗里兹太太说。她打了个手势,又点来一杯威士忌,就算围着围兜,有东西握在手上感觉比较稳当,而湿滑泥岸上的卡尔·斯克罗普,缺少的正是握在手上的东西,重心不稳。

孤寂海岸

你是否目睹过蛮荒偏僻的平原上房屋夜半起火？四面一片漆黑，车头灯只切割出一小片楔形光亮，目力所及之处酷似汪洋大海。在浩瀚的漆黑之中，拇指甲大小的皇冠状火焰颤抖着。行驶了一小时，看着房屋燃烧殆尽或是看得筋疲力尽，只得停靠路边，闭上双眼或仰望弹孔累累的夜空。你或许会想到房屋失火时里面的人，看见他们试着闯楼梯，但你多半是一点也不关心。他们距离太远，与所有事物一样。

我住在疯女溪流域、以作废的房车为家的那年，认为约沙娜·斯基尔斯正像夜半失火的住家，大家只能袖手旁观。个中原因似乎不外乎这片乡野已耗尽心力，茫然无知。原因亦包括心田草地上延烧的小火。这种小火通常会慢慢自动熄灭，但在部分人心中却能飙烧为失控的大火灾。

当时我有我自己的麻烦，与我那口子赖利不合，修也修不好。感觉如同热浪和龙卷风迎面袭来。可让我抓紧保身的东西不多。

我承租的房车很陈旧，比较像以汽车拖着旅行的露营车，小到臭骂家猫时必定骂到一嘴毛。强风吹袭时，我会听见零件松脱，撞击地面。屋主是奥卡尔·罗伊。他说一九五〇年代他曾风光一时，在好莱坞表演高难度动作。他喝酒喝得意志消沉。附近有条骨瘦如柴的狗徘徊不去——我猜是他的。有天晚上我半夜开车回家，看见它卧在地上啃食一根又长又血淋淋的牛骨。他应该枪毙那条狗才对。

我有一张专科文凭，主修手工艺商品化——丝花、流苏花边、出土珠宝、串珠、鹅毛笔、纺织涂料之类的东西。我和喜鹊一样，会受到亮晶晶的小东西吸引。可惜毕业典礼隔天我嫁给赖利，从未有机会以珠子和扣子表现身手。以后也不会有机会，因为此处方圆三百英里没有任何手工艺品店，而我也不准备离开怀俄明州。除非迫不得已，否则不离开，大家都一样。因此我在旗语山庄当服务生，每周两夜，周末则在金扣环当酒保，其余夜晚我坐在房车里玩猜字方格，尽量哄自己入睡。农场的闹钟总在每天同一时间吵醒我，而赖利也会翻身下床，伸手找衬衫，窗外凄凉的金星升起，只有一小丁点，下方是微薄的清晨。

约沙娜·斯基尔斯在旗语山庄掌厨。她已经做了七八个月。多数人只做几星期就辞职求去。在旗语必须学做寿司，学煮某种白米。老板是吉米·岛藏。五十年前二次大战期间,他年纪还小,在哈特山战俘营待过,他说后来全家搬回有车有钱有亮丽海岸线的加州,他却怀念起怀俄明,当地的沧桑感深深刻印在他脑海里。几年后他重回旧地,带了足够的盘缠买下旗语,也许是心理变态,渴望找到敌意,而经营旗语让他得以顺遂心意。其他人一去不回头,谁怪罪得了他们呢?客人清一色是日本观光客,在山庄里闲逛,参观旧凉鞋和牛头骨,在礼品店为儿女选购六响小手枪与塑胶牛仔套裤,以及州立监狱生产的马鬃毛钥匙圈。老板吉米很难相处,脾气暴躁,骂人时却专挑女人骂,因为他与维修工人曾有一段过节。维修工人曾在斑点骏马农场当过帮手,拿了一根围篱桩打得吉米屁滚尿流,然后把半死不活的他弃置垃圾桶旁。至今为止,约沙娜从未被吉米骂过。她的日本料理做得上手,而且这里所有人都知道别去招惹厨师。

  她有两位女性友人,帕尔玛·格拉特与鲁思·沃尔夫,两人的燃毁速度低于约沙娜,却也依她们自己走投无路的方式分解为一堆堆死灰。每周五晚,是她们所谓的女生出游夜,在金扣环喝玛格丽塔鸡尾酒,啃着辣鸡翅,一面翻阅报纸上的征友启事。然后前往斯塔曼餐厅吃肋排。帕尔玛偶尔会带女儿同行。女儿会坐在角落撕着纸餐巾。享用完坚果仁蛋糕与咖啡后,她们上银翼戏院看电影,之后决定是否回金扣环。然而星期六晚上才是她们的重头戏。她们穿上紧身牛仔裤以及约沙娜所谓的死黑鬼衬衫，在生皮毛或老友或双杯或金扣环碰面狂欢。

她们当时认为那样才叫做生活，喝酒、抽烟、对朋友呐喊，所谓跳舞，只不过是跨坐在男人大腿上或是上身贴过去。帕尔玛有一次脱掉上衣露出乳房，约沙娜曾对说错话的酒醉牛仔挥拳，结果也被回敬一拳，然后张着被打裂的嘴唇大骂脏话。对方被他的五六个兴高采烈的朋友紧紧抓住,怂恿她踹个够。没做过太大胆的事,没做过冒险的事，只在酒吧里过滤所有男客，以最灵巧的功夫吹三支箫，弄得到什么毒品，就在停车场嗑药，有时会爬上坐在卡车上的某男子的大腿。如果凌晨两点约沙娜仍待在酒吧，她的外表与年龄一致，是即将迈入中年的女子，口红脱落，脸蛋平凡，肌肤逐日增厚，哈欠连连，告别后独自步入清新的夜色,心里感到难过。认识艾尔克[艾尔克(Elk),意为麋鹿。]后，终于有人陪她回家。我还以为泡吧的道理就是找个伴回家，不再鬼混。

她会北上至斯基尔斯农场，大约每月一次，位于日舞南边，远方可见乌垛。她儿子住在农场里，十六七岁大，感化院进进出出。她家人历经风雨飘摇的时段。她告诉我，她家的牛群自一九四〇年代起，从祖父那一代便带有矮化症的基因，过去两代极力想逐步剔除坏种。当初应该全卖到屠宰场，从零养起，却舍不得这样做。祖母接手农场时，矮化症基因开始出现，当时祖父随保德河骑兵队参加二次大战，隶属著名的一一五军团。政府不让他们骑马，改让他们开军卡，让优秀的

212

养马人坐办公桌或维修军车。战后返乡，面对的是四腿粗短的小牛，他尽力而为。一九六〇年，他在美岔河溺毙。在这条河溺水并不容易，但约沙娜说，她家人总是走上多砂的路。

她送我一罐自家蜜蜂采的蜜。每个农场都养蜂。我与赖利曾养过二十箱蜜蜂。我有一次告诉她，我很想念蜂蜜的滋味。

"给你，"她说，"不多，意思意思而已。我去了那边，"她说，"日子过得好惨。克雷顿想离家——他说他想去得克萨斯，不过我不太确定。他们需要他。要是他走了，我猜他们会误解，会怪罪到我头上。拜托，他也差不多成年了，想做什么随他去嘛。反正他怎么走也会惹上麻烦。这孩子真让人伤脑筋。"

赖利和我一直没生小孩，也不知道为什么。我们两人都不想找医生检查。也不谈这件事。我认识他之前堕过胎，我认为大概脱不了关系。听人家说，堕胎会伤身。他不知道我堕过胎，我猜他有他自己的想法。

赖利从不认为自己做的事有何差错。他说："我一看到机会就抓住。"转为老家甜水镇的口音。这是他针对这个话题说过的最后一句话。

他身上有个性感带，有谁比我更清楚？她或许摸过那地方。如果她摸到，赖利就会忍不住。赖利身材皮包骨，脸肉单薄凶恶，嘴形薄如纸张的割痕，话不多。然而如果你摸到他的性感带，撩起他的性欲，跟他躺下来，他的嘴巴会大大肿起来，而我会被他又重又湿的吻以及变大的身躯攻击得裂成两半。他脱下衣服后，是马是狗是油是泥，脱下衣服后他真正的气味干黏在肌肤上，如三角叶杨的树枝，从关节处折下，露出中间沙色的星形心髓。总而言之，每个人都有不对劲的地方，能不能接受要看你自己。

结婚九年，我们只度过一次假，到俄勒冈他哥哥住的地方。我们走到一个岩角，看着大浪卷进来。当时雾浓天冷，只有我们两人欣赏着浪花。那时太阳刚下山，蜷曲的海流保留住光线，仿佛是从海水里散发出来。寂寞的海岸线上有盏口吃似的闪光，警告船只别靠近。我对赖利说，怀俄明就需要那东西——灯塔。他说才不是，我们真正需要的，是盖长城围起全州，在角楼架设机关枪。

约沙娜曾开哥哥的卡车载我——他南下几天载运抽水机零件以及水管——那卡车是真正的乡下卡车：椅背挂着牛仔皮套裤、地上摆着链条和破烂帽子、一件卡哈特牌夹克、七八只割破的手套、狗毛、尘土、空啤酒罐、后车窗架上有 .30-.06 枪、驾驶和乘客座之间的座位摆了大团铁丝、绳索、没拆开的旧信件、露出护套半截的 .44 鲁格黑鹰手枪。跟你说，那辆卡车让我想家。我对她说，她哥哥的火力满充足的嘛，她笑着说那支黑鹰是她的，原本放在自己卡车的置物箱里，因为压缩比老是出问题而送进修车厂，似乎怎么也修不好；放在中间座位上，是因为她怕还车给哥哥时忘记带走。

烫焦下垂的长发正流行，在蜷曲渐层下垂的发型中，女人的脸孔显得窄小而脆弱。帕尔玛的头发是霓虹橙色，眉毛拔成弓形，眼线向左右延展，其下的皮肤显得暗沉、备受伤害。她的女儿与她同住，十岁或十一岁，个性悲观，脸形愁苦，棕发直梳，如果帕尔玛不烫头发，发型会与女儿雷同。女儿老是不停撕东西。

另一位是鲁思，上唇长出须状小细毛，夏天腋下露出粗浓的短毛。她每月两次花四十五元，请人为她涂蜡拔除腿毛。她笑声豪迈如男人。

约沙娜与多数乡下妇女一样肌肉结实，尽量穿着锁孔状领口的毛皱褶边衣服遮掩。她的头发呈草莓沙色，粗糙浓密，充满电力。她稍有体臭，是家族遗传，因为哥哥也有，是麝香加上些许酸味，而他的卡车里也有相同的体臭。约沙娜的体臭微弱，闻到的人可能会误以为是奇怪的日本香料，但她哥哥身上冒出的异香强烈到足以熏昏一匹马。他是个王老五，绰号是伍迪 [伍迪（Woody），是"勃起"一词的俗称。]，因为约沙娜说，他四五岁大时，全身光溜溜大摇大摆走进厨房，显出幼儿勃起的现象，老爸笑得差点窒息，叫他伍迪，从此这个绰号就跟着他，让他在当地小有名气。一听见绰号的由来，大家会忍不住往下看，他

孤　寂　海　岸

也会微微一笑。

这三名妇女都结过婚，婚姻生活动荡不安，吵架声与哭泣诅咒声频传，黑眼圈也很常见，而三人全知道酒醉男人与一触即发的脾气会带来什么麻烦。怀俄明人生性敏感易怒，脾气来得快去得也急，渴望肢体触碰。或许是因为长时间与牲畜为伍吧，但这里的人总喜欢握手、拍肩、抚背、触摸、张臂拥抱。此种天性也适用在怒火上，快如闪电的拳背招，让人失去重心的臀踢招，手肘凸撞与扳钳招，铁砂掌，也有志在夺命的认真招式，偶尔有人因此命丧黄泉。外传约沙娜与前夫分手时对他开枪，子弹擦肩而过，接着前夫猛扑向她，将枪夺走。她不是好惹的。有些男人因此觉得她别具危险魅力，最近的一个是艾尔克·内尔森。她在报纸上看到他的征友启事。两人准备同居前，艾尔克收拾起全屋上下的弹匣，藏在母亲位于怀厄德克的家中。约沙娜又不是买不到。然而艾尔克出现后，从前胆大敢为的约沙娜不知被埋葬在何处了。

"跟你们讲，不管什么东西，只要有四个轮子或是一根老二，保证带来麻烦。"帕尔玛说。时间是周五晚，她们一起出来玩。她们把报纸上的寂寞芳心广告念出来。不住在这里的人，无法体会这种寂寞的感觉。我们需要这些征友启事。但并不代表我们不能嘲笑这些广告。

"听听这个:'六英尺三,两百磅,三十七岁,蓝眼,会打鼓,喜爱基督教音乐。'太绝了,听过有人打着手鼓唱《古旧十字架》吗?"

"这个更绝:'抱起来很舒服的牛仔,六英尺四,一百八十磅,不抽烟,不具女人所谓的天赋,喜欢牵手,救火,练习吹大号。'我猜这表示他是个爱制造噪音的瘦皮猴,丑八怪,喜欢玩火柴。抱起来一定跟一堆木棍一样。"

"'不具女人所谓的天赋'是什么意思啊?"

"小鸡鸡跟花生一样大。"

约沙娜已经拿笔在一个启事上画圈:"英俊,运动员体格的泰迪熊,棕眼,黑色小胡子,喜欢跳舞、玩乐、户外活动、星空下散步。尽情享受人生。"这人就是艾尔克·内尔森,只差一点就可算是定不下心的浪人,做过的工作包括钻油、建筑、采煤、驾驶货运卡车。他相貌英挺,爱说大话,动辄亮出短暂微笑。从他磨破的靴子到油滋滋的马尾来看,我判断他是坏男人。他第一件事是把自己的 .30-.30 枪摆到约沙娜的卡车置物架上,而约沙娜一声也不吭。他的眼珠呈全麦饼干的淡棕色,唇上的胡子留得很长,如同黑鸟的翅膀。他的年龄很难判断:比约沙娜大,四十五岁,或许是四十六吧。手臂长满了野生动物,全是蜘蛛、龇牙咧嘴的野狼、蝎子、响尾蛇等模糊的刺青。在我看来,似乎所有脏事他都试做过三次。打从第一次见面,约沙娜就无可救药地爱上他，而且醋劲大得失常。他何尝不喜欢这样？他似乎以此测量约沙娜喜欢他的程度，借此试炼两人真情。一个人如果对独身厌之入骨，只愿有人能拥你入怀，对你说没事了，一切都没事了，这时如果碰上艾尔克·内尔森这样的人，就应自知餐飧已舔盘底了。

周末我在金扣环当酒保，旁观欲火包围她的过程。艾尔克说的话，她微笑以对，仔细聆听，上身往前靠，为他点该死的香烟，帮他检查手上有无割伤——他在五条杠农场筑了两三星期的围篱。她会摸摸艾尔克的脸，帮他抚平衬衫上的皱褶，他会说，再乱摸试试看。他们在金扣环一坐数小时，为了他是否应该对某个女人示好而摇摆不定，直到最后他尽兴了才离开。他似乎是在哄约沙娜，看看自己能在她撞墙前误导到何种程度。我怀疑约沙娜是否看得出来，艾尔克其实认为她一文不值。

八月炎热干旱，全地狱的蚱蜢倾巢而出，溪涧也干涸见底。据说怀俄明州这一带属于灾区。蚱蜢飞来之前我也听过这种说法。周六夜晚天气闷热，空气浓密得如同挂满冬衣的衣柜。这晚是牛仔之夜，人潮纷至沓来。酒吧早早客满，下午三点农场工就上门，仍穿着汗臭衬衫，红着脸，因烈日与泥土而斑点处处。农场工一来，多数一早就开始喝酒的皱纹客很识相地离开。五点过没几分，帕尔玛进门，单独一人，神采奕奕，色彩鲜艳，身穿肉桂红绸缎上衣，一举一动无不发出辉煌闪光。她的手臂戴满银色手环，金属环彼此铿锵作响，互相推挤。不到五点半，酒吧已经发烧爆满，身体相触，几个傻瓜还想跳舞——村姑打出手上唯一的牌，与男孩子磨蹭——四人座的隔间挤进八人，吧台周边围了六圈，男人帽帽相连。酒保三人，吉克斯、贾斯丁和我，忙得不可开交仍无法应付。客人仰头灌酒。人人扯开喉咙大喊。外面的天空是绿黑色，街上的卡车开起头灯，在持续不断的闪电中相形失色。电力中断了大约十五秒，酒吧里有如洞穴一般漆黑，点唱机发出呼呼声，音乐逐渐停止，酒客中传出巨大的闷哼声，洋溢着风骚、醉晕、欢乐，当电灯闪动几下重又亮起时，刚才的声响转为咒骂。

艾尔克·内尔森走进来，黑衬衫，银色牛仔帽。他靠在吧台上，以手指钩住我牛仔裤的腰带，用力拉我过去。

"约沙娜来了没？"

我往后退，摇摇头。

"那就好。我们到角落去磨一磨。"

我帮他倒啤酒。

阿什·威特站在艾尔克身旁。威特是本地农场人，不准妻子踏进酒吧一步，原因不明。有人开玩笑说，他大概担心在撞球室打架时妻子会被打死。他说到瑟莫波利斯即将举行的马匹买卖会。他并没有自己的农场，是帮住在宾夕法尼亚州的富豪管理农场。我听说草地上有一半的母牛是他自己的。老板不知道就没关系。

"再喝一杯，阿什。"艾尔克以好友的口气说。

"不行，该回家了，解个大便，上床睡觉去。"闪亮的大脸毫无表情。他不喜欢艾尔克。

人声稍止时，帕尔玛的声音射过来，艾尔克抬头看见她在吧台另一端点着头。

"再会。"阿什·威特这句话并无特定目标，拉下帽缘弯腰离去。

艾尔克钻过人群时，手上的香烟举过自己的头。我又开了一瓶库尔斯，走过去递给他，听见他说着与卡斯珀有关的事。

正是如此，他们先来金扣环，然后开车至卡斯珀，一行五六人，开了一百三十英里，坐在一个大概与金扣环没什么两样的酒吧里，一直喝到烂醉如泥，然后住进汽车旅馆。艾尔克当着约沙娜的面告诉大家，有一次她在汽车旅馆醉到尿床，只好拖她进浴室，扭开冷水，然后将床单扔在她身上。尽情享受人生。艾尔克讲这段往事时，讲得好像是全世界最精彩的故事似的，每次都让约沙娜抬不起头来，面带不自然的浅笑等他讲完。我回想到与赖利在农场的最后一夜，寂静得压迫感沉重，令人呼吸困难，时钟滴答宛如斧头凌空砍下的声音，水龙头漏水，滴进锈污的浴缸，声音令人发狂。他不肯修，硬是不肯。他也不修另一件东西,也不朝那个方向努力。我猜他认为我只会继续喋喋不休。

帕尔玛靠在艾尔克身上,缓缓前后滑动,仿佛以艾尔克上衣纽扣来搔自己的背。"不知道。等约沙娜来看她想做什么吧。"

"约沙娜会想去卡斯珀。一定是,我去的话,她也会去。"他另外说的话我没听见。

帕尔玛耸耸肩,跟着他加入跳舞的酒客。艾尔克比她足足高出一英尺,拉她靠近时,香烟烫到她头发发出劈啪声。她将头发往后甩,以骨盆撞击艾尔克,害他差点吞下烟屁股。

外面传来骇人的闪电与雷声,电灯再度熄灭,空气里尽是令人头晕的臭氧味。一阵大雨落在街上,随之而下的是冰雹,轰隆之声震耳欲聋。电灯唰然亮起,亮度却微弱昏黄。乒乓直落的冰雹声,盖过了其他声音。

酒吧里兴起一阵欢乐的歇斯底里气息,强风将所有东西吹得直飞,外面的车辆被重击得不忍卒睹,酒客汗水淋漓,刮胡水、粪肥、晒衣绳上的衣物、一分钱一分货的香水味、烟味、酒味,弥漫在空气中。音乐声被冰雹声压过,歌声含糊不明,脚底能感受到低音重节拍,由双腿往上直冲至人体分岔处,冲至万物的核心。像这样的周六晚,似火把般燃烧生命几小时，让人生显得不是那么索然无味。

有时候，我认为金扣环是全世界最棒的地方，但是想法一变，整个烂酒吧似乎聚集了一堆脸孔扭曲的窝囊废，女人的眉毛画得活像撬杠，男人全身长满直竖的红毛，指关节大如新生马铃薯，显示基因库规模甚小，一度能注入新血的小河流也已干竭。我认为约沙娜有时也乍然冒出同样的想法，因为有一晚她静静地坐在吧台边，双肩下垂，盯着酒吧门槛，鹄候艾尔克出现，而艾尔克却没来。其实他已经来过，钓上穿白短裤的观光客小姐，绝对不超过二十岁。让她知道，没什么好处。

"这地方好悲哀，"她说，"我的天啊，真的好悲哀。"

酒吧门打开，走进四五个牛仔竞技人，唇上的胡子留得很长，披着油布雨衣，雨水从帽子上直直落下，泥泞满靴，他们挤过舞客，在竞技开始前速干几杯。空气既湿又热。大家都做过一番打扮。我看见艾尔克·内尔森在吧台另一端，身体挨着帕尔玛，一手搭在她披着绸缎的肩膀上，大手指轻拂她右乳，以指甲搔刮坚挺的乳头。

门再度被人倏然推开时，他们仍在玩双人游戏，风势吹得门撞击墙壁，约沙娜走进门来，摇着头，全身湿淋淋，美美的发型平贴头皮。她的桃红衬衫紧黏身体，部分地区透明可见，衣服凸起的部分如烫伤的皮肤，颜色也因布料重叠而加重。她红着一双眼，嘴唇紧闭，冷冷地窃笑。

"给我一杯威士忌,庆祝真他妈的烂透了的一天。"

贾斯丁将酒斟满,小心将酒杯滑送到她面前。

"淋到一点小雨啰。"他说。

"你看看。"她伸出左手,拉起湿答答的袖子。她的手臂与手处处有红色的淤血。"厉害吧。"她说,"在卡皮餐厅前面打滑,擦撞到停车计时表,撞坏了引擎盖碰锁。跑了两条街才来到这里。那还不算什么问题。我被开除了,被吉米·岛藏开除。没头没脑的。今晚大家少惹我。"

"没问题。"贾斯丁说着以大腿顶我。看来他是想讨点甜头,不过他可要失望了。我也不知道,也许我是想报复吧。可惜报复过后我仍心有未甘。

"所以我要喝一杯,等雨一停,我要走得远远的,看卡斯珀是不是比较好。干他们所有人,叫他们都来亲我红红的小可爱。"她将威士忌一饮而尽,酒杯用力撞击吧台,力量大到足以破杯。

"看到没?"她说,"什么东西被我一碰,非破不可。"艾尔克·内尔森来到她身后,红润的大手从她双臂下穿过,握住双峰捏紧。我怀疑她是否看见艾尔克对帕尔玛上下其手。我认为她的确看到了。我认为艾尔克希望她看见好友自愿让他乱摸。

"好啊,"他说,"你想干吗?去卡斯珀?好啊。一起去找东西吃吧。我饿得可以吃掉农场工没擦干净的屁股。"

"要吃点水牛前腿吗?"我说,"味道差不多哟。"我们打电话到对面的牛仔泰迪订,一个小时内送来。送来时多半是半生不熟。艾尔克摇摇头。他一手抚弄着约沙娜,一手伸进她湿透的衬衫,眼睛却看着吧台镜子,反射出他背后的人群。帕尔玛仍坐在吧台另一端看着他。鲁思走过来,在约沙娜屁股上拍一下,表示她得知岛藏做的事,那个臭小子。约沙娜一手搂住鲁思的腰。艾尔克缩回,看着镜子里的帕尔玛,露出黄牙咧嘴微笑。这地方热闹得很。

"鲁思妹妹,我厌倦了这个烂地方。要不要去卡斯珀闲晃一下。我只想说操他的,操他的吉米·岛藏。我跟他说,嘿,理由是什么,至少让我知道嘛。该死的鱼丸上面加太多芥末了吗?可恶。他刚开除了我,而我连原因都不知道。"

艾尔克提供个人宝贵意见:"算了嘛,反正是个烂工作。再找一个不就得了。"说得好像工作很好找似的。这里根本没工作。

"我卡车引擎盖的碰锁坏了。怎么关都关不上。要是想开去卡斯珀,得先修好才能去。"约沙娜的卡车有四人座驾驶舱,足够容纳他们一伙人。他们总是开她的卡车去,油钱也是她自掏腰包。

"用捆干草绳绑拢就行了。"

贾斯丁在收银机旁悄悄对我说，他在后面隔间听到消息，吉米·岛藏之所以开除约沙娜，是因为抓到她在肉品冷藏库里嗑药。他是誓死反毒的人。现在他暂时下海主厨。他说他想从加州请来真正的日本料理厨师。

"我们这一带就缺这种人才。"贾斯丁说。他们说，现在怀俄明西南部全被日本鬼子占领，到处是炼油厂、大烟囱。

这时发生了事情，嘈杂声中我没有注意到他们离开：约沙娜、艾尔克、帕尔玛、鲁思以及她刚钓上的巴里，双手支撑倒立喝威士忌。也许他们在火球出现之前离开的。金扣环有一扇平板大玻璃窗，朝街头探出，外面有个木壁架宽到足以摆啤酒瓶。酒吧老板汤普森先生用来展示他收集的马刺、绳索圈、破损的靴子、两套马鞍，也有几条旧的羊毛皮套裤长满蛀虫，活像春天暴风雪由下往上飞。其他垃圾摆在窗户内部。这扇窗户有如舞台。现在壁架上来了一团劈啪作响的火球，模样吓人，朝着尘封的牛仔用具喷火。雨仍在下。火球的怒吼声，大家都听得到，玻璃上逐渐形成一层圆筒状的煤灰，被雨滴打得如鸟啄痕迹。贾斯丁与十几名酒客到外面看个究竟。他想将火球赶下壁架，但火球自顾自地燃烧。他跑回酒吧。

"水壶给我。"

前面的酒客全部大笑起来，有人大喊，贾斯丁，用小便去浇啊。他在火球上浇了三壶水，总算熄灭，成了一团焦黑的不明物体，是不明人士摆在上面点火燃烧。这时传来类似枪响的声音，玻璃应声从上而下裂开。贾斯丁后来说是枪击，不是热胀冷缩。是热胀冷缩。是枪声的话，我一听便知。

开夜车南下卡斯珀时有种感觉，不只是开往卡斯珀才有，其实摸黑行驶数小时到任何地方难免会有同感，唯一的光线是远方某处农场卡车车灯，蜿蜒闪烁，稍稍让人松一口气。下坡时，底下倏然出现明晃的市镇，一如所有西部市镇一样向外延伸，背后是弯曲的高山。越往东方灯火越细，最后聚成粗短的一丛黄光，顽强地抗拒着黑暗。如果你到过寂寞海岸线，你就会看过岸边岩石如何落入黑水中，知道尖端上的灯火是最后一盏。更远处，是千百万年席卷不止的浪涛。此处的黑夜亦然，只不过将浪涛改成晚风而已。但这里也曾汪洋一片。想想看数亿年前覆盖此地的海洋，缓缓蒸散，泥土硬化为岩石。这些念头让人心头翻搅。这段演化过程尚未结束，仍有可能分崩散裂。万物永无休止。你掌握自己的机会。

也许他们向下驶向灯火时，也有相同的想法。大伙喝着啤酒，轮流抽大麻，负责开车的艾尔克嗑安非他命嗑得精神恍惚，没人多说什么,只是一起上卡斯珀去。这是帕尔玛的说法。鲁思有另一套说法。鲁思说约沙娜与艾尔克一路上吵架吵翻天,帕尔玛是主因。巴里说他们全都脑筋失灵,而他自己只是喝醉而已。

  生小牛时,我们忙坏了,赖利与我,那年春天。邻近农场的塞勒大公牛溜进我们的牧草地,在我们的母牛身上播种。我们一直到母牛开始怀孕才知道,只不过赖利说了一两次,有些母牛的肚皮胀得好大,我们认为是双胞胎。第一胎生下后我们才发现。母牛的血统也不错,身型修长多肉,肌肉发达却非肉上有肉,具有流线型,女人味重,是我们理想的母牛,生产时却被我俩所见过的最大的幼牛几乎撕裂成两半。小牛巨大如怪兽,足足有母牛三分之一大。

  "科尔德佩珀那个狗杂种。你看看那头小牛。一定是他家那堆他妈的大牛干的,跟坦克一样大。一定是去年四月跑进来,他肯定知道,却一句话也没说。究竟有几头,大概只好等着瞧了。"

  天气也很悲惨,春天的风雨雪雹,各种降水轮番来。头十天我们又湿又冷睡不着,特别是为我们工作了九年的珀泰·费吕里,冒着冰雨骑马将母牛赶进小牛谷仓。结果不出所料,在我们最需要他的时候,他感染肺炎,被推进医院。他妻子派十五岁的女儿过来帮忙。她是相当不错的帮手,从小生长在农场上,一辈子与动物为伍,小手有力却窄得足以伸进挣扎中的母牛体内，抓住小牛的蹄。我们全都累坏了。

大约下午过半，我留他们在小牛谷仓照顾生病的母牛，自己进房补眠一小时，无奈实在太累，累到睡不着，情绪太兴奋，只躺十分钟就起身，为咖啡壶插电，从冷藏室取出一些速烤饼干，转眼就有热腾腾的咖啡和热乎乎的杏仁酥饼。我在厚纸盒里放三个杯子，以保温袋装松饼，回到小牛谷仓。

我捧着装了咖啡与松饼的盒子，轻轻推开谷仓门。他正好完事，刚从她体内撤退站起来。她仍躺在一捆干草上，瘦弱的小女孩双腿仍向外弯曲张开。我看着他，女孩坐起身子。谷仓内采光不良，他急着想穿上长裤，但我还是看见他身上的血迹。咖啡的热度穿透厚纸盒，我只好放在放置牛具的旧柜子上。柜子里装的是生产用的小牛拉引器、绳索、油膏，以及缝线。我站在那里等他们拉整衣物。女孩抽噎着。没错，她准备蜕变为下流的小贱女，不过她只有十五岁，而且是第一次，而且对她下手的是她爸的老板。

他对女孩说："走吧，我带你回家。"她说："不要。"两人走到谷仓外。对我一个字也没说。翌日下午前，他一直不见人影，然后回来说了简短的几句话，我也简短说了几句话，隔天我就离开。可恶的母牛死了，死胎仍在肚子里。

多数事情，你从不知道怎么发生，或从不知道发生的原因。甚至连在场的帕尔玛和鲁思和巴里都说不清楚，到底情况如何急转直下。从他们记忆所及与报纸的报导来判断，他们来到小汽车与卡车满街跑的路上，艾尔克想超过前一辆满载小牛的拖车。行驶在公路上时，一辆车也没有，直到下交流道转进白杨街后才见车流。随后出口交流道以东的交通信号灯拦下大批车辆，四周都是车，带来一整个世界的问题。艾尔克想超前一辆运货拖车时，有辆蓝色小卡车先超过他，蛇行进入来向车道，来向车辆纷纷驶离路面。蓝色小卡车乍然切进小牛货运拖车前方。拖车司机见状踩刹车，艾尔克因此狠狠撞上运牛拖车，据帕尔玛说，力道之强，撞得她鼻血直流。约沙娜高声嚷嚷她的卡车被撞坏，权充引擎盖碰锁的捆干草铁丝松脱，引擎盖起起落落，幅度只有几英尺，活像意犹未尽的鳄鱼嘴巴。然而这时艾尔克脾气来了，并没有停车，而是绕过运牛拖车，朝蓝色小卡车追去。小卡车转进20—60公路，向西方飞驰而去。约沙娜对艾尔克大骂，而根据鲁思的描述，艾尔克气得眼睛几乎喷血。运牛拖车紧跟在艾尔克之后，不停闪着车灯，用尽上半身力量猛按喇叭。

追逐大约八英里后，艾尔克追上蓝色小卡车，将对方逼进水沟，然后开到前面挡住去路。后方远处亮着运牛拖车的车灯，朝他们开来，快速而稳定。艾尔克跳下车，向蓝色小卡车大步走去。驾驶员吸了麻醉品又抽烟，乘客是身穿淡色洋装的瘦小女孩，他们下车对约沙娜的卡车扔石头。艾尔克与驾驶员打起架来，打到公路上，气喘吁吁，巴里和鲁思和帕尔玛脚步蹒跚地围着两人，尽可能劝架。这时运牛拖车驾驶奥尼拉斯似从火星上驾着战车尖啸而来。

奥尼拉斯周一至周五在纳特罗纳电力公司上班，晚上兼差修理马鞍，周末则尽量抽空管理母亲传下的小农场。艾尔克超车时，他已经两晚没睡，刚喝完第八罐啤酒，正要打开第九罐。在怀俄明州，开车时喝酒是合法的。驾驶人应自备判断能力。

警察说，肇事主因是奥尼拉斯，因为他下车时步枪瞄向艾尔克与小卡车司机的方向。小卡车司机姓名是方特·斯灵克。第一枪射入斯灵克的后车窗。斯灵克尖着嗓门叫乘客拿来架子上的.22，可惜她卧在前轮边，双手抱头。巴里大喊，别乱射啊，牛仔，然后冲过公路。公路上没有车辆。斯灵克或斯灵克的乘客拿了.22枪却掉在地上。奥尼拉斯再度开枪，在现场的巨响与惊恐之情中，没有人理解因果何在。有人拾起斯灵克的枪。巴里醉倒在公路另一边的水沟里，什么也没看见，却说他数到至少七次枪响。女人中有一个在尖叫。有人用力捶喇叭。小牛挤到拖车边缘，哞哞叫个不停，其中一头中枪，里面有血味。

警察赶到时，奥尼拉斯的喉咙被子弹贯穿，尽管命大没死，以后唱起瑞士民谣恐怕不太行。艾尔克已死。约沙娜也身亡，黑鹰枪放在身旁的地上。

  我作何感想,你知道吗?正如赖利可能会说的一样,我认为约沙娜看见自己的机会来了,伸手掌握住。朋友,屈从于凶险的冲动,其实比你想象的更为容易。

怀俄明历届州长

韦德·沃尔斯

雷阵雨来得快去得也急，淋湿了街道，团团云朵间显露出片片蓝得发麻的天空。她们在卡车上伺机而动。萝妮在丹佛巴士停靠站书报摊附近停车。天空下了最后几滴雨珠，硬如骰子。五点三十五分，巴士靠站，发出臭气，叹息一声。十一名乘客下车，韦德·沃尔斯是最后一位。他对卡车上的人瞥一眼，连头也没转，这时萝妮摇下车窗喊出他的姓名。她们看着他过街，走进护林巡逻酒吧。

"是他吗？他往哪里去？"伦蒂嚼着口香糖，嚼到口香糖爆出啪声求饶。她是个娇小邋遢的女人，身穿黑色紧身裤，脚下是建筑工人穿的工地靴，手臂后面深染泥污，脸蛋俊美而不耐烦。她盯着正在过街的男子，看着他跳过成溪的雨水。

她已婚的姊姊萝妮·汉普耸耸肩。她的头发涂了玫瑰油而油亮，扎成一个髻。两道干净的弧形将挡风玻璃分隔成一幅双连画，两人脸孔透过玻璃闪耀。

"大概想喝杯啤酒。"伦蒂边说边按收音机按钮。

"他又不喝酒。可能是想找人踹他屁股吧。"萝妮转动钥匙，这时姊妹俩听见当地电台主持人的勉励训诫词。这位主持人报上自己大名时，仿佛在自己鼻孔里发现钻石。

"我们是在这里等，还是跟着他进去？"

"在卡车上等几分钟，又不会少一块肉。"她从皮包里取出一管软膏，在掌心挤出一团，散出香味，颜色有如沾了鲜血的果冻，"黑帽，黑帽蓝调……"

"他是想装装间谍之类的东西。"

姊妹观察进出酒吧的人。酒吧门打开，动作慢下来，然后再开启。"高歌老掉牙的黑帽蓝调……"

"是啊，"萝妮说，"不喝酒又不开车，却很乐意为你炸掉水坝。他怎么把夏伊牵扯进去的，我就是不懂。在我认识他之前，夏伊差不多只是一个——"喀嚓一声，车门应声打开，韦德·沃尔斯滑上座位。"别放在床上……"

"拜托。你想害我心脏病发作啊？"萝妮说，"鬼鬼祟祟的。"她关掉收音机。

"我走酒吧后门出来,绕过巷子。"他说。驾驶舱充满玫瑰香精的气味,是水果口味的口香糖。

"她是我妹妹伦蒂,"她说,"过来住两三个礼拜。从塔奥斯来的。偷偷摸摸的,跟演电影一样,你认为有必要吗?你觉得他们还在跟踪你吗?"她开进车流,前面是一辆小卡车,拖着上层加长型的露营车。姊妹俩听得见后座的韦德呼吸急促如狗。若是搬上大银幕,他的招牌音乐肯定是高亢激昂的口琴独奏。

"这一行我做了十七年,"他说,"跟我一起入行的有十几人,现在只剩我一个了。因为我很小心。"

"干吗进酒吧?"

"矿泉水。在飞机上喝了三小瓶,坐巴士时又喝了两瓶。"

无从搭腔,所以三人沉默以对。

转入郡道之前,韦德·沃尔斯似乎陷入昏迷状态。

"好干燥。"他说。他昏昏沉沉,拼命想维持清醒,却陷入半梦半醒的梦魇中,景物为本地,仿佛仍在搭乘巴士前来的途中,越过州界,路过围了一圈的广告看板、寒酸的加油站、香烟店、烟火店,之后是几个强风擦洗过的小镇,散乱四处的农场宛若有人铲了一堆砂石撒在崎岖的地面上。

"欢迎光临怀俄明,"萝妮以她那枯燥无味的嗓音说,"欢迎光临天堂。"

然而他对此地了若指掌，广大的垃圾场燃烧着峡谷坑的火柱，炼油厂，惨遭蹂躏的土地，铀矿坑，煤矿坑，天然碱坑，采油泵与钻油机，空地，成群的油槽，受污染的河川，石油管线，甲醇加工厂，废弃的水坝，阿莫科石油公司污染事件，铁路，全部隐遁在看似空豁的景观中。这不是他第一次来访怀俄明。他很清楚让怀俄明居民"躺平享清福"的联邦矿物开采权，遣散费以及从价税〔从价税指以货物价格为标准的征税法。〕，也知道乡村音乐巨星、饰演过牛仔的各色亿万富翁纷纷买下的老农场，江郎才尽的专业人士与艺人满街跑，普通人却找不到工作，在房车里过苦日子。这里是供外来剥削者聊以充饥的早餐，面积达九万七千平方英里，也有共和党的农场人与风景。农场人不知游戏已结束。他们需要狠心教训一顿，而这正是他来此地的目的。

"的确是干燥。旱灾闹了好久。"萝妮握紧方向盘，妹妹不发一语。

"旱灾。"他仿佛在学习生字。萝妮纤妙的秀发与乳白色的颈背就在眼前。

"巴士来之前，下了一点阵雨。这里没下，下在市区。这里一滴也没。"

农场位于斯洛坡以南二十二英里，地处凹凸丘地形区，是老人所谓的饼干地，低矮的圆丘在平原上隆起，是古代啮齿类动物或霜冻的杰作，无人能确定。西方是似尖牙啃咬过的地貌，宛如朝他们直扑而来。这年干燥燠热，青草提早转为黄色加青铜色，蚱蜢嗦嗦飞翔，震动了覆盖尘土的土地。蚱蜢的头部与胸甲似青褐色的大理石。麦雀草排挤土生土长的丛生禾草，长出有毒杂草。转弯之前，他知道萝妮会走后门，而卡车果然驶过如音乐节拍的电线杆阴影，然后开上俗称酒鬼路的冲积砂石路面。

朱尼珀·汉普于一八八二年在此地开采淡色砂岩，与六个儿子合力建造这栋正方形的两层楼农庄，四角各有一支烟囱，睥睨那复折式屋顶、高高的窗户以及加高型门廊。岩石砌成的谷仓与冷藏肉品屋，后门的方形中庭也铺上石块，小小的采石场因此耗竭，让六兄弟松了一口气——他们开玩笑说，如果石材够用，恐怕还要搬来建造兽栏。萝妮打掉了旧隔间的墙壁，换掉天花板，清掉厨房原有的装潢。唯一维持原状的是起居室，正面是玻璃的橱柜与绿丝绒娱乐室也保留下来。

伦蒂在厨房里上下打量韦德·沃尔斯：他脸孔略显肥厚，可能是肌肉结实，下唇如科鱼向前突出。表达客气的微笑露出大小一致的黄牙。从远处看，手提非皮面公文包的他酷似负责辩护水权的律师。靠近一看，他似乎是怪人一个，双腿如同随时准备跳跃，别扭的西装由粗布裁成，因缝线处不整不齐而显得歪扭。

他能感受到这房子的女性风格。"夏伊呢？"开口时，他僵硬的脸抽动，状似受到铁钩与铁丝的牵引。

"我知道就好了。礼拜二他一大早就走了。没说要上哪里。"

"什么意思？"他们站在厨房里，与卡通人物一样，只有嘴巴在移动。

"我猜他大概在蒙大拿州吧。他好像讲过蒙大拿。他们正在杀野牛。"她的口气仿佛蒙大拿人正在割草。

"那是两年前的事了。没被杀掉的野牛过得好好的。冬天就不一样了。"

"这样的话，我就不知道了。他有一千件事要做，老是在问有关土地交换和雪貂的事，我不知道他还可能去哪里。除了那件鸟事之外，他还有自己的生意要做——我是指马匹保险——我也有自己的事要办。他说走就走，也不打声招呼。有时候我一个礼拜只看见他一次。"她这句话说得稍微走音。

"这下子可好玩了。"伦蒂说。她的头发交叉错综。她想念塔奥斯灯火通明的夜晚，甚至也想念观光客。观光客漫无边际地走动，盯了银器珠宝太久而呈半盲状态，多数是老年人，两对夫妇同行，丈夫占据前座看尽风景，妻子像狗一样坐在后面，欣赏公路护栏与路边垃圾构成的单调侧视图。

她做过的工作包括公路工地举牌警告员，蜡烛包装机操作员，小型艺廊的销售员,为彩色玻璃设计家跑腿打杂,夏日剧场的舞台帮手,最后在骡蹄铁艺廊上班。她负责将厚纱布黏在泛黄地图的背后,为陈旧卷画更新弹簧卷以及卷轴。有个清闲的下午,她与经理潘恩爬上地图桌交媾。欲火足以持续燃烧下去,一个月后潘恩带来两瓶冰啤酒与一盘辣椒包奶酪当作礼物,想知道两人是否论及感情;她不修边幅,不具姿色,穿上红色宽缘的瘦长洋装时却能引人注目。他们在往天使火方向二十英里外找到一间单卧房的泥砖黏土住家,北墙紧临房车。潘恩将橙色大花盆拖上阳台,伦蒂在里面种植香料,收留一条流浪德国卷毛牧羊犬。牧羊犬个性温驯听话,是适合坐在后座的家犬。没有不对劲之处,然而过了一年,伦蒂打点一箱行李,告诉潘恩她几星期后会回来。她想去怀俄明看看姊姊。隔天晚上她做了噩梦,梦见自己将一条奇瓦瓦小狗放进滚热的汤锅里。她舀汤进自己碗里时,全身烫伤的奇瓦瓦很卑微地说,今天下午若拨得出时间的话,可不可以带我去看医生。

最初几天,姊妹俩相处愉快,血浓于水,熟悉的亲情,之后该说的全说完了,来到回忆点分岔之处,两人各分东西,最多只能叙述搔不到痒处的事物,谈不出共享过的温煦甜蜜。伦蒂说她与潘恩的关系越来越没趣。是她自己的不对,因为她铁石心肠,到手的东西反而不想要。萝妮说夏伊只比白痴好一点,不过个性温柔,虽说他在每一方面对她都碍手碍脚,离婚反而更痛苦,不值得一试,而失去他这么美好的东西也太可惜。一星期过后,她们一如儿时开始吵架,吵的也是相同的问题:爸妈比较偏心谁;伦蒂为何如此无耻下流。

"你像只沾了油、浑身脏兮兮的老乌鸦,"萝妮说,"老是穿黑色。你会变得好看些,如果——"

"亲爱的姊姊,休想重新装潢我。"实际上,姊妹俩同样懒散。萝妮本人与她开的店并不邋遢,但打扫起家里并不起劲。只不过丈夫夏伊·汉普如同很多在农场长大的男人一样,爱干净到了斤斤计较的地步。洗手台沾了油污,到处是灰尘!他等妻子离家到店里上班后,丢下马匹保险的生意不做,开始对秽浊的家居环境开战。如今两姊妹共处一室,刀子沾有柳橙果酱仿佛用来压扁过某种巨型昆虫,苍蝇死在浴缸周围,鸟粪在窗户上拖出长条痕迹,似乎以污秽下流的方式具体呈现出他内心的渴望。

伦蒂一直期待韦德·沃尔斯到来,想象他手臂一定结实如木块,目光炯炯逼人,可惜他肩膀无力地下垂,似乎来自无名小镇,似乎是毫无归属的无名小卒。

"我不是来找乐子的。"他坐在椅子上,双手交叉抱住腹部。厨房依照杂志介绍改装，黄铜锅从横柱垂下，附庸风雅的醋罐与油瓶林列。

萝妮自冰箱取出一瓶喝掉一半的夏敦埃酒，倒一点在两个酒杯里。

"他知道你来了。他今天会回来。不然就是今晚。不知道今天什么时候。我不知道你来干吗，也不想知道。我只是该死的司机。"她喝了一些白酒，朝韦德的方向扔下一句，"你还是睡以前睡过的那间牛仔房。"

他拎着公文包上楼。牛仔房装饰了牛头骨，脏污的套索，电脑复制的彩色石版画，刻画出偷牛贼被逮个正着的景象。多数家具都以野生树干锯成。有一只莫尔斯沃思牌五斗柜，画着长角牛大步横越抽屉。有人想锉下其中一头，留下一道细长疤痕。

伦蒂与萝妮听见马桶冲水声。

"小瓶矿泉水还在消化。"伦蒂说。

他走后楼梯下楼，清清喉咙。"不好意思麻烦你们两个女孩子，不知道这里有没有东西可以吃？"

"飞机上没供应餐点吗？"

"我不吃飞机上的餐点——"他笑一笑，希望隐藏心中的恼怒。姊妹俩坐在厨房喝酒，毫无准备晚餐的动作。

"番茄汤、鸡蛋、葡萄柚汁、面包。"萝妮静候一两秒，内心的捣蛋鬼蠢蠢欲动,"冰箱里冰了几块牛排。"应该可以气气他。

"我不吃肉。你知道我不吃肉。你们正在对抗养牛户,结果竟然吃牛肉来支持他们?"

"我又没有在对抗养牛户,"萝妮说,"是你和夏伊在对抗。"

"放在冰箱里,"伦蒂说,"如果没人拿出来吃,冰箱会被烧坏。"韦德一说"你们女孩子",她就开始讨厌他。

"这样它就不会烧坏了吗?"

"告诉你好了,"萝妮说,"不是牛肉,韦德,是野牛。这里没人吃牛肉。你跟夏伊在搞什么,跟我们吃的东西又有什么关系?"

"完全有关系。这些农场人接受补助,养了大肚子母牛来破坏公共牧场、河岸栖息地、吃光稀有植物、践踏溪流沿岸,制造破坏臭氧层的甲烷,毁掉国家森林。国家森林属于民众,属于我们所有人。养了那些母牛又臭又笨又产生污染又破坏这个世界,为的是什么?为了这个州生产毛收入的可怜的百分之三,让少数人可以过十九世纪的生活。"他感到绝望,因而停口。竟然需要在这里解释。他往下看。黑衣瘦皮猴穿的是皮靴。他这时才注意到她们散发出肉味,整栋房子都是。他大动作打开冰箱,展示里面的物品,看见两根发黑的胡萝卜,转黄的花椰菜,几瓶补酒、葡萄酒、啤酒,一篮皱扁的辣椒,冷藏室有屠夫以纸包装的肉品,纸上沾有酱紫色血迹。

"我今晚不煮东西,"萝妮说,"各人煮各人的份。"

他一面加热番茄汤,一面喝着水。

"我记得啊,"他以几乎算温柔的口吻对萝妮说,"洋姜。去年吧?你烤了那种大大的加州洋姜。我不知道洋姜可以这样烤。很好吃。我们全部都上阳台去看月亮升起,记得吧?"

他早知道萝妮喝醉了。大家只有在喝醉时才喜欢他。

"记得,"她以不感兴趣的口气说,"现在买不到那种洋姜了。也不晓得为什么。"巨大的沉重感降临在厨房里。一年前的那晚,大家吃着洋姜时,他告诉萝妮,那件棕色西装是他自己以新西兰大麻纤维缝制的。百穿不破。当时她吞下太多葡萄酒,那件西装竟显得漂亮,韦德·沃尔斯也像是某种英雄。隔天早上头痛万分时,他只是个身穿皱皱西装外套的男人。

"这么说来,"他非常轻声地说,"夏伊又开始吃肉了。"夏伊·汉普小时候看管母牛,感到伤心又气愤,韦德曾带他走上正道。但那是好几年前的往事了。

"他没有所谓'又开始吃肉'。他从来没有停止吃肉,只是不吃牛肉而已。而且他说野牛不一样,吃野牛没关系。"

"怎么没关系?"他并没有尽量压制口气中的野蛮意味,"驯养家畜是人类犯的错当中最最严重的一个。害了所有生物。地球的未来没指望了，肯定会变成暴冷暴热，干枯无水的沙漠，枯骨遍地，如果我们再不停止——"

"韦德，你的汤滚了。"萝妮说。她紧闭双唇，以不确定的姿态站立，斜眼看着韦德，随后，仿佛面对了先决条件不断变更的问题一样，她作罢了，改为妹妹斟酒，也为自己倒。她端着酒杯走到阳台上，坐在帆布椅上抽烟。她懒洋洋坐在打开的门后，白烟从鼻子冒出，手里端着红酒。

"韦德，"伦蒂说，"你是不是在帮房地产开发公司工作？"

"才不是。你怎么会这样想？"

"你不是想赶走母牛吗？我是说啊，讲到头来，不是母牛就是土地重划嘛。我说啊，牲口全没了，农场该怎么办呢？开发嘛，对不对？不然还能干吗？我的意思是，你在打什么主意？"轻蔑之情有如水柱从消防水管激射而出。

"我想要回到从前。"他说。他的嗓音充满了专业热情，"我希望回归到过去，所有的围篱和母牛全消失。我希望原生青草能复原，野花也一样。我向往干枯的小溪能流着清澈的水，泉水也能再涌出水来，大河也能出现汹涌的水势。我希望恢复地下水位。我希望羚羊和麋鹿和野牛和山羊和野狼能重新占领乡间。我希望农场人、围栏育肥地经营者、加工业者、肉品配销商人直接下十八层地狱。西部要是归我管，我一定大扫把一挥，把他们扫得清洁溜溜，让清风和青草重回天神的手里。让这里成为空旷的大地。"

"对。你干吗找农场人麻烦，而不干脆拿炸弹去炸肉品包装公司？干吗不去整垮佛罗里达的农场人？我敢打赌，佛罗里达生产的牛肉一定比我们西部多。"

她弯腰摆臀，无精打采地走出厨房，不等韦德回应。韦德想说的是，西部牛肉业是整个议题的关键点，战场在于受破坏的土地，而这片土地属于全民。

牛肉之罪

伦蒂与萝妮的父母在图森开设律师事务所斯林格与斯林格，姊妹从小过着优渥舒适的生活。伦蒂在加州一所学校主修艺术，而萝妮在怀俄明大学主修商学，而她就是在大学认识夏伊·汉普。他是个异数：而萝妮错在一味相信夏伊的潜力。

她知道自己具备生意头脑与高尚品位。

"这里的人搞不懂状况。"她对夏伊说。她去五金行买十字螺丝，老板笛隆·泰勒格叫她自己去后面架子上查看价格。她一听丢下螺丝转头就走。

"那男的以为他的五金行是这里唯一一家，大家非买不可。结果生意全跑到丹佛或比灵斯或盐湖城了，他又哇哇叫。"

"算了吧，笛隆大腿受过伤。我打赌他一定认为你去查价格比他快。而且他肯定知道，你不会为了买四颗螺丝跑去丹佛。"

"他应该记住价钱，不然也输入电脑嘛。现在他还是把所有东西写在小小的记事本上。还用复写纸。"

"别气呼呼的嘛，萝妮，放轻松一点。"

稍后她去购物中心一家连锁店，买到品质较差的螺丝，包装在透明塑胶袋里，贴有价格标签。

做生意之道，她打算示范给大家看。西部的商品有利润在：鼠尾草香浴油、丝兰香皂、芳香的野生楼斗菜籽、干燥女辫兰、西洋杉香屑。这些商品的对象是看到药用薰衣草与科尔多瓦皮色染发剂会窃笑的观光客。她也会兼售马尾鬃手环与钥匙圈、几张牛皮与郊狼毛皮。店里将主打仿古西部服饰：斜纹毛织长裙、农场人背心，以及同一系列的定做牛仔衬衫。她会雇请两三位女工来缝制。付最低工资。她也将准备一专柜，陈列髦毛牛仔牌的顺鬃洗发精，几包沙伊族人过去用来洒在爱马身上的野薄荷香水，几罐口嚼草药，纯属玩票性质，因为这些怪东西并非必需品，不过观光客会冲着怪里怪气而买下来，就如同她接受夏伊·汉普一样。他一事无成，属于个性温驯的牛仔，没有马汗味，也没有胆量。她爱上他那种温柔的憨劲。

"顾客不愁不上门。"她告诉夏伊,口气尖锐叛逆,"如果你准备搞农场,休想找我管账或打电话叫饲料。我有我自己的生活。"后来她退缩,情绪低落,厌恶自己失去耐性,发那么大的脾气。"我也不知道哪儿不对劲,我快要疯了,"她说,"我没办法——"

"没关系。"他说。接着,仿佛两人刚才一直谈的不是这件事,"别担心,我的乖乖小美女,我会平安没事的。"说得活像他计划航行至别林斯高晋海[别林斯高晋海(Bellingshausen Sea),位于南极洲,以俄国探险家别林斯高晋之名命名。]。"过来吧,"他喃喃说,"乖乖神经小女孩。"然而他正悠游老家农场后面数英里以外之处,骑着多年前一匹透明如魂的纯种马,无法自制。

夏伊·汉普原本不想经营农场,而想上大学——他弟弟丹尼斯身手矫健,适合当牛仔,而且意愿很高。家人不解。丹尼斯头脑比较好。夏伊中小学成绩都是勉强过关,结果最后竟然还想继续念书。

"你乱来,"他父亲说,"钉子怎么能钉在泥巴上?去念你的商学学位。不过我敢说,你迟早会回农场干活。"

他们不了解他,从来都不了解。打从童年一开始,他就认清自己与家人之间的距离。他对土地与家畜不感兴趣,让家人觉得丢脸。

他对书本的理解力并不快,却仍力争上游,从不轻言放弃。大学最后一年过了一半,他也与萝妮·斯林格订婚,然而大雪压垮了一切,让他措手不及,猛然将他掷回农场生活。

葬礼的第二天早晨,他在卡车后面抱起干草捆往下丢。找不到其他人来做。他抬头望着愤怒的天空,一排波浪状云朵形成螺旋尖峰,井然有序,而高速气流附近出现剪切层,显示高空紊流强大。农场位于山脉背风坡,劲风肆虐了一整天。如果上星期六天气如此,家人或许会继续打牌玩克里比奇牌戏,他们或许现在还活得好好的。落难总在日子过得甜蜜美好之时,由天窗照入的烈日能将人活活烤死。

在哀伤与工作之间的空隙苟延残喘,过了数周的农场生活后,他回到大学要求退还学费,干涸的心窝令他喘不过气。一位两眼间长肉瘤的女人告诉他,退费是不可能的事。

"他们死了,"他说,"我的家人。我家只剩我一个,我完蛋了,也没办法继续念书。"

"你会惊讶地发现,"她说,"有很多男生在农场工作,还能抽空修课,成绩还不错哩。你会惊讶,很多人还直升哈佛和耶鲁呢。"仿佛她是吃酸腐的牛奶长大的,还对你量出每一勺。

"有那么多人,我当然惊讶了。"他用力关上门。

回农场的车程漫长,他迟迟不肯上路,害怕面对自家,既安静又模糊，强风吹得干雪在青草上奔走。他跟着人群走进演讲会，主题订得很能引起争议：劣质牛肉。客座演讲者是韦德·沃尔斯。听众不时打断他的演说，对他又喝倒彩又开汽水。夏伊身边的男子是肩膀宽厚的农场人，戴了一顶沾了秽物的帽子，嘴里嚼着一团烟草。夏伊转头对他说："讲得是有点道理。"农场人一句话也没说，起身立刻离去，仿佛叛变与小牛的黑腿病一样具有传染性。

演讲会结束后，他是唯一一个上前至演讲者专用的桌子，买了他签名的大作，请他到套索酒吧喝一杯。

"我不喝酒，不过咖啡倒可以。"沃尔斯情绪激动。夏伊喝了两杯啤酒，然后改喝威士忌。沃尔斯充满主见的口吻，沃尔斯倾身注视他的表情，让他道尽自己的辛酸。

"家人出事害我好难过。二月三日。丹尼斯买了辆新车。天气好棒。气温很低不过没有风。一片云也没有。天气不可能比那天更棒了。别人告诉我，距离垭口十四、十五英里的地方，他们开过开放斜坡，引发雪板崩，把他们推进山下的山杨树丛里。积雪堆在上面，硬得跟水泥一样。我家人全走了，我的书也没得念，我回老家农场赶牛，钱又没着落，母牛有一百五十头准备生第一胎。我找不到帮手。我他妈的怎么办？怎么办啊？"

"放弃农场。为你的小孩着想，"沃尔斯说，"将来他们会认为父亲是农场人，是破坏西部的人之一。他们会怪罪到你身上。"

"我还没结婚。一个小孩也没有。就我所知。"

韦德·沃尔斯对夏伊自我介绍，自称是一个破坏性因素，铁石心肠，在树干上钉大钉，他毫不迟疑。"阿比怎样描述母牛，你知道吗？'臭气冲天、满身苍蝇、牛粪涂身、散布疾病的野兽。'不过，这样还不打紧，糟糕的是它们对土地造成的伤害。它们破坏了西部，破坏了世界。看看阿根廷、印度。看看亚马孙流域。"他提出对牛不利的看法，滔滔不绝。

"这样好了。"他以他习惯的热切而单调的语调说。咖啡溅到桌上。"好心没好报，苦心相劝却被当成耳边风，就必须以火救火。唯有动用强迫的方式，才有办法让这些人了解，"他说，"我们用得上你。""我们"一词是个复杂的复数代名词。事实上，没有复数代名词的存在；他是孤军奋战的复仇者，或许夏伊因此才受到吸引。

"算我一份，"夏伊说，"我要加入。我要消灭他妈的母牛。"他已有九分醉，随时有倒地的危险。

生　计

家人横遭意外后，同年夏天他与萝妮·斯林格结婚。

两人举行西部风格的婚礼，在夏延的拴马桩汽车旅馆宴客，萝妮身穿她亲手缝制的丝质洋装，捧着半凋萎的野玫瑰，穷相毕露的夏伊穿的是羊毛宽松罩衣外套，长及膝盖。他的表哥休伊说："你真像舍曼将军［舍曼（Sherman），南北战争的北军将领］。是的，长官！"他们用的香槟酒杯，上面以绳子拼出"夏伊与萝妮"。两家人分开坐不同桌，彼此不交谈。休伊与赫尔斯·伯奇两人猛灌酒，将汽车旅馆的刀叉装入垃圾袋，然后绑在新郎新娘用来逃离宾客的座车下。

小学低年级开始，赫尔斯·伯奇与夏伊就是好朋友。两人骑马到伯奇家后面的针头溪形成的池塘之处，暑假时露营三四天，靠烤得半熟的马铃薯与鳟鱼填饱肚皮。十一岁那年，他们发现脆弱的小石灰岩丘上有三四个洞穴，其中一个藏了三套马鞍与马勒，积满灰尘，牛皮蜷曲僵硬。

"火车强盗。"赫斯说。他梦想成为火车强盗，"这些马鞍一定是他们藏的。他们偷了马，上来这里拿马鞍，然后逃走。我敢打赌，他们本来想偷我们家的马，结果被我爸或爷爷开枪打得一文不值。"

随后他们在洞穴里寻找强盗可能藏匿钞票与金条之处。赫斯的父亲发现其中一具马鞍是古老的夏延弥尼亚牌马鞍，上面印着"怀俄明特别行政区"，并在挡泥板边缘歪斜地刻上姓名缩写 B.W.，旁边加上猫头鹰。谢里登的王者绳索公司出高价，但赫斯央求父亲留下。之后他们除了寻找洞穴之外什么也不想做，最后是夏伊厌倦了满是蝙蝠屎的洞穴，两人才停止。

在八十号州际公路上，塑胶垃圾袋破裂，发出的声响令夏伊认定引擎掉了。他的髭须留得绵长，末端以蜡涂成针状，蛋糕的糖霜也黏在上面。他站在公路边，望着刀叉散落的弯曲轨迹，萝妮指着他沾有糖霜的胡子笑到浑身是汗。

"好像鸟大便哟。"她上气不接下气。

婚礼后一星期，他剃掉胡子，大约在同时，他也停止喂牛，开始屠杀。

"至少可以养活我们。"他告诉萝妮。卖牛的所得，部分用来完成商学学位，也分一些投资在萝妮的礼品店。他毕业后前往科罗拉多州参加为期两个月的课程，学习马匹保险。他的名片如下：

夏伊·W. 汉普

巨马马匹保险

专精农场与农庄

怀俄明州斯洛坡

他的电话答录机留言以马嘶声开场，然后是他以紧绷的嗓音说：

"巨马尽全力保障您的爱马,承保范围包括死亡、生产意外、谷仓火警、地震、闪电。让巨马帮助您研拟一套马匹的健保方案。"

"卖掉牛群可以,"他告诉萝妮,"不过我死也不会卖掉农场。我们在这里住了七十五年。就算不养牛,我们还是非住在这里不可。我可以租给别人,养羊可以,就是不能养牛。养几匹马。农场上的东西,我唯一喜欢的就只有马。"然而他从小接受四健会的熏陶,誓言以头、心、手、健康来贡献。看来是破坏而非贡献。每年韦德·沃尔斯前来一两次,两人联手在沃尔斯认为最能获得好处的地方进行破坏。

出租土地倒非难事。精明如黄鼠狼的老埃德蒙·尚克斯租了下来。他的哲学人尽皆知:租地比付土地税划算,何必买下。

马匹保险的生意起步缓慢。萝妮的礼品店收入足以贴补家用。夏伊无法相信的是,怎么会有那么多女人急着花大钱买香水与小马皮背心,怎么会有那么多牛仔非买三百元一件的衬衫不可。定做衬衫供不应求。有位知名的套牛人每个月订购一件新衬衫。却不肯付一毛钱为爱马保险。

从一开始,夏伊就希望萝妮的礼品店失败——如此一来,她就能为巨马管账、接电话、处理文书。结果事与愿违。购买新卡车,农庄翻修,皆由她掏腰包,而她还想盖长方形大游泳池。马匹保险的生意并不兴隆。他对顾客的说法信以为真,轻易听信顾客对自己马匹的健康状况、血统、价值与能力的评估,因此持续失本。在充满骗子与谎言的世界,他相信握手代表一切,只不过他本人在隐藏掩饰方面也很高明,具有犯罪倾向。

他曾对萝妮说:"我掌握不住。任何东西都一样。"她不清楚丈夫指的是什么,只是以喉咙发出安慰的声音应付。

葡萄牙·飞利普斯

对有些人而言,习惯一旦养定,只要一息尚存便无法破除。夏伊·汉普有一个习惯可溯及儿时与妮可·安杰米勒出游的那天。当天开车的人是妮可的祖父。之后人生每跨出一步,搔得人发痒的天鹅绒座椅,向后奔逃的景观,立刻历历浮现脑海。当时是一九七三年,他十二岁,妮可·安杰米勒十三岁,两人就读七年级,搭档为历史课做研究报告,探讨一八六六年葡萄牙·飞利普斯屠杀有勇无谋的费特曼与八十名误入歧途的勇士,然后自菲尔卡尼堡骑马至拉勒米堡的经过。

"爷爷说那不可能——除非飞利普斯的屁股是铁做的,骑的是神驹,不然怎么可能两天骑了两百三十六英里。还下着暴风雪哩。"她与祖父母同住市区。她父亲是祖父母的独生子,一九六三年死于越南金瓯半岛,母亲住在得克萨斯奥斯汀,同居人是锡塔琴手,姓名她不会念。

"他的马死了。被他骑到死为止。是纯种马。"他希望葡萄牙·飞利普斯的传奇是真的,希望他果真创下壮举,走完全程。

妮可·安杰米勒肤色较黑,呈橄榄棕色,脸颊与嘴唇血色丰腴,长相美丽,人缘却不佳。班上那些小腿粗大、手臂如细棍、脚丫足以媲美大男人的女生讨厌她,因为她长得好看,而手指长小肉瘤的男生则害怕她。她祖父罗伯特·安杰米勒是药剂师,个性外向活泼,话多嗓门大。祖父母不管到哪里总带着她去,在科林斯堡与丹佛买衣服宠她。爷爷也亲自为她理发。她全身上下给人一种简洁严谨的感觉。祖父母允许她搽无色指甲油,因此她尖尖的指甲闪闪发光,仿佛锡制甲片。左手腕戴了三只红铜手环,确保身体健康。

妮可的祖父说:"小老弟,你长得好快,头壳都要穿破头发啦。你爸妈还好吧?"接着说,"我很惊讶,你怎么不选其他题目,既然你家有那么多东西可以写。"他嘴里闪现金光。

"什么东西?我家有什么?"

"怀俄明历届州长——相片,一个都没漏掉,一直留到你爷爷过世。你知道吧,我跟你爷爷相处得不错。你家墙上挂的可是宝物啊。可惜你老爸没眼光。"

"作业题目是老师指派的。跟怀俄明有关的只有两三个。其他同学分到好题目，例如斯科特死在南极，还有鲨鱼咬人。我们分到葡萄牙·飞利普斯。"

他几乎没有注意过那些相片。祖父去世那年，他只有八九岁大，那些相片一直挂在墙上，当作黑白壁纸，个个薄唇，眼皮半开。他祖父的牙齿仍放在木柜抽屉，留有烟草味的夹克挂在门口。老祖父喜欢拉住他与丹尼斯，听他讲故事：农场上死的最后一匹狼；邻居女人眼睛被冻瞎、后来被草原大火烧死；他在小溪捞到的野牛角火药筒；家中某亲戚到巴西开农场，吃的是所谓吱吱嘎嘎响的食物。他们等不及想离开。

"就因为和怀俄明有关，你就不感兴趣啰？"妮可的祖父从上衣内口袋取出酒瓶，扭开瓶盖。

"对，大概吧。"同样是草地上的阴影，同样是长风，同样是永垂不朽的围篱。

"年轻人，我来告诉你好了，这地方发生的事情，有天大的重要性呢。"咕噜咕噜吞酒。

为了替学校报告划下美好句点，妮可的祖父母利用周日带他们探索此一历史著名长征的起点与终点，一边是拉勒米堡的纯种马纪念碑，另一边是卡尼堡附近的葡萄牙·飞利普斯的牌匾，下面以碎石柱支撑。他以母亲的照相机拍了几张快照，却没有一张冲洗成功。

"为一匹马立纪念碑,我觉得好智障哟。"妮可说。

"拜托,那时候的人,找到机会就立纪念碑,"爷爷说,"印第安长烟斗、观光农场、大岩石、煤矿场、日晷、死掉的农场人、民众保安团吊死人、石匠工会山庄、印第安人、伐木场、消防队员、公共澡堂,连小山雀都不放过。也有贝比,号称大草原的小甜心,是全世界寿命最长的一匹马。活到五十岁。当然了,还有帮那匹马擦屁股的人,就是怀俄明第一个女州长。"

"罗伯特。"祖母说。祖父话中带刺,冲着她而来。当地妇女组成团体纪念内莉·泰洛·罗斯,祖母偶尔参加盛会。内莉于一九二四年代曾任州长的亡夫出马,光荣赢得选举。祖母参加盛会时感到不甚自在,因为内莉隶属民主党。

参观过飞利普斯纪念碑回家途中,阳光射穿后车窗,为祖父母的后脑勺涂上如野生金丝雀胸部的黄色,轿车穿越成群的岩壁与无由来地起火的山艾树丛。东边是樱桃红的云墙。太阳往下沉,液态暮色减弱了车子内部的光线。祖父不时举起小酒瓶喝酒,吐出威士忌的气味,伸手传给妻子,妻子摇摇头。夏伊倚靠在椅背上,整日奔波让他昏昏欲睡。收音机播放的是《我射中了警长》,夜色笼罩四周。

他没有睡着,也不算清醒,却在妮可碰到他之前感受到手指的热度。妮可将发烫的手静静放在他的裆部。这件事前所未有，是彻头彻尾的惊人之举。她仿佛为了回应突如其来的勃起，移动了手指，动作极其微小，却足以触发初次高潮。她仍未移开手，过了一会儿，同样的现象重演。他并未主动触摸妮可，甚至丝毫没有移动位置，因为他相信妮可的手清白无知。短裤内黏糊一团，妮可手指的热度穿透牛仔布料，汽车引擎的运转声，祖父香烟的烟味，让后座成了洞穴，既隐私又诡秘。对葡萄牙·飞利普斯与纯种马的强烈感受袭上心头，让他无法自已。抵达农场时，他踉跄下车，一眼也不看妮可，走进前门廊的电灯光线围裙中，双手捶打如风暴般的粉翅蛾。粉翅蛾撞击他时犹如柔软的子弹。

事隔多年后，他忽然纳闷，当时的妮可为何懂这么多。虽然十二岁的他相信那是无意间的触碰，如今三十七岁的他却发觉清白无知的人是他自己。妮可将他一头掷入腐败的天地，但将妮可丢进堕落深渊的人又是谁？

小提琴与弓

日出时分，小提琴与弓农场的伯奇老妈妈坐在直背木椅上，儿子斯基珀自己的头发也灰白苍老，轻轻为母亲梳理稀疏的白发，长度几可触及油地毡。他将梳子插在黑色广口罐里,梳柄向下,开始扎第一条辫子。

"赫斯今早跑哪儿去了?"她订下规矩,全家人必须共进早餐,所以先空着肚子。

"妈妈,他们很早就出门了。"

"拯救世界真辛苦嘛。"现在他们不得不等他。她看得见兽栏外有人来回走动,身型却过为粗壮,不可能是赫斯。"伯奇家族从来没有这样经营过农场。你父亲要是看见围墙做得歪七扭八,跟政府的人浪费时间,一定会感叹羞愧。"

"成果慢慢会出现嘛。我们先前把干草耙成小堆,盖住伯奇家族搬来后就一直是不毛之地的硬砼地,现在土质变软了变松了。开始长青草了。妈妈,如果你想看看以前人怎么搞烂土地,怎么乱搞水源,看看二十世纪初郡政府的农业报告就知道了。以前这里长了各式各样的青草,有各式各样的水源。现在土地一踏就碎。干硬易碎。泥土都僵硬成块。我和赫斯是替未来着想,希望青草长得漂亮好喂牲口。"

"斯基珀,那些个好事,你尽管去做,不过我可要告诉你,农场人想做什么,随他们高兴。他们是你邻居。他们着想的不是未来。未来是奢侈品。他们没那分闲工夫。"

"赫斯和我越来越相信,未来才是唯一重要的东西。时代会变。

你应该比别人更了解,这一行有多辛苦,利润却少得可怜。牧草地再恶化下去,我们可没办法承担。我们非想想办法不可。他们正在删减我们的配额,联邦牧地改革方案也快实施了,我们又有灌溉问题。追根究底,就是银子的问题。我很不想说爸的坏话,不过他以前跟他父亲做的事,逼得我和赫斯不得不现在补救。"

"那边那人是邦妮吗?"

"对。"

第一条辫子绑得平顺坚硬,末端以红橡皮圈束紧。他动作加快,一面看见邦妮转身朝屋子走来。"她来了。她准备吃早餐了。先去煮点新鲜咖啡再说。"

"我喝咖啡就行了。顶多再吃点黑面包。要是不必坐着等赫斯就好了。"

"我们先吃吧。他不会在意的。"

"他不在意,我在意。我们等他。这么一点尊重,起码也要给赫斯。"

然而他们并没有等下去。六点三十分,斯基珀从平底锅叉来一片火腿,加上未烤过的黑吐司以及炒蛋,以印有艾伯塔省的小汤匙舀一点绿辣沙司酱,坐在餐桌前,书本摊开,以惯用的轻柔嗓音读着:

主啊,我溺水了。身旁的流水,果真为玫瑰水〔这里的玫瑰水指烈酒。], 果真为船只巡游、满溢而出的烈酒海?

斯基珀结过婚, 几年前曾当过爸爸, 育有两名幼子。那年秋天牛肉价格上扬, 他付现金买一辆新轿车慰劳齐奥娜, 不料父母将后车厢的杂货搬进屋里时, 没盖好, 两个儿子爬进去后伸手合上。

"儿子呢?"她说。他们东奔西跑, 大声呐喊, 开车到农场另一边呼唤两个儿子的名字, 儿子却窒息而死。那天是最热的一天, 事后他希望两人迅速陷入不省人事的状态, 竟没能听见短短几英尺外焦急痛心的呼声。大草原远处有东西———一只小鸟遭袭击, 转身闪躲, 做出类似痉挛踢腿的动作, 他因而停下车, 打开后车厢。他们躺在空气稀薄的烤箱里, 瘫软发青。别人所谓的哀恸其实说错了。哀恸其实在内心如螺旋钻子永远转个不停, 甚至在整个人碎裂成细沙后, 仍能钻出新洞。齐奥娜现居圣迭戈, 已改嫁, 生了自己的小孩, 而他却仍在原地, 日复一日看着两人走过的路。他自小学毕业未曾读诗, 牧师却送他这本看似送错对象的书, 是十七世纪居住在麻省郊野的玄学加尔文教派人士的冥想沉思。阅读该书开场的问句时, 正如他打开后车厢盖时心中疑问的灯芯点燃。

在您的权杖下, 上帝, 您施与我惩罚之权杖,横夺我的雅各，我的报春花，为什么？

作者三百年来的哀恸，以瘦骨嶙峋的膝盖跪压哀恸，在膝盖下如同砂石般的哀恸，为斯基珀自惩的心带来的，就算不是坦然释怀，至少也是依傍，将他对上帝与大自然结合体的朦胧想法巩固为信念。事发后数年间，他多次重读，获得紊乱宇宙中神圣秩序的感觉。否则后果不堪设想。

伯奇老太太喝着纯咖啡，望向大门。

"回来了。赫斯回来了。邦妮，帮你丈夫倒一杯，他喜欢喝滚烫的咖啡。"

赫斯松垮如象皮的下巴刮得精光，摘了一把细香葱给邦妮，说："你们干吗不等我？"他戴回帽子，盖住头发剪得极短的圆头。粗实的颈子以缓坡连接硕壮的臂膀，手臂的筋肉发达到无法自然直线下垂。他的五官似乎被厚厚的脸颊包夹，鼻子宽钝，表情严肃，微笑时嘴形紧绷。死对头认为他不知变通、严肃苛刻，是个可恶的臭小子。

两名牛仔跟着他走进房子：里克·菲斯勒与诺伊斯·海尔。前者是刚从盒子里取出的零件，尚需组装，后者右脸有多处伤疤，皱成一团。两人在厨房洗手台洗手。改变农场经营方式后，斯基珀雇用两人来帮忙。新的经营方式是让家畜不断移动，以免青草地不胜负荷，也不让家畜聚集在饮水点与凉荫数周之久，因此必须分批分区放牧，而非整群赶进森林处分配地。他们需要牛仔来帮忙照料，却发现牛仔已成稀有商品，大感惊讶。

"管他的，"斯基珀说，"找不到就自己训练一个。"当地高中举办校园征才会时，他摆出一张牌桌，招牌写着：

学习当牛仔
来小提琴与弓农场套绳、骑马
真实体验如假包换
可上下班也可寄住正统的牛仔宿舍
三个牛栏，马儿一长串
鞍具自备
具农场背景者优先考虑。

结果成了众人笑柄，只引来里克·菲斯勒这个体态衰弱的少年。他住在郊外矿坑附近的房车贫民窟。

"会骑吗？"

"不会。本来是想试试看海军的，可是我宁愿当——做这个。"他指着招牌,"不生长在农场,就没机会碰马。"

斯基珀记下对方姓名,请他周六上午前来农场,心里却怀疑他不会来。菲斯勒骑着儿童单车出现,膝盖外展犹如蚱蜢,把手还拖着颜色斑斓的彩带。斯基珀请他进门吃早餐。

"可怜的里克,肚子饿坏了。"晚餐后邦妮说。新来的里克已回牛仔宿舍休息。"今早所有东西几乎被他吃光。七八片吐司、三个鸡蛋,还有腊肉和自制薯条。牛奶喝掉一整瓶。看看他今晚吃掉多少——六大盘马铃薯。"

"而且还摔马摔了六次,"赫斯说,"要训练他成帮手,看来得花不少时间。"

赫斯的状况一如成千上万西部人,挺直脊骨迎战外力,不肯轻易被压进屠宰场的窄道。他加快动作。他艰苦奋战半枯的气候、剧烈的天气转变、政府法规、死头脑的银行人、外来杂草、随风飘摇的牛肉市价、水源问题、动辄发火的农场同行。他的弹性不多。如果这些杂事能自动消失,他的办法就会成功。

"赫斯,今早有没有看到什么?"母亲问,"有没有爬上地垛看老鹰做巢了没?"

"没去看。我猜是没有,因为绵羊爬到上面去了。俄勒冈森林大火,上面烟茫茫的。没看到多少东西,因为我花太多时间听肖特·马茨克讲话。他有个姊夫住在泰塞丁,刚把农场卖给大公司,卖到两百五十万。数目是很大没错,但是价值不只这样。那些该死的海盗在土地重划,在'公有土地'上养驯服的麋鹿。买农场的人多半靠电话电脑上班。这里是他们的新西部。老天啊,他们甚至算不上是提手提箱的农场人。他们不需要赶牛,一屁股坐着享受,赚的钱多到我们一辈子算不完。一面看着麋鹿一面喝卡普契诺。肖特说他姊夫去年发生好几次塑胶尿布问题。丢进篱笆里让母牛吃,真可恶。死了十七头。如果是大公司花钱找流氓干的,希望逼他卖地,我也不会惊讶。哇,我真想再喝一杯咖啡。里克、诺伊斯,你们还要咖啡吗?"但诺伊斯想喝葡萄柚汁,里克想喝可乐加冰块。两人同坐餐桌南端。

"肖特·马茨克那家伙,喜欢露出大门牙奸笑。你知道吗,"伯奇老太太说,"我开始相信有人在搞阴谋。肯定有一群权力很大的国际人士想控制农场人和种田人——控制全世界的粮食供应量。谁生谁死,最终大权握在他们手上。"

邦妮递过来一盘热腾腾的软圆饼,说:"别相信。"

"小孩还没起床?"赫斯看着三碗粥。

"还在上面打闹哩。"邦妮将一盘炒蛋推到他面前。

赫斯朝天花板吼叫:"抬起你们的狗腿给我下来。今天有得忙了。"

斯基珀将两个软圆饼拨进自己盘子。"天赐天使之面包、小麦……"

他喃喃地说,"那头可怜的老母鹿。应该一枪射死才对。耳朵挺不起来,一定得了螺旋蛆,在那棵山杨树后面晃来晃去。"

"我知道,"诺伊斯说,"今早我看到了。只是死得慢一点而已。"

"农场人要照顾的,不只有母牛而已,还要照顾野生动物,"赫斯说,"经营农场最主要的是,"他继续说,"尽可能永续经营,尽量在进棺材前看到自己的农场还是好好的。这是我个人看法。"只不过他鲜少看过农场人老死原地;农场人总是卖地搬进市区,移植到海边的圣莫尼卡或沙漠里的图森。最好是爬过围篱时意外被猎枪射中。

"阿门。"伯奇老太太说。

楼梯顶传来咯咯笑声。

"有什么好笑的?"邦妮说。

"是谢里尔啦,看她穿的东西。"两只赤脚步下几阶。映入眼帘的是幺女,穿着白色内裤,胸前是邦妮晾在淋浴帘杆上的粉红胸罩,挂在小女儿身上宛若天外飞来的马具。里克·菲斯勒的眼光朝邦妮投射过去,脸红起来。

"想填满那东西,你还早得很哪,"赫斯说,"快给我下来。"

"其实啊。"斯基珀说。他往赫斯的杯子里又倒一些咖啡,也为自己倒,"我们这边也不是没发生过怪事。塑胶尿布倒是没有,不过有人会来开栏门。记得去年夏天吧,十几个栏门半夜被打开来?才不是意外。而且在卡斯珀那边，围篱也被剪开。噢，这里也发生过。"

"是啊。反正现在夜色很好，晚上带棉被和步枪睡在外面看星星大概也不错。轮班睡。少不了一块肉。那些狗杂种冬天不会来。"他盯着咖啡杯升起的湿气。

伯奇老太太离开餐桌，四处寻找她的《现代基督教农场女性》杂志。邦妮搅一搅儿女的粥，看着窗台上脱水变皱的木瓜。当初为何要买？她又不喜欢子宫形状的木瓜，肚子长满种子。

怀俄明历届州长

韦德·沃尔斯坐在旧沙发上，手指敲着膝盖，不时抬头瞄着墙上已逝政治人物的脸孔。大群脸孔散播出沉重的气氛。其中数帧以带有感情的文笔写着："献给老搭档蒙蒂·汉普，唯有混账能明了混账之心。"客厅保留着鞣革与死灰的苦味。

萝妮放下一碟饼干与奶酪。伦蒂以饼干沾自己杯里的葡萄酒。

"这边的食物淡得令人想吐。"

"去斯洛坡可以找到墨西哥菜，"萝妮说，"你最怀念的口味。"

"那里的菜是玻璃罐里倒出来的东西。才不要。我想吃的是红玉米汤和搀了新鲜仙人掌的沙拉。我想吃火鸡腿配烤椒。馋死了。"

九点过了几分钟,夏伊走进门。

沃尔斯从未见过如此不堪入目的衬衫,以西部风格剪裁,刻意配上不协调的方格布,绣有绿色与橙色的斜角条纹。

伦蒂再度被姊夫典型的西部男子的俊美外表震住。长腿,尖鼻,脸庞帅气,一脸略呈红色的短须。他几乎一眼也不瞧伦蒂。他不喜欢伦蒂那一类型的女人。

"你去哪里了,夏伊,"萝妮说,"韦德下午就到了。我们进市区接他。"

"萝妮,我就知道你会去接。我去了一趟北达科他州。抗议他们射杀土拨鼠。场面好激烈——三十个人开枪射土拨鼠,大约三十个彪形大汉的警察挡住我们。"他说谎。过去两夜,他一直在风河区小屋与一非常年轻的女孩共处。她是来自保留区的肖肖尼族女孩。两人在融冰的山脚穿越黄色高山百合才抵达小屋。如镜的雪水流下楼梯状的坡地,流过石头之间,流过石头之上,流过亮丽锦簇的叉叶画笔花,如云的蚊蚋群从被惊动的植物中扶摇直上。他全身是被蚊虫叮咬的痕迹,小女孩不多话,拍着手臂与腿。他夹克里带了一管儿驱虫剂,为萝妮而随身携带。他递给女孩。女孩摇摇头。再多驱虫剂也无法赶走他接近女孩的欲望。现在不能再想了。一阵羞耻感冲上心头,一种希望再做一次的意念。

"路上还好吧?"他对韦德·沃尔斯说。

"湍流。过山头时,遇上非常严重的湍流。在丹佛机场上空一直绕了半个钟头。那才是最痛苦的部分。"陶土脸的肌肤固定不动,出口的字句犹如硬币掉出公用电话。

"总比失事好。"他走进厨房,萝妮在冰箱里找出另一瓶葡萄酒。"有东西吃吗?"他并未正眼看萝妮。

"番茄汤。'罐头'番茄汤。还有,冷藏室有'野牛'牛排。我们谈论过野牛牛排。"

"什么?跟韦德吗?"

"还能有谁?"

"惨了。你怎么说?"他从萝妮手中拿过酒瓶,扭转软木塞开瓶器。合成软木塞尖声冲出。十六年来,他为妻子开过的酒瓶必定不下一千瓶。两千瓶。

"说你认为野牛不一样。跟牛肉不一样。"她倚在操作台上,双手抱胸。这个姿势强调出她宽臀的阔度。她学法国人将指甲剪平,涂上乳玫瑰色的亮光油。

"他怎么说?"

"噢,他变得好严肃。他说,'做过农场人,一辈子都爱吃肉。'之类的话。他好像老师,老是看着人挑错。这是最后一次了,我以后再也不招待他了。你们再继续做这种蠢事,下一次他去住汽车旅馆算了。天啊,我好累哟。"

"以后再谈吧。我猜他是有点不太好相处。我喝点番茄汤,吃两三片吐司好了。有什么就吃什么。我们今晚要出去。你要不要喝酒?"威士忌也许能帮他渡过这些芜杂细节。

"不要,我继续喝葡萄酒就行了。爱做什么就做什么。你自己去煮。我要去睡觉了。"她扬起双手,从头发纠结处取下发夹,摇摇乌黑的瀑布秀发,散发突如其来的扑鼻玫瑰香,是他深恶痛绝的香味。她斟满自己的酒杯。她怕黑,开灯睡觉。她说葡萄酒有助她成眠。

与小女孩共枕的夜晚,比较扫兴的是深浓的夜色,助长了想象,压抑了被人发现、接受惩罚的不祥预感。

大厅那端的大房间里传来微弱声响,是伦蒂以针细的音量拿着无线分机讲长途电话。她发出狗吠般的声响,大声笑着。

"他们以什么罪名逮捕你?"韦德·沃尔斯在客厅说。他已经上楼换掉大麻纤维西装,穿上黑色长裤与加帽的长袖运动衣。

"什么?"他讨厌用大杯喝汤。

"难道没有人被逮捕吗?你跟谁去的,土拨鼠捍卫联盟吗?"

"没有。我其实去别的地方。跟他妈的土拨鼠没关系。私人事情。

我跟别人在一起。"

"你听我说——"韦德·沃尔斯说。

"我不想谈这件事。是私事。是个人的事情,陈年老案。"他重返十二岁,情绪兴奋却倦怠,放任事情发生。情况很复杂。他成了小孩,而小女孩成了大人。多半是嫌恶与兴奋交互摩擦的感觉。与韦德·沃尔斯的交往,他从未深思或衡量轻重,只相信是好事一桩,可在个人恶事记录簿上规划出一栏以平衡心态。他并未丧失经营农场的天分,因为他从未有过那样的天分。颠覆的做法相当简单——打开兽栏、让家畜漫步上公路、丢出糖蜜附着的塑胶布。

韦德·沃尔斯从背包取出一叠黄色牌子与记号笔,坐在客厅小桌前开始以大写印刷体写下:"吸联邦奶头的农场人。""终结农场人,收回公众牧地。""公地不准放牛。""领福利金的牛仔,早死早超生。"他每写完一张牌子就收进背包。

"那些相片,"他边写边说,"每次来这里我都想问你。我好像没有看过这么——那个是谁?"他指向漂游在潦草签名之上的一张目光茫然的脸。玻璃反射出他的手。

"州长。怀俄明历届州长。我们刚结婚时,萝妮想全部拿下来,不过他们一直都挂在墙上。爷爷是州议员,去找他们签名,能得到的他绝不放过,就像卖肉店里瞎眼的狗。"

"可说是政治恶霸画廊。"

"大概吧。这位是奥斯本大夫,是第一个民主党的州长。一八七〇年代民众起哄吊死大鼻子乔治·帕罗特,大夫弄到尸体,剥下皮来,鞣制成皮革,为自己做了一个诊疗皮包和一双皮鞋。还穿那双鞋参加就职大典。现在已经找不到这种民主党人了。"

"我的老天,"韦德·沃尔斯说,"这个呢?"一张神经质的脸孔在椭圆框里怒视,脸形因出现放射状裂缝而歪斜。

"据说是为了水资源法案跟议员打架,好久好久以前的鸟事了。其中一个拿这张相片砸在对方头上,说他才不愿意跟这种笨蛋挂在同一面墙上。"

他指着满面虬髯的男子,相片被子弹打穿了数个洞:"是格罗弗·克利夫兰指派的堪萨斯州民主党人。你可能会欣赏月光州长——他痛恨大农场,一八八六年冬天损失惨重,他可兴高采烈了。他推动农场转让,小得像怀表的农场,在大河小溪的洼地上。那块没价值的一百六十英亩地,东部人老是喜欢拿来钻牛角尖。"

"看看那个白痴。"沃尔斯对相片中的倒立人点头。相片中有六十名男子头戴牛仔帽,头向后仰,嘴巴打开,双手紧抓住一张大毛毯,高高将人抛起,看着他往上飞,深色西装皱了,擦亮的皮鞋在日光里闪亮。"毛毯飞人。"

"埃默森州长。"

"用意是什么?搞那一套,装装傻瓜,就能跟怀俄明的好老乡骗到选票啊?"

"我猜选票是那些人投的——用意我知道,不过我解释不出来。"

"毫无意义可言。只是笨蛋装傻来取得政治上的好处。我觉得萝妮说的有道理。应该全拿下来丢掉才对。"

"你知道吗,他们不全是笨蛋。并不全是坏人。"

韦德·沃尔斯闷哼一声。"好吧,"他说,"也许你最好跟我解释一下,冰箱里怎么会有肉。"

"不用了,大概不必吧。我家吃什么,不干你家事,韦德。"好戏要上场了。

"我对你的娇妻说过,这件事我非管不可。我们努力要让养牛户关门。你是活动的一分子。我们这群激进活动分子当中竟然有人吃肉,如果被他们发现公开出来,你知道会对我们造成什么伤害?"

"噢,少来了。我们应该把脑筋放在应该做的事情上。"

沃尔斯摊开自制地图,那上面一丝不苟地划出围篱线,以及转让私人地产的界线,土地管理局用地与州地也划出轮廓。一分钟后夏伊才看出眉目来。

"韦德,"他说,"那可是在我家附近哪。"

"我知道。是测试你的原则。想拒绝的话请便。"

"我不干。我才不去剪邻居的围篱,他们养狼种杂草我都不管。"一阵迟疑,朦胧的薄纱罩上内心记录簿中的善事栏。

韦德·沃尔斯不发一语,往后靠在沙发上。

"再怎么说,你剪的围篱另一边是公地,用意何在?该死的牲口会直接走上公地。或走开。要看你开始剪的时候它们在哪里而定。"

"行动的逻辑不太重要,行动的动作才重要,懂了没?"他的口气充满耐性。他总是非解释不可。

"我猜我不够聪明,搞不懂这种他妈的东西。"夏伊说,"我不喜欢剪围篱这种事。"

"你够聪明啊。"韦德·沃尔斯边说边将手臂插进黑夹克的袖子。

草长及腰

第一次见到女孩的哥哥时,他正蹒跚地走过草地。夏伊开车路过保留区,目的地杜布瓦。这天风高沙扬,夏伊看见一个矮胖的身影穿过路边高度及腰的羊茅草,是长发披肩的印第安人,歪歪斜斜的跛脚姿态令人于心不忍,尽量靠路边行进。夏伊开快车经过,羊茅随之摇摆,透过侧照镜看到男子奋力向前走。几小时后,他办完了正事,从西边接近保留区。路过沃沙基堡十英里左右,他见到同一名男子朝他的方向弯腰前进,暗暗称奇。这时他距离路面较近,夏伊有机会看清这人宽大的脸,流汗,麻木。印第安人摇晃前行,左,右,左,右。夏伊再度驶过他身边,却受到某种东西感动。他做出一百八十度转弯,减速接近男子身边,而男子并未停下。他开得很慢,摇下车窗。

"嘿,老弟,要不要搭便车?"天空显出一种擦洗过的赤裸感,沧桑,西南地平线上有来自犹他州炼油厂的污渍。

男子不吭一声,以脚跟为圆心转过来,打开车门上车。他嗅到青草与叶片压碎的味道,以及衣物酸臭没洗的气味。

"你要走多远?"

"哪里也不去。散散步。我不知道。随便什么地方。你上哪里?"

"这个嘛,我本来是要往斯洛坡去,想到掉个头送你一程。早上我开往西边时看见过你。"

"我也看见了。我没有想上哪里。"

车子逆向停下,引擎在路边空转。男子哪里也不想去。情势别扭。他愿意坐着纯聊天吗?

"看来我最好再掉个头回家啰。如果你哪里也不去的话。"

"对。"却没有下车的表示。

"看来就此各走各的啰。"

"别急。"男子直盯前方。他肌肉结实，骨架宽厚，体态却不至于咄咄逼人，两只大手摊开轻放在膝盖上，"你怎么想停车？"

"拜托，我以为你需要搭便车。你走了好长的路。"

"你想要东西。想要什么？你想从我这里要到什么？"

"去你的，我才不想要你什么东西。我是准备载你一程而已。"卡车引擎空转着。

男子的手移动快速，快到夏伊没注意到，眨眼间将钥匙拔出，以印第安人粗壮的手指紧紧扣住。"不对。你想要什么东西。你从来没有跟别人讲过。不过你要得很急，急到开车过来这里，还为我掉头。因为你想问我。"

他只得脱口而出。女孩子。十三岁。打炮用。他愿意付钱。他愿付钱给男子，愿付钱给女孩。

天啊，他为何不闭嘴，为何不胎死腹中？

弹　射

这晚天气干爽，绿月高挂，几片云朵有如倾倒中的栋梁。马路漫长，颠簸如洗衣板，砂石从轮胎下激射而出，制造出片刻不停的震动，车厢里尘土飞扬，两人嘴巴尽是石头的味道。转进农场的路变小变窄，坡度增加，有山沟，松动的岩石遍布，颗颗有如荷兰炖锅大小。车头灯照射在巨石的裂缝上，卡车往前卖力前进；手电筒光柱在地图上颤抖，韦德·沃尔斯说，到了，两人下车，在柔和的夜色中开始剪围篱。沃尔斯将抗议标语推进岩石底下，以扭曲的铁丝团夹紧。剪完，两人开车向下一个目标前进。

夜晚的寂静反而吵得人心神不安，放大了韦德·沃尔斯的呼吸声。他兴致高昂，充满了从事破坏行动的快感，隐藏不为人知的自我因此现形，韦德·沃勒西维兹，父亲曾在屠宰厂担任屠夫，儿子心怀复仇之意。父亲负责头部，将刀插进口部，从僵硬的舌头挑出绳索般的血管与瘀伤，切开头骨取出大脑与垂体，砍下牛角，四十二岁罹患某种恶性感染症去世。

夏伊用力压剪线钳，感觉到阻力，随后铁丝让步，松开，发出微弱叮声。两人已剪了数小时。他们在陡坡上一路往上剪去。围起这道围篱肯定是件苦差事。东边天空泛白。

"再半小时。"沃尔斯喘着气。连续剪个几天几星期，他都没问题。

虽然黑松与倒塌的岩石呈黑色，光线足以分辨出地形。呛寒的冷风证明了白天时数正在无情缩短中，冷气潜行在午后的虚热之下。

夏伊打直身体，一手叉腰，弯向酸痛点。地平线似乎溢满明亮的水，水位在他视线中逐渐上升。有鸟类闷闷的啼声，远方有隐约可闻的郊狼嗥叫。他的感官在新鲜空气的飘荡中敏锐起来。北边有峭壁仰头探出黑暗。他看得出岩穴形成的黑洞。叶片的撞击声，僵硬的山艾树丛摩擦着皮靴，令聆听动静的他更加不安。他似乎认为，自己或许很久以前曾骑马经过此地。

子弹射过来时他听见了，内心有一种满足感，他刚才察觉到的动静果然不假。子弹射中峭壁，弹跳而出。两种声响似乎同步产生，平稳的鸣声以及他自己的尖嗓喘息声，有如航行北极海域时落海的惨叫声。他的臀腿部发出大盏白热亮光，麻木的火焰。他坐在地上，安好无事的那只脚踢着一根铁桩，被剪断的铁丝末端在摇晃。

有人在陡坡之下呼喊："狗娘养的，举起双手给我滚到马路上来。快给我下来。把他妈的剪线钳带下来。我们已经注意你们一个钟头了。不赶快下来，我就要靠近了。"细微的嗓音带有盛怒的歇斯底里。

韦德·沃尔斯匍匐在他身边，说："你被射中了。你被射中了。"

那人又呼喊："狗娘养的，等本大爷上去，你就准备拿铁刺网打领带走下来。"

另一人说，等一等。

夏伊感觉剪线钳仍在手中。陡坡下有几道手电筒光束上下摆动，光度因无情的晨曦而减弱。他的腿简直跟厚纸板做的没两样。他松手放开剪线钳，摸摸臀腿，鲜血浓稠温暖，有个尖锐粗糙的东西，深深嵌入臀腿关节中，一碰便引发重重险峻山岭般的痛楚。往上来者循山沟前进，躲避视线。韦德·沃尔斯从他身边移开。

太阳的橙光降临，让歇在他面前枝梗上的蛾摇身一变，成为晶莹发亮的零件。

"韦德，"他说，"我觉得是一小片石头。子弹没射中我。"然而韦德正手忙脚乱，朝国家森林的围篱开口慌忙逃逸。他走了。

"韦德。"他说。

日光的水位漫溢成灾，强光直射而来。他的眼睛刺出了泪水。他瘫靠着一大团金花矮灌木，感觉好似坐在轿车后座上，光线由四面八方过来。他能看穿车顶，看见埃默森州长在半空中，抵达最高点后侧身下坠，姿势别扭。道理多清楚，他理解之后心情愉快：你被毛毯弹向天空，你往上升，停留在半空中，底下的人脸不是对你浅笑就是皱眉，然后你落下，掉在毛毯上，就这么一回事。

他准备好微笑面对选民了。

加油站距此五十五英里

农场人克鲁姆穿着手工制作的皮靴,头戴脏臭帽子,从事畜牛业,斜眼,散乱的毛发有如弯曲的小提琴线尾端,是个手热脚快的舞者,在木刺处处的木板地面可跳,下地窖楼梯时也跳,地窖摆了一架子自制怪啤酒,酵味浓,浑浊,冒出一圈圈泡沫花环,农场人克鲁姆夜晚在黑暗平原上酒醉骑马飞奔,在他熟悉的地方转弯,抵达峡谷边缘,下马,向下看着崩落的岩石,等待,继而跨出一步,以最后一声狂吼切开空气,衣袖在风车状双臂之上急窜,牛仔裤脚卷至皮靴顶端,然而在触地之前他再度升起,爬升到峭壁顶,浑似一桶鲜奶之中的软木塞。

克鲁姆夫人手持锯子,登上屋顶,锯开十二年来未曾踏进一步的阁楼,因为老克鲁姆扣上大盘锁,三令五申,却刺激她一窥究竟的欲望,汗珠纷飞,她放下锯子换上凿子与榔头,敲打至一块破烂的屋顶板松脱，到她能看见内部为止。正如她所料：克鲁姆先生历任情妇的尸体——凭报纸刊登的相片印象认出："女子行踪不明"——有些干燥脱水如肉干，颜色也与肉干相去无几，有些横躺在屋顶漏水处之下而发霉，它们全部都被狠心使用过，布满沥青手印，靴跟的踏痕，有些涂上多年前粉刷百叶窗所剩的鲜蓝色油漆，有一个从乳头至膝盖以报纸包裹。

如果你居住在荒郊野外，你就会自个儿找乐子。

断背山

恩尼斯·德尔马尔五点未到即清醒,强风摇撼房车,从铝门窗四周嘶嘶蹿入。悬挂在铁钉上的几件衬衫在缝隙风中微微颤抖。他起身,搔搔肚皮与私处的楔形灰毛带,拖着脚步走向煤气炉,将隔夜咖啡倒进斑驳的搪瓷平底锅;火苗将平底锅包裹成蓝色。他扭开水龙头,朝污水池里小便,穿上衬衫、牛仔裤、磨损的皮靴,脚跟踏地使脚丫与皮靴契合。劲风吹过房车弯曲的正面,发出低吼声,狂风疾扫而过,他听得见细小砂石刮擦的声响。这种天气,不适合运马拖车上公路。这天上午他必须打包搬走。农场再度待价而沽,他们已运走最后一批马,昨天也已发薪打发所有人,主人说:"全送给没良心的房地产中介,我要走人啦。"说着让钥匙落在恩尼斯手中。他大可暂住已出嫁的女儿家,等找到工作再搬,然而他内心洋溢着快感,因为杰克·特威斯特昨晚现身他梦中。

隔夜咖啡开始沸腾,但他趁咖啡溢出之前端起平底锅,倒进沾有污渍的杯子，吹着黑色液体表面，让梦境的翼板向前滑动。如果他不加强注意力，梦境可能窜烧整日，重温两人在寒冷的山上那段往事。当时他们拥有全世界，毫无不对劲之处。风袭房车的声势宛若砂石车倾倒大批泥土，风势减缓，平息，留下一片暂时的静谧。

他们生长在贫苦的小农场上，在怀俄明州的对角线两端——杰克·特威斯特住在蒙大拿州边界的闪电平原镇，恩尼斯·德尔马尔老家则在犹他州边界附近的萨格，两人皆为高中辍学生，是毫无前途的乡下男孩，长大面对的是苦工与穷困。两人的言谈举止皆不甚文雅，对艰苦生活安之若素。恩尼斯由兄姊带大，因为小时父母开车途经死马路上的唯一弯道，不慎翻车，双双身亡，留下现金二十四元以及双抵押的农场。十四岁那年他申请设限驾驶执照，得以从农场开车一小时到高中上课。这辆老旧小卡车没有暖气，挡风玻璃刷只有一支，轮胎状况低劣。传动装置失灵，他无钱可修。他原本希望当一名"梭福摩"（二年级学生），觉得这称呼带有某种高贵气质，无奈小卡车尚未撑到第二年即告停摆，使他不得不投入农场工作。

一九六三年他认识了杰克·特威斯特，当时恩尼斯已与阿尔玛·比尔斯订婚。杰克与恩尼斯皆自称正在存钱买一小块地；以恩尼斯而言，他的存款总数是装了两张五元纸钞的烟草罐。那年春天，两人为生活所逼，从事任何工作都无所谓，因此分别到农牧就业中心报了名，中心将两人分为牧人与营地看管人，安排他们到锡格纳尔以北同一处牧羊农场。夏天的牧草地位于断背山高海拔无林带，隶属森林处。这是杰克·特威斯特上断背山的第二个夏天，而恩尼斯则是首度上山。两人皆未满二十。

两人在空气污浊的小房车办公室里见面，在散放文件的桌子前握手。桌上文件字迹潦草，胶木烟灰缸里的烟蒂满溢。软百叶窗歪斜，三角形的白光因此得以进入，工头的手影伸进白光中。乔·阿吉雷卷发如浪，呈烟灰色，中分，对他们表达个人见解。

"森林管理处在配地上有指定扎营地。营地可以设在距离放羊吃草处两英里的地方。羊被野兽拖走的情形很严重，晚上没人就近看守。我要营地看管人待在森林处指定的主营地，不过牧羊人，"他以手刀指向杰克，"偷偷在羊群里打个三角小帐篷，离开视线范围，睡在里面。早晚餐在营地吃，不过一定要跟羊群睡在一起，百分之百，不准生火，千万不能留下痕迹。三角小帐篷每早收好，以免森林管理处的人过来东张西望。带几条狗去，带上你的 .30-.30，睡在那里。去年夏天被拖走的几乎有百分之二十五。今年不希望再发生那样的事。你，"他对恩尼斯说，看着对方一头乱发、疤痕累累的大手、破烂的牛仔裤、缺纽扣的衬衫，"每礼拜五中午十二点，带着你下礼拜的单子和驴子到桥头，有人会开小卡车载用品过去。"他并没有问恩尼斯是否有表，只是从高架子上的一只盒子里取出一个圆形的廉价表，表上绑着一条结辫绳，他上紧发条调整时间后扔给恩尼斯，仿佛不屑伸手递过去。"明天早上，我们会开卡车带你们到出发点。"两张只有两点的扑克牌，打不出什么名堂。

他们找到一间酒吧，灌了整个下午的啤酒。杰克告诉恩尼斯，去年山上闪电风雨交加，死了四十二头羊，恶臭弥漫，尸体鼓胀，需要带很多威士忌上山。他说他射死一只老鹰，还转头让恩尼斯看他帽带上的尾翼羽毛。一眼望去，满头卷发与爽朗爱笑的杰克似乎让人看了顺眼，但以他矮小的身材而言，臀部却有点分量，微笑时显露出龅牙，没有严重到张嘴可以够到瓶颈里的爆米花，却足以令人侧目。他向往牛仔竞技生涯，皮带系了较小型的牛仔扣环，但他的皮靴磨损见底，破洞已到无可修补的程度。他一心只想外出打拼，只要不留在闪电平原，任何地方都没问题。

长着鹰钩鼻与窄脸的恩尼斯，仪容不甚整洁，肩膀前凸导致胸部稍微内凹如穴。瘦小的上身搭建在卡尺形的长腿上，身体肌肉发达，行动敏捷，天生适合骑马与打斗。他的本能反应快到不寻常的地步，他远视得厉害，以致不喜欢阅读哈姆利的马鞍型号目录以外的任何读物。

运羊卡车连着运马拖车行驶至小路开端，一名弓形腿的西班牙巴斯克人示范恩尼斯如何在驴子身上装货。驴身两侧系上以圆圈扣住的双菱形绳套，以活结绑紧，背上再加一大包。巴斯克人告诉他，"千万别订购汤，装在盒子里真的很难载。"一只澳洲牧羊犬产下的三只幼犬装进竹篓，最小的一只塞进杰克外套里，因为杰克喜爱小狗。恩尼斯选了一匹名叫雪茄蒂的栗色大马，杰克则选择枣红色母马。后来才知道这匹母马易受惊吓。备用马匹以绳子连成一串，其中有一匹鼠色的苍灰马，外形颇受恩尼斯欣赏。恩尼斯与杰克，几只狗、几匹马、几头驴，加上一千头母绵羊与小羊，在小路上如脏水流过木头，一路向上走到高海拔无林区，迎接他们的是大片开花的鲜草地以及片刻不歇止的疾风。

他们在森林处设置的平台上搭起大帐篷，也固定了厨房与餐盒。第一夜两人同睡营地，杰克已开始抱怨乔·阿吉雷"跟羊睡不准生火"的命令，只不过翌晨他不多话，乖乖为枣红母马置鞍。清晨在琉璃橙色中破晓，底下有一条胶状淡绿衬托。煤灰色的巨大山影缓缓转淡，最后转为与恩尼斯煮早餐营火冒出的烟同色。寒风变得和煦，聚集成堆的圆石与散乱的土块乍然抛出铅笔长度的阴影，底下大群梁木松形成灰暗的孔雀石板。

白天，恩尼斯往大山谷另一方眺望，有时候会见到杰克，小小一点在高地草原上行走，状若昆虫在桌布上移动；晚上杰克待在漆黑的帐篷里，将恩尼斯视为夜火，是巨大黑色山影的一粒红色火花。

这天接近黄昏时，杰克慢条斯理地走过来，喝下两瓶放在帐篷阴影处湿袋里冷藏的啤酒，吃了两碗炖肉，吃了恩尼斯的四颗硬如石头的软圆饼、一罐桃子，卷了一根烟，欣赏日落。

"上下班，我一天要花四个钟头哩，"他闷闷不乐地说，"过来吃早餐，回去赶羊，晚上把它们安顿好，回来吃晚餐，再回去看羊，晚上有一半时间睡得不安稳，经常跳起来注意有没有野狼。我有权利在这里过夜。阿吉雷没权利逼我。"

"要不要交换？"恩尼斯说，"放羊我可不在意。我也不在意到那边睡。"

"重点不是这个。重点是，我们俩都应该待在这个帐篷里。那个可恶的三角小帐篷有猫尿骚味，甚至比猫尿更难闻。"

"想跟我换的话没关系。"

"先警告你哟，半夜可要起床十几次检查有没有野狼。我很乐意跟你换班，可是我煮的东西很难吃。开罐头倒开得不错。"

"你的手艺不会比我更糟吧。说真的，我不在乎。"

两人靠黄色煤油灯消磨了一小时的夜色。十时左右恩尼斯骑上擅长走夜路的雪茄蒂，穿越水亮点点的霜气走回牧羊地，带着吃剩的软圆饼、一罐果酱与一罐咖啡粉，供第二天充饥，省了一趟路，可以待到晚餐时再回来。

"天刚亮就射中一头野狼。"第二天晚上他告诉杰克，一面以热水泼脸，以肥皂揉出泡沫，希望剃刀仍利。杰克在一旁削马铃薯，"好大一条杂种，蛋跟苹果一样大，我敢说一定吃掉了几头小羊，看样子连骆驼都吃得下去。热水你要不要？多的是。"

"全给你好了。"

"这样的话，我够得着的地方全要洗了。"他边说边脱下皮靴与牛仔裤（没穿衬裤,没穿袜子,杰克注意到），绿色洗澡毛巾啪啪打在身上，溅得营火嗞嗞作响。

两人围着火堆吃晚餐，气氛愉快，一人一罐豆子，同享炸马铃薯与一夸脱威士忌，背靠圆木坐着，靴底与牛仔裤铜铆钉发烫，你递我接喝着威士忌，而薰衣草天空的色彩褪尽，冷风下沉，两人继续喝酒抽烟；不时起身小便，火光使弧形流水反射出光点；继续添柴延续话题；聊聊马匹与牛仔竞技，驯牛比赛，摔出的外伤内伤；两个月前长尾鲨潜水艇失联，最后几分钟一定如何如何；彼此养过、熟识的狗；冷风；杰克老家父母苦撑的农场；恩尼斯爸妈几年前过世后结束农场经营；哥哥住在锡格纳尔，姐姐已婚，住在卡斯珀。杰克说，他父亲几年前曾是风云一时的骑牛士，却守口如瓶，从未给过杰克只字建议，杰克上场骑牛时,他从未前去捧场,不过小时候父亲曾让他骑绵羊。恩尼斯说,他有兴趣的骑术是多于八秒钟的骑乘,说得有点道理。杰克说,钱也很重要,而恩尼斯不得不赞同。两人尊重彼此的看法,很高兴在无人现身之境有人相伴。恩尼斯在逆风骑马回羊群的途中,四面一片变化莫测、醉意朦胧的月光,他心想自己从未如此开心过,感觉可以伸手刨出月球白色的部分。

这年夏天期间,他们不断拔营,将羊群赶到新的牧草地;羊群与新营地的距离越来越远,晚上骑马回营的时间也越来越长。恩尼斯放松地骑着马,双眼睁着睡觉,但离开羊群的时间也不断延长。杰克以口琴吹出哀号粗浊的音乐。口琴先前从易受惊吓的枣红母马身上掉落,稍微跌歪。恩尼斯的歌喉沙哑动人;有几个晚上,两人找了几首歌一搭一唱嬉闹着。恩尼斯会唱《草莓沙色马》粗野的歌词。杰克扯着喉咙拼命想唱卡尔·珀金斯的一首歌,"我说的是——是——是。"不过他比较喜欢悲伤的圣歌,《步行水面的基督》,是笃信圣灵降临的母亲教他唱的。他以送葬曲般的缓板演唱,引发远方野狼尖吠。

"回去看那堆臭羊太晚了。"恩尼斯醉醺醺地说。他四脚着地,冷风飕飕,月亮指出时间已过凌晨二时。牧地上的石头闪着白绿的光,冷酷无情的风吹在草地上,刮得营火直不起腰,接着又将火拢成黄丝绦带,"如果你有多余的毛毯,我就在这外面蜷一宿,打个盹,天一亮就骑马过去。"

"火势一小，会冻得你哎哎叫。最好进帐篷睡。"

"我大概不会有什么感觉。"然而他踉跄走在篷布下，脱下皮靴，在铺地布上打了一阵子呼，之后牙齿互撞声吵醒了杰克。

"拜托老天爷，别再磨牙了，给我滚进来。床垫够大。"杰克以睡意惺忪的烦躁嗓音说。床垫够大够暖，不一会儿两人的亲密程度显著加强，唯一声响只有几下骤然吸气声以及杰克憋气说"要走火了"，随后静止，倒地，熟睡。

恩尼斯在红色晨曦里清醒，两人绝口不提昨夜的事，却知道这年夏天接下来的时光将如何度过。去他奶奶的绵羊。

他们没料错。两人从未讨论性爱，只有一次恩尼斯说："我才不是同性恋。"杰克也脱口而出，说："我也不是。就这么一次。是我俩的事，别人管不着。"高山上，唯有他俩翱翔在欣快刺骨的空气中，俯视老鹰的背部，以及山下平原上爬动的车辆灯光，飘浮于俗事之上，远离夜半驯良农场犬的吠叫声。他们自认无人看见，殊不知乔·阿吉雷某日以十乘四十二的双筒望远镜观看十分钟，等两人扣上牛仔裤，等恩尼斯骑马回牧羊地，才捎口信给杰克，告诉他哈罗德伯父罹患肺炎住院，复原机会渺茫。然而伯父竟然康复，阿吉雷再度骑马上山相告，睁大眼睛盯着杰克直瞧，连马也懒得下。

断背山

八月的某天，恩尼斯整晚与杰克待在主营地，天空刮起冰雹，吓得羊群往西跑，混进另一配地的羊群。恩尼斯与一名不谙英语的智利籍牧羊人用了痛苦的五天，极力想分辨出彼此的绵羊，却因夏季已至尾声，油漆烙印脱落斑驳，几乎不可能一一隔开。即使数目算对了，恩尼斯也知道羊群混杂不清。在令人不安的情况下，凡事都显得混杂不清。

初雪下得早，才八月十三日，就累积了一英尺深，但不久后积雪迅速融化。隔周乔·阿吉雷派人上山通知他们下山，另有一场更大的暴风雪从太平洋直扑而来，因此两人收拾起猎物，赶羊下山，石头在脚跟边滚动，紫云由西推挤而来，降雪前夕的金属味逼着他们前进。高山上恶魔能量沸腾，覆上薄薄的碎云光，大风梳整青草，吹得受伤的高山矮曲树与细长岩片发出野兽般低鸣。下坡时，恩尼斯感觉自己以慢动作下坠，垂直下坠，全无回头的余地。

乔·阿吉雷付两人薪水，话不多说。之前他看着漫步的羊群，表情尖酸刻薄，说："有些羊根本不是你们带上去的。"数目也不符合他的预测。农场酒鬼总是办事不力。

"明年夏天还来吗？"杰克在街上问恩尼斯，一脚已踏上自己的绿色小卡车。阵阵迅风吹得寒冷无比。

"大概不来了。"尘土如云扬起,空气充满细沙而朦胧,他眯着眼睛,"我跟你说过,阿尔玛和我今年十二月结婚。想搞个农场。你呢?"他移开原本看着杰克下颌的视线。最后一天恩尼斯对他用力挥拳,打得他瘀青。

"要是没有更好的机会出现,考虑回老爹的地方,冬天帮他忙,春天大概会去得克萨斯吧。如果征兵令没到的话。"

"好吧,这样的话,那就后会有期了。"疾风吹得一只空饲料袋沿街滚动,最后夹在他的卡车底下。

"好。"杰克说。两人握手,彼此捶肩一下,随后两人站离四十英尺之遥,不知道怎么办,只好朝相反方向驶开。开不到一英里远,恩尼斯感觉有人用手一下接一下地拉出他的内脏,一次一码长。他停车路边,在回旋而下的新雪之中想吐却吐不出东西。他感觉极为难过,花了好长一段时间心情才逐渐平复。

十二月,恩尼斯与阿尔玛·比尔斯结婚,元月中妻子已怀孕。他做过几件农场工作,为时很短,然后来到沃沙基郡洛斯特卡宾镇以北的埃尔伍德高顶老农场担任牛仔,安定下来。女儿于九月出生时,他仍在当地工作。他将女儿命名为阿尔玛二世,卧房里弥漫着干血、牛奶、婴儿粪便的气味,充满号哭、吸吮与阿尔玛睡梦中的低吟,对终日与牲口为伍的他来说,这一切皆为生殖力旺盛与生命力延续的铁证。

高顶农场关闭后,他们转徙里弗顿一间小公寓,楼下是洗衣店。恩尼斯进公路修护队,心存不满,周末则在B橡农场干活,作为寄养他几头马的代价。次女出生后,阿尔玛希望待在市区接近诊所的地方,因为小女儿呼吸时出现气喘般的嘘声。

"恩尼斯,拜托嘛,我们不想再住寂寞得要命的农场了,"她边说边坐上丈夫的大腿,以细瘦多雀斑的手臂抱住他,"我们在市区找个地方住吧?"

"再说吧。"恩尼斯说着一手由下往她衣袖上摸,搔动丝柔的腋毛,然后缓缓将她放平,手指从她的肋骨移动至软似果冻的胸部,划过圆肚皮与膝盖,向上伸进湿缝,一路伸至北极或赤道,全看你认为自己在往哪个方向航行,一直到她颤抖着抵住恩尼斯的手,恩尼斯才将她翻身过来,快速办完她讨厌做的事。一家人继续住在小公寓里。他比较喜欢这样,因为想离开随时可以。

断背山之后第四年夏天,六月间恩尼斯收到杰克·特威斯特寄来的平信,这是他四年来首度获得对方的音讯。

朋友,老早就想写信给你。希望你收得到。听说你住在里弗顿。

我二十四日路过，希望能请你喝杯啤酒。可能的话请回信，让我知道到时候你会在。

寄件地址是得克萨斯柴尔德里斯。恩尼斯回信："那还用说。"附上他在里弗顿的地址。

当天早上响晴炎热，中午前西方推挤过来几朵白云，卷动些许闷热的空气。恩尼斯穿上最好的衬衫，白底粗黑条纹，不知道杰克几时抵达，因此干脆请整天假，来回踱步，不时向下瞭望尘封苍白的马路。阿尔玛提议带朋友到刀叉餐厅共进晚餐，天气好热，不方便在家开伙，如果能找到人带小孩的话，但恩尼斯说他不如自己跟杰克出去喝个醉。他说，杰克不喜欢上馆子，一面回想起圆木上摇摇晃晃的罐头，肮脏的汤匙伸进伸出舀着冷豆子。

下午五六时，雷声隆隆，熟悉的绿色旧卡车开进来，他看见杰克下车，破旧的牛仔帽往后倾仄。一股灼热的悸动烫着了恩尼斯，他站在楼梯歇脚处，走出家门后关上门。杰克一次两阶阔步上楼。两人抓住彼此的肩膀，使劲拥抱，压得几乎断气，不住说着，狗娘养的，狗娘养的，随后，宛如插对钥匙转动锁的制动栓一般油然，两人紧紧贴在一起，最后为了呼吸而分开时，不轻易表现感情的恩尼斯说出他对爱马与爱女的昵称，小亲亲。

斯 背 山　　301

家门再度开启了一个几英寸的缝,阿尔玛站在狭窄的光线中。

他又能说什么?"阿尔玛,这位是杰克·特威斯特,杰克,这位是我太太阿尔玛。"他的胸口上下起伏。他嗅得到杰克——强烈熟悉的体味混杂有烟味、麝香汗味与青草似的微微甜味,同时也闻到高山奔流的寒意。"阿尔玛,"他说,"杰克跟我已经有四年没见面了。"仿佛可以解释一切。他很庆幸楼梯歇脚处光线暗淡,不必转身背对她,以防她瞧见胯下春秋。

"是啊。"阿尔玛压低嗓门说。她看见了她刚才看见的情景。她身后的客厅里,闪电将窗户照亮成挥舞的白床单,婴儿哭了起来。

"你有小孩啦?"杰克说。他抖动的手擦过恩尼斯的手,电流在两人之间窜过。

"两个女儿,"恩尼斯说,"阿尔玛二世和法兰芯。爱得不行。"阿尔玛的嘴唇抽动了一下。

"我生了个儿子,"杰克说,"八个月大。跟你说,我在柴尔德里斯娶了个可爱的得克萨斯小妞,露琳。"从两人站立的地板震动情形来判断,恩尼斯可以感觉到杰克发抖得多厉害。

"阿尔玛,"他说,"杰克和我要出去喝一杯。晚上可能不回家了,会一直聊一直喝。"

"是啊。"阿尔玛边说边从口袋取出一元纸钞。恩尼斯猜太太准备叫他买包香烟给她，希望提醒他早点回家。

"幸会。"杰克说。他颤抖得像跑得筋疲力尽的马。

"恩尼斯——"阿尔玛以痛苦的声音说，但丈夫并未因此减缓下楼的脚步。他回头喊道："阿尔玛，想抽烟，卧室那件蓝衬衫口袋有几根。"

他们开着杰克的卡车离去，买了一瓶威士忌，不到二十分钟双双住进了午睡汽车旅馆。几把冰雹打在窗户上哗哗响，随后下起雨来，湿滑的风不停撞击隔壁房间未关的门，整夜不停歇。

房间充满精液、香烟、汗水、威士忌的气息，也充满了旧地毯与酸干草、马鞍皮革、粪便与廉价肥皂的臭味。恩尼斯呈大字形躺着，力气用尽，全身湿透，大口呼吸。杰克学鲸鱼喷水用力吐出白烟，说："老天爷，一定是那段时间你总骑马，功夫才练得这么厉害。这件事不谈不行。我对天发誓，不知道我俩会再来——好吧，我的确知道。所以才来这里。我他妈的本来就知道。一路开到时速表最高限度，就希望早点到。"

"我不知道你死到哪里去了，"恩尼斯说，"四年了。差不多准备忘掉你了。我猜那次揍了你一下，让你不高兴了。"

"朋友，"杰克说，"我跑去得克萨斯参加牛仔竞技。所以才遇见露琳。看看那把椅子。"

在污脏的橙色椅子背后,他看见皮带扣环晶莹闪闪。"骑牛?"

"对。那年赚了他妈的三千块。穷到差点饿死。除了牙刷之外,什么都不得不跟别的牛仔借。开车跑遍了得克萨斯。一半时间躺在那辆贱车下面修理。我从来没想过会输。露琳?她家钱可多着咧。她老爸有钱。做农机买卖的生意。当然不肯让女儿动他财产的脑筋,而且他恨我恨到骨子里,所以现在不太顺利,不过等到有一天——"

"往好的地方看,日子自然会过得越来越好。没加入陆军吗?"东方远处传来雷声,红色花环电光渐渐离他们远去。

"他们用不上我。压坏了几节脊椎。还有压迫性骨折,臂骨这边,骑牛时不是老用大腿来支撑吗?——每次骑牛,手臂就多弯一点。跟你说,骑完后痛得要死。断了一条腿。断了三个地方。有一次被牛摔下来,是条大牛,摔得很重,它只跳大概三下就甩掉我,还朝我冲过来,我当然没它跑得快。万幸的是,我有个朋友拿了一支牛角当测油计,大牛的末日也就来临了。另外还摔到其他地方,断了几根他妈的肋骨,扭伤和各种伤痛,韧带拉伤。哎,机会不好,跟我爹那时代不一样了。只有有钱人才能上大学,受训当运动员。现在想参加牛仔竞技,没钱是去不成的。如果我放弃,露琳的老爸将不会给我一分钱,只有一种可能。现在我骑牛骑出心得了,永远不会被放在候补名单上。还有其他的原因。我想趁自己还能走路的时候退出。"

恩尼斯将杰克的手拉到自己嘴边，吸了一口香烟，吐气。"你呀，我看还壮得像头牛似的。你知道吗，我坐在这里拼命想，我到底是不是——？我知道自己不是。我是说，我们两个都有老婆孩子，对不对？我喜欢跟女人搞，没错，可是耶稣老天啊，跟这个却没得比。我从没想到要找另一个男的，只不过肯定是想着你打了有一百次手枪了。你跟别的男人做过吗，杰克？"

"当然没有。"杰克说。杰克最近不打手枪，而且骑的不只是牛，"你也知道。断背山那段，你我都有很深的感触，绝对还没结束。我们非想想办法不行，看看接下来怎么办。"

"那年夏天，"恩尼斯说，"我们领到钱、分手之后，我肚子痛得很厉害，不得不靠边停车，想吐却吐不出来，还以为在杜波瓦餐厅吃坏肚子了。花了大概一年我才想通，当初不应该让你从眼前走掉。想通了，太晚也太迟了。"

"朋友，"杰克说，"我们给自己捅出娄子了。非想办法不行了。"

"想得出办法才怪，"恩尼斯说，"我是说啊，杰克，我花了几年的工夫建立起一个家。我爱两个女儿。阿尔玛呢？这不是她的错。你也有儿子和老婆，在得克萨斯有个家。你和我一见面成那副德性，"他摆头朝自己公寓的方向指去，"抓狂似地黏成一团，两人在一起的时候还像话吗？那种事情找错地方乱来，肯定死路一条。这事用缰绳也绑不住。我害怕得不得了。"

"跟你说算了，朋友，那年夏天可能有人看见我们了。隔年六月我回到那边，本想再回去——后来往得克萨斯去了——结果乔·阿吉雷在办公室对我说，他说，'你们两个小子在山上找到消磨时间的方式了，是不是啊，'我瞪了他一眼，不过走出办公室时，我看见他后照镜上挂了一副特大号双筒望远镜。"他故意省略的是，工头在吱嘎作响的倾背木椅上往后一坐，说，特威斯特啊，你们两个领人家薪水，不是随便让狗去看羊、自己跑去摘玫瑰就行了。然后拒绝再请他牧羊。他接着说，"是啊，被你打那么一拳，把我惊呆了。从没想过你会狠心出拳。"

"我哥哥 K.E. 比我大三岁，个子也比我高，每天揍得我稀里糊涂的。我在家里常哭着告状，老爸听烦了，我六岁大那年有一天，他找我过去坐下，说，恩尼斯，你有个问题非解决不行，不然它会一直跟你跟到九十岁，跟到哥哥九十三岁为止。我说，可是他比我高大。老爸说，你要趁他不注意的时候，别对他说什么，让他尝尝痛苦的滋味，动作要快，一直打到他喊饶为止。想让对方听懂，最有效的办法就是给对方一点颜色瞧瞧。我照他的话去做。我趁他上厕所时，趁他走楼梯时偷袭他，趁他晚上睡觉来到枕头边，揍得他肿歪歪的。打了大概两天，从此哥哥再也没找过我麻烦。我学到的教训是,一句话也别讲,两三下解决。"隔壁房间电话铃响,响了又响,最后在响到一半时戛然而止。

"想再偷袭我,没那么简单了,"杰克说,"你听好。我在想啊,跟你讲算了,如果你和我一起弄个小农场来经营,养几头母牛和小牛做做小本生意,加上你的马,生活一定会很美满。就如我刚才说的,我准备退出牛仔竞技。我可不是没种,只是没钱脱离现在这种烂生活,也没剩几根骨头好摔了。我想通了,想出了这个计划,恩尼斯,我们两人行得通,你和我合作。露琳的老爸,我保证如果我答应滚蛋,他会给我一笔钱。他已经差不多说过——"

"慢着、慢着。那样可行不通。我们没办法开农场。我自己有自己的家要顾,被自己的圈子套住,跑不掉了。杰克,我不想变成你有时候看到的那些人。何况我不想死。以前老家附近有两个老头,一起开农场,厄尔和里奇,每次老爸看见他们都不忘批评一两句。尽管他们是直来直往的老汉,还是被人当作笑柄。我那时才多大,九岁吧,有人发现厄尔死在灌溉圳里。有人拿了轮胎撬棒打他,钩住他,抓着他老二拖着走,拖到老二断掉,只剩一块血淋淋的烂肉。轮胎撬棒打得他全身像是烧焦的番茄一样,鼻子因为被拖在砂石上,被磨平了。"

"你看到了?"

"老爸硬要我看。带我过去。我和哥哥。爸看了大笑。见鬼,就我所知，那是他干的好事。要是他还活着，现在探头进房门看，绝对会回去拿他的轮胎撬棒。两个男的同居？算了吧。我认为比较行得通的办法，是偶尔聚在一起，躲在鸟不拉屎的地方——"

"多久才算偶尔一次？"杰克说，"他妈的四年一次吗？"

"不对。"恩尼斯说。他忍着不问到底错在哪一方，"一到早上，你要开车回去，我回去上班，我也很不情愿。可是，如果解决不了，就得忍受下去。"他说，"可恶，我常注意街上走路的人。这种事，其他人也会遇上吗？碰上的话，他们怎么办？"

"这事不会发生在怀俄明州，如果发生了，我不知道他们怎么办，大概是搬到丹佛吧，"杰克坐起身来，把脸转过去，不看恩尼斯，"他们怎么办，我才鸟不了那么多。狗娘养的，恩尼斯，请两天假吧。现在就走。两人走得远远的。把你的东西丢进我卡车后面，我们开上山去。两三天就好。打电话给阿尔玛，就说你要上山。快决定嘛，恩尼斯，你才刚把我的飞机从空中射下来——给我一点继续走下去的理由嘛。这里发生的东西可不是小事啊。"

隔壁房间再次响起空荡的铃声，恩尼斯拿起床边话筒仿佛想接听，拨了自家号码。

恩尼斯与阿尔玛之间出现缓蚀现象，大问题倒是没有，只是双方渐行渐远。阿尔玛在杂货店当店员，心知光靠恩尼斯的薪水永远应付不了开支。阿尔玛要求恩尼斯使用套子，因为她害怕再怀一胎。恩尼斯不依，说如果她不想再怀他的孩子，他很乐意不再碰她一下。阿尔玛以自己才听得见的音量说："你养得起，我就肯再生。"她边说边想着，反正你爱做的事也生不了太多小孩。

她的怨恨每年稍微提高一度：她瞥见的那次拥抱；恩尼斯每年一两次与杰克·特威斯特出远门钓鱼，却从未带她与女儿度过假；他放开自己、尽情享乐的倾向；他对薪资低、工时长的农场差事的渴望；他往往一上床便转向墙壁，立刻沉睡；他在郡政府或电力公司找不到像样的固定工作；基于上述种种因素，阿尔玛的期望长时间缓缓下坠，大女儿九岁、二女儿七岁时，她说，我干吗继续待在他身边，因此跟他离婚，改嫁里弗顿杂货店老板。

恩尼斯重返农场工作，经常换老板，钱赚得不多，却很高兴能再度与六畜为伍，想丢下工作随时都行，非辞职才能走人也行，可以随时请假上山。他无怨无怼，只是略感上天有欠公平。感恩节时，他应邀与阿尔玛、女儿、杂货店老板共进晚餐，他表现得落落大方，坐在两个女儿中间，对她们大谈马经，讲笑话，尽量不要显出悲情老爸的形象。吃完最后一道派后，阿尔玛找他进厨房，一面刮除盘中剩菜，一面表示她为他担心，希望他找人再婚。恩尼斯看出她怀有身孕，猜想大约四五月大。

"一朝被蛇咬啊。"他边说边倚着操作台,感觉厨房容不下他。

"还跟那个杰克·特威斯特去钓鱼吗?"

"偶尔。"以阿尔玛刮餐盘的狠劲,恩尼斯认为盘上的花纹会被她刮掉。

"你知道吗,"她说。从她的口气,恩尼斯晓得大事不妙,"我以前常在想,为何你从来没钓到鳟鱼带回家。每次都说钓到很多条。所以有一次,我趁你出远门钓鱼之前的晚上,打开你的鱼篓——买了五年,定价标签还挂在上面。我写了一张纸条附在钓鱼线末端,说,嗨恩尼斯,带几条鱼回家,爱你的阿尔玛。结果你回来说钓到一大堆河鳟,全吃完了。记得吗?等我找到机会打开鱼篓,我的纸条还附在上面,那条钓线一辈子从没碰过水一次。"这时仿佛"水"一字唤出了它家居生活的亲戚,她扭开水龙头冲洗餐盘。

"那又不代表什么。"

"别骗人了,别想唬我,恩尼斯。代表什么,我很清楚。杰克·特威斯特?杰克·歪哥。你跟他啊——"

她逾越了恩尼斯的限度。恩尼斯抓住她手腕,泪水涌出滚落,盘子发出撞击声。

"给我住嘴,"他说,"管你自己的闲事。你懂个屁。"

"我可要叫比尔过来啰。"

"要叫尽管叫。叫啊，叫到你爽为止。他进厨房，我就逼他吃地板，你也一样。"他再扭一下，留给阿尔玛一环灼热的印记，然后反戴帽子，用力开门离去。当晚他光顾黑青鹰酒吧，喝醉与人短暂动粗后回家。之后他久久没去探望女儿，心想她们长大懂事后，会离开阿尔玛前来找他。

他们不再是年轻男子，前途不再无量。杰克从肩膀到臀腿鼓胀起来，恩尼斯仍保持瘦如晒衣杆的身材，踩着破皮靴到处走，无论冬夏都穿牛仔裤与衬衫，天冷时添件帆布外套。他上眼皮长出一颗良性瘤，眼皮显得无力下垂，鼻梁摔断过，治好却仍歪斜。

年复一年，两人的足迹遍及高海拔草地与山地排水区，骑马远赴大角山脉、药弓山脉，走访加拉廷山脉、阿布萨罗卡山脉、格拉尼茨山脉、奥尔克里克等南端，也到过布里杰—蒂顿山脉、弗黎早、雪莉、费里斯、响尾蛇等山脉，到过盐河山脉，多次深入风河区，也去过马德雷山脉、格罗文特岭、沃沙基山、拉勒米山脉，却从未重返断背山。

杰克的岳父在得克萨斯去世，露琳继承农机事业，展现出管理的才能与强悍的生意手腕。杰克得到一个定位不明的管理职衔，经常出差参加牲畜与农业机器展。如今他有了小钱，在出差采购时想办法花用。轻微得克萨斯口音点缀了他的言语，如"靠"（cow，母牛）斜嘴念成"克侬奥"（kyow），"外妇"（wife，妻子）变成了"瓦妇"。他找牙医修整了门牙，戴上齿冠，自称一点也不疼。为了胜任这份工作，他上唇蓄了浓密髭须。

一九八三年五月，他们在一串冰封的无名高地小湖间度过寒冷的几天，然后走到对岸冰雹河流域。

上山过程，白天还算好走，但山路上吹积物深厚，边缘湿滑，他们因此放弃小径，自行开道蜿蜒前行，牵着两匹马穿越松脆的树枝。杰克的旧帽仍绑着同样一根老鹰羽毛，在炎热的正午仰头吸收带有黑松树脂香的空气，嗅着干燥的针叶落叶层与炽热的岩石，嗅着马蹄压垮的苦杜松。恩尼斯显露出历经沧桑的眼神，眺望西方寻找大热天可能生成的积云，无奈无骨的蓝天如此深邃，杰克说，抬头看一眼都怕会被淹死。

三时左右，两人踏过一处狭隘的垭口，来到东南向坡地，强烈的春阳此时总算歇手，再度落至脚下无雪的山径。两人听得见河川喃喃低语，令远方火车的声音更显幽远。走了二十分钟，他们与黑熊不期而遇。黑熊在上方的土丘推动圆木寻找食物，杰克的坐骑避而不前并开始向后退。杰克说："喔！喔！"而恩尼斯的枣红母马既蹦跳又喷鼻息却不退不进。杰克伸手取出 .30-.06 却派不上用场：受惊的黑熊狂奔至树林里，波动起伏的步姿有如身体即将瓦解。

茶色河水带动融雪急流而下，为每颗露出水面的岩石围上泡沫围巾，也有小池塘与逆流。树枝呈赭色的柳树僵硬地摇摆，沾满花粉的柔黄花序如黄色拇指纹。两人的马儿喝水，杰克下马，以手舀起冰水，晶莹剔透的水珠从指间落下，嘴唇与下巴反射出亮闪闪的水光。

"当心会得梨形虫病，"恩尼斯说，随后又说，"这地方不错。"一面望着河流上方的水平长椅，前人狩猎扎营时遗留了两三圈营火。长椅后方是牧草坡，四周有黑松保护。附近干柴丰富。两人话不多，开始扎营，将坐骑拴在牧草地上。杰克拆开一瓶威士忌的封口，长长喝了豪迈的一大口。他用力吐气，说："我现在需要两种东西，这是其中一种。"说着盖上瓶盖扔给恩尼斯。

第三日早晨，恩尼斯期盼的积云出现，先是吹起一阵推送黑暗的长风，随后一团灰云自西方疾行而来，飘下细雪。一小时后，灰云散去，留下柔软的春雪，潮湿而沉重。晚霞散尽后，气温降得更低。杰克与恩尼斯交换抽着一根大麻，营火烧至深夜，杰克心思不定，抱怨着天气冷，以树枝拨弄火苗，转动收音机直到电池用罄。

恩尼斯说他目前在锡格纳尔的司道麦农场照顾母牛与小牛，当地有个女人在狼耳酒吧兼差，他对她有好感，但是两人苦无进展，而且她有些问题恩尼斯不愿沾上边。杰克说他在柴尔德里斯搞上了附近农场主人的老婆,过去几个月来他外出时提心吊胆,唯恐不是被露琳枪毙,就是死在农场主人枪下。恩尼斯笑了笑,说他活该。杰克说他过得还可以,但还是很想念恩尼斯,有时候郁闷之余打小孩出气。

马儿在营火光线范围外的黑暗中嘶笑。恩尼斯一手搂住杰克,拉他到身边,说他一个月见自己女儿一次,小阿尔玛十七岁,生性害羞,高瘦如竹竿,法兰芯是个精力充沛的小不点。杰克说他担心自己儿子得了阅读困难症之类的毛病,毫无疑问,这孩子看书时怎么就是不对劲,已经十五岁了还几乎不识字。做爸爸的他认为显而易见,而可恶的露琳却不愿承认,假装儿子没问题,拒绝带他去看医生。他妈的答案是什么,他也不知道。钱是露琳的,发号施令的人也是她。

"我以前想生个儿子,"恩尼斯边说边解开纽扣,"却一直生女儿。"

"儿子女儿我都不想要,"杰克说,"可惜他妈的全部心想事不成。到我手里的,全都不是我想要的东西。"他没有起身,直接将枯木投进火坑,火星随着他们的实话与谎言飞起,灼烫的几粒火点降落手上脸上,并非第一次。两人滚进泥土中。有件事恒久不变:他俩偶一为之的交合,电火灼烁,却因感受时光流逝而蒙上阴影,时间永远不够,永远不够。

一两天后回到山径起点的停车场,恩尼斯将两匹马装上拖车,准备回锡格纳尔,而杰克也准备回闪电平原探望老父。恩尼斯探头进杰克车窗,说出整星期憋着没说的话,表示他必须等到十一月运走家畜、开始喂冬季饲料前才有休假的机会。

"十一月。搞什么名堂?不是说好八月见吗?我们说好八月,说好九天十天。天啊,恩尼斯!干吗不早说?你有他妈的一整个礼拜,却一个字也没讲。而且,干吗老找这种冷不拉叽的天气?我们应该想想办法。我们应该往南走。应该找机会去墨西哥才对。"

"墨西哥?杰克,我这个人你也知道。我所谓的旅行,顶多是绕着咖啡壶找壶柄而已。而且我整个八月都得开压捆机,所以八月不行。杰克,开心一点嘛。十一月可以打猎啊,打一头漂亮的麋鹿。我看能不能再向唐罗借到小屋。那年我们玩得多开心。"

"你知道吗,朋友,这种情况我不满意也不能接受。你以前说走就走。现在要见你一面,简直像晋见教皇一样难。"

"杰克,我不干活不行。以前我说辞就辞。你娶了个有钱的老婆,有份好工作。口袋空空的日子,不记得了吗?听说过子女抚养金吧?我已经付了好几年,还得付个好几年。告诉你,这份工作我没办法辞。也没办法请假。连这次假也很难讲——有些晚熟的小母牛现在还在生小牛。没办法丢下不管。丢不下。司道麦喜欢小题大做,这次请假把他气炸了。我不怪他。我请假走人,他大概一晚也没得睡。交换条件是八月。不然你有更好的点子吗？"

"以前有过。"口气刻薄，充满指责意味。

恩尼斯不发一语，缓缓直起上身，揉揉额头；拖车里有匹马在跺脚。他走向自己的卡车，一手搭在拖车上，说着只有马儿听得见的话，转身以审慎从容的步调走回来。

"杰克，你去过墨西哥吗？"要搞就去墨西哥［暗指美国中西部乡下有同性恋倾向的人南下墨西哥找男人。］。他听说过风言风语。现在他动手割开禁区的围篱，进入格杀勿论区［毁人围篱，主人依法可以格杀勿论。］。

"去过啊，怎么没有？你到底想他妈的怎样？"多年来不断准备迎接此刻，来得迟而不期然。

"杰克，这件事我非跟你说一遍不行，而且我不是说着玩的，"恩尼斯说，"我不懂的东西很多，万一懂了，可能你的小命也没了。"

"试试这一次你能不能懂，"杰克说，"而且我只说这一次。告诉你，我们本来可以一起过不错的生活，好得不得了的生活。你却不愿意，恩尼斯，结果我们现在只有断背山。所有东西都以断背为基础。断背是我们拥有的一切，他妈的一切，如果你不知道别的部分，我希望这一点你至少能懂。二十年来，我们在一起的次数，你给我算算看。量一量你套在我身上的狗绳有多长，再来问我有没有去过墨西哥，然后再告诉我，想得到却几乎永远摸不着会害我送掉小命。有多难受，你根本一点概念也没有。我不是你。我没办法靠高海拔一年干炮一两次过活。你对我太重要了,恩尼斯,你这个贱货婊子养大的杂种。要是我知道怎么戒掉你就好了。"

宛若冬日温泉蒸腾而起的大团雾气,多年未曾出口的言语以及此刻难以出口的话——承认、宣布、羞惭、愧疚、恐惧——团团包围住两人。恩尼斯仿佛遭子弹射中心脏,脸色灰白,皱纹深刻,他露出苦笑,双眼紧闭,拳头紧握,双腿朝下凹陷,以膝盖着地。

"天啊,"杰克说,"恩尼斯?"在他想下卡车还没下来,一面猜测是心脏病发或怒火难遏滥烧时,恩尼斯再度站起,如同衣架打直,打开上锁的车子,然后再度弯曲成原形。两人几乎将一切扭转至原位,因为两人所言并无新意。没有结束什么,没有开始什么,也没有解决什么。

断背山上那年遥远的夏天,其中一段令杰克回忆、渴望起来既难以压抑也无法理解。当时恩尼斯朝他身后靠近,抱住他,以沉默的拥抱满足了某种共享而无关性爱的饥渴。

两人如此在营火前站立良久,火焰抛出微红光块,两具肉体的阴影结合为一根紧靠岩石矗立的橼柱。时间一分分流逝,由恩尼斯口袋里的圆表滴答告知,由逐渐燃烧成炭的树枝点明。星光在营火上方层层热流中破浪前进。恩尼斯的呼吸缓和寂静,悄声呓语,在点点火星中前后微微摆动,杰克则毗倚平稳的心跳上,低哼的震动恰似微弱电流,令杰克以站姿入睡,而此睡非彼睡,而是昏沉失神之感,最后恩尼斯挖掘出童年母亲在世时对他说的一段话,尽管生锈了,仍派得上用场。他说:"该上床了,牛仔。我该走了。好了,别学马儿站着睡啦。"说着摇摇杰克,推他一下,自己步入黑暗中。杰克听见他上马时马刺颤动声,听到"明天见",以及马儿颤抖的鼻息,马蹄磨石的声响。

那次睡意沉重的拥抱,后来在杰克的记忆中凝结固化,成为两人分隔两地、刻苦难挨生活中唯一毫无造作、迷醉入魔、至福充盈的时刻。这段往事百毒不侵,甚至知道了以下这件事也难以动摇:恩尼斯当时不愿面对面拥抱他,是不想看到或感觉到拥抱的对象是杰克。也许吧,他心想,他们从未发展出更进一步的关系。顺其自然,顺其自然吧。

事发后数月恩尼斯才得知,因为他捎给杰克一张明信片,告诉他看来十一月才走得开,结果明信片被退回,盖上"身故"两字。他拨了杰克在柴尔德里斯的电话。先前他只致电杰克一次,是在阿尔玛与他离婚之后,当时杰克误解了打电话给他的原因,开车一千两百英里北上却空欢喜一场。不会有事的,杰克会接听,他非接听不可。然而接听的人不是他,而是露琳。露琳说,谁呀?你是谁?恩尼斯再度说明身份后,她以平稳的嗓音说,对,杰克在小路上开车,胎圈不知因何受损而漏气,换胎时发生爆炸,胎框炸到他的脸,打伤了鼻子与下颌,因此失去意识,朝天倒下,等到有人发现时,他早已溺死在自己的鲜血里。

不对,他心想,一定是有人拿轮胎撬棒打死他的。

"杰克以前常提到你,"她说,"你常跟他去钓鱼或是打猎,我知道。本来想通知你的,"她说,"可是我不确定你的姓名和地址。杰克把多数朋友的地址记在脑子里。太惨了。他才三十九岁。"

北地平原的悲凄气团笼罩在他身上。他不知道何者为真,是轮胎撬棒或是真正意外,鲜血窒息了杰克,没人为他翻身。在低鸣的强风下,他听见钢铁撞击人骨的声响,听见胎框渐行渐静的空荡铿锵。

"下葬在你那边吗?"他想咒骂露琳让杰克死在土路上。

细小的得克萨斯口音循着电话线匍匐前行。"我们帮他立个碑。他以前说希望能火化,骨灰撒在断背山上。我不知道在哪里。所以照他的意思火化了,一半埋葬在这里,另一半寄给他爸妈。我本来以为断背山在他老家附近。不过我了解杰克,所谓的断背山可能只是他想象出来的地方,那儿有蓝鸫歌唱,威士忌像泉水涌出。"

"有一年夏天,我们上断背山放过羊。"恩尼斯说,他几乎无法言语。

"是嘛,他说那才是他最喜欢的地方。我以为他指的是喝酒的地方。上山去喝威士忌。他酒喝得好凶。"

"他爸妈还住在闪电平原吗?"

"当然啰。一直住到老死为止。我从没跟他们见过面。葬礼时他们也不过来。你自己跟他们联络。要是能实现他的愿望,我猜他们会很感激你的。"

毫无疑问的是,她虽客套,细小的嗓音却冰冷如雪。

前往闪电平原途经荒凉乡野,路过十数个在平原上间隔八至十英里的废弃农场,眼睛无神的房屋呆坐杂草中,兽栏衰颓。邮箱写着约翰·C.特威斯特。他家农场寒酸窄小,枝叶繁茂的大戟有取而代之之势。牲口距离太远,他无法看清状况如何,只知道是白头黑牛。棕色灰泥屋矮小,正面有道门廊,两上两下共四间房厅。

恩尼斯与杰克的父亲坐在餐桌前。杰克的母亲身材粗大,动作小心,仿佛刚动过手术。她说:"想喝杯咖啡吗?要不要来一块樱桃蛋糕?"

"谢谢你,夫人,请给我一杯咖啡,蛋糕暂时不必了。"

老父静静坐着,双手交握在塑胶桌布上,以愠怒、知情的神态直盯恩尼斯。恩尼斯从他身上看出,他这种人并非不常见,是硬要当整个池塘老大公鸭的类型。他从父母身上看不出杰克有太多相似之处,深吸一口气。

"我对杰克感到非常难过。难以形容。我好久以前就认识他了。我过来是想让你们知道,他妻子说他希望骨灰能撒在断背山,如果想让我带上山去,我会感到很光荣的。"

一片沉寂。恩尼斯清清喉咙,却不再多说。

老人说:"断背山在哪里我知道。他以为自己太特别,老家贱坟地配不上他啊。"

杰克的母亲置若罔闻,说:"他生前每年回家,在得克萨斯结婚以后也照常回来,帮老爹在农场干活一个礼拜,修修门,割割草的。我把他的房间维持像他小时候的模样,我认为他很感激。你想上楼参观的话请别客气。"

老人开口生气地说:"这里找不到帮手。杰克以前常说,'恩尼斯·德尔马尔,'他常讲,'总有一天我要带他过来,好好整顿一下这个该死的农场。'他有个半生不熟的点子,说你们两个准备搬过来,盖间小木屋,帮我管管这个农场,弄得像样一点。后来今年春天,他说有人愿意跟他过来,盖个房子,帮我管理农场,是他在得克萨斯经营农场的邻居。他准备跟老婆离婚,搬回这里住。他那时这样说的。不过杰克说归说,成真的点子不多。"

现在总算证实是轮胎撬棒了。他起身说,没错,我想参观杰克的房间,一面回想起杰克谈过的父亲的往事。杰克割过包皮,老爸却没有；杰克察觉父子生理上的差异，是在一个激动的场合。他说，他当时三四岁，上厕所总是晚一步，手忙脚乱想解开纽扣，拉起马桶座，而且马桶太高，往往导致尿液四溅。老爸对此很不高兴，这一次更是大发雷霆。"天啊，他揍得我惨兮兮，把我打得跌到浴室地板上，拿皮带抽我。我还以为会被他打死。后来他说，'想知道尿得到处都是的感觉吗？我来教你'，说着掏出来，尿得我全身都是，湿透透，然后丢给我毛巾，叫我擦地板，脱掉我的衣服，在浴缸里洗，也洗毛巾。我又哀号又哭得眼睛红肿。不过在他对着我撒尿的时候，我看到他身上多了一小块我没有的肉。我发现自己像是割过耳尖或是烙过印，和老爸不一样。从此就没办法认同他。"

杰克的卧房在陡峭的楼梯顶端，往上爬时有独特的韵律。他的房间狭小闷热，午后烈日从西方窗户攻进，打在靠墙的儿童窄床，沾有墨水的书桌以及木椅，床铺上方有座手工削制的木架，上面摆了一把BB枪。窗户俯瞰往南延伸的砂石路，而恩尼斯这时倏然想到，这是杰克童年唯一认得的一条路。床边墙上贴了一张古老的杂志相片，是某个黑发电影明星，肤色转为紫红。他听得见杰克的母亲在楼下打开水龙头装满开水壶，放在炉子上，低声问了老人一个问题。

杰克的衣柜空间狭窄，架了一根横向木杆，以串了绳子的褪色大花帘布开合，以隔开房间其他部分。衣柜里挂了两件牛仔裤，熨出折线，整齐地折叠好，放在铁丝衣架上方，衣柜底有一双磨损的包装工皮靴，他隐约有印象。衣柜北端墙壁有个小小的凹陷处，可稍微隐藏东西。这里挂着一件衬衫，因长久挂在铁钉上而僵硬。他从铁钉上取下衣服。杰克在断背山穿的旧衬衫。衣袖上的干血是恩尼斯的鼻血。在断背山最后一天下午，两人展现软骨功胡抓乱扭，杰克不慎以膝盖撞击恩尼斯的鼻子，血流不止，沾得两人身上血迹斑斑。杰克以袖子止住他的鼻血，然而恩尼斯却忽然一跃而起，挥拳击昏好意为他疗伤的杰克，让杰克如天使般平躺在野生耧斗花丛上，双翼合胸。

衬衫拿在手中感觉沉重，后来恩尼斯才发现里面另有一件衬衫，衣袖小心穿过杰克衬衫的袖子内部。这件是恩尼斯的格子衬衫，很久以前误以为洗衣服时弄丢了，如今沾了泥土的衬衫，口袋裂了，纽扣掉了，被杰克偷来藏在自己的衬衫里，一对衬衫宛若两层皮肤，一层裹住另一层，合为一体。他以脸重压布料，慢慢以口鼻吸气，盼能嗅到微乎其微的烟味与高山鼠尾草，以及杰克咸中带甜的体臭，然而衬衫并无真正气味，唯有记忆中的气息，是凭空想象的断背山的力量。断背山已成空影，硕果仅存的只有握在他双手中的东西。

最后公鸭老大拒绝放行杰克的骨灰。"告诉你好了，我们家族有块地，他非葬在那里不可。"杰克母亲站在餐桌前以尖锐的锯齿状工具去除苹果核。"有空再来坐坐。"她说。

车子颠簸行驶在洗衣板状的路面上,经过乡间墓园,四周以坍垮的防羊铁丝围住,坎坷的大草原上小小一个方块,几座坟墓上塑胶花闪亮,恩尼斯不愿知道杰克即将下葬此处,埋葬在这片令人悲恸的平原上。

数星期后某周六,他将司道麦的所有脏马毯扔上小卡车后面,载至速来洗车店,扭开高压喷水喉冲个尽兴。干净的湿毛毯收回卡车后,他走进希金斯礼品店,自个儿忙着在明信片架上翻找。

"恩尼斯,找什么样的明信片?"琳达·希金斯说,一面将湿透的棕色咖啡滤纸丢进垃圾桶。

"断背山的风景。"

"在弗里蒙特郡的那个吗?"

"不对,就在这里北边。"

"我一张也没订过。我找找订购单。如果有,可以帮你订一百张。反正我也得多进一些其他明信片了。"

"一张就够了。"恩尼斯说。

明信片来了——三毛钱——他钉在自己的房车墙上,四角以黄铜图钉固定。明信片之下,他敲进一根铁钉,挂上铁线衣架与两件旧衬衫。

他往后站，看着这份组合，眼洼流出几颗刺痛的泪珠。

"杰克，我发誓——"他说。只不过杰克从未要求他发誓，而他本人也不习惯发誓。

大约在此时，杰克开始现身他的梦境，是他初见杰克的模样，鬈发，面带微笑，龅牙，谈着准备起身好好规划人生，然而豆罐头与露出罐头外的汤匙柄，摇摇晃晃摆在圆木之上，也同样出现在他梦境中，卡通造型，色彩绚丽，为梦境增添一抹诙谐淫逸风味。这种汤匙柄可用来撬轮胎。有时候，他会在伤心之余清醒，有时则心怀旧有的喜乐与释然；枕头有时会湿，有时候湿的是床单。

他所知道的情况与他试图相信的事物之间有些许开放的空间，而他却无能为力，何况，既然填补不了就得咬牙隐忍。

CLOSE RANGE
WYOMING STORIES